프로젝트 가치삶 :

혼 자
집 밥

프 로 젝 트　가 치 삶 ;

혼　자
집　밥

짜잔 지음

북레시피

。
차례

혼자 살고 있는 나는 식구가 1명뿐인 나의 집을 '가정'으로 생각한다. 대부분은 '혼자집밥'을 하지만, 그 순간은 외롭거나 귀찮은 시간이 아닌 스스로 기꺼이 즐기고 감사하는 시간이 된다. 삶에는 예술이 아닌 것이 하나도 없다는 걸 알아가기 더없이 좋은 시간이라 생각하기 때문이다. 나는 혼자 먹어도 좋고, 둘이 먹어도 좋고, 여럿이 먹어도 좋은 〈프로젝트 가치삶; 혼자집밥〉을 그려나가고 있다.

몇 해 전, 주변을 둘러보다 보니 집밥을 먹는 일이 언제부터인지 당연한 것이 아닌 단호한 결심이 필요한 일처럼 보였다. 외식과 배달음식, 도시락 등으로 대부분의 끼니를 해결하는 것, 이해는 충분히 가지만 그래도 내게는 적잖은 충격이었다.

건강 차원에서 과연 그렇게 먹는 것이 괜찮은지, 외식으로 사용하는 그 많은 지출은 괜찮은지 염려되었고 또한 의식주가 이루고 있는 일상의 리듬은 어떨지가 무척 궁금해졌다. 혼자 집에서 밥을 차려 먹는 것 참 좋은데…… '혼자집밥'이 왜 특별한 것처럼 되어버렸는지, 또 무슨 이유로 궁상맞다거나 외로움의 정서로 비추어지는 것인지, 하는 의문도 생겼다.

1인 가구라는 거주형태와 집밥이라는 식문화에 대한 생각이 많아지던 중 '자취'와 '독립'의 차이를 떠올리게 되었다. 그리고 결국에는, 내가 느끼는 다정한 공간인 '집'에서 먹는 '혼자'의 편안함과 화려한 메뉴 대신 여유가 있는 '밥'에 대한 이야기를 공유하기로 했다.

〈프로젝트 가치삶; 혼자집밥〉은 내가 친구들에게 종종 던지게 되는 "이렇게 해봐, 이거 좋더라." 등의 잔소리라기보다 그들의 마음을 은은하게 노크할 수 있는 세련된 방법이 아닐까 싶었다. 또 문득 자신의 생활을 새롭게 들여다볼 수 있는 계기가 되진 않을까 하는 생각이 들었다. 그런 마음에 1인 캠페인으로 여기며 시작했던 '혼자집밥' 블로그를 지금까지 5년째 이어오고 있다. 그림 작업을 하는 나는 오늘도 작업실과 부엌을 바지런히 오간다.

혼자 살면서 매 끼니를 챙겨 먹는다는 것이 분명 쉽지만은 않다. 하지만 그 과정 속에는 힘든 일만 있는 것도 아니다. 일상생활 속에 예술과 문화를 움터나게 하는 씨앗이 알알이 박혀 있음을 발견하게 되니 사실은 얻는 것이 더 많은 듯도 하다.

하루에도 몇 번, 평생을 먹는 밥은 생명을 유지하는 차원이나, 미각의 즐거움, 외식의 대상으로만 볼 수 있는 것이 아니라 한 사람이 살아가는 모습을 있는 그대로 보여주는 것이라는 생각이 든다.

1인 가구가 세 집 건너 한 집이라는 요즘 시대에 혼자 사는 이야기부터 시작하여 집이라는 공간, 집밥을 기본으로 한 먹거리에 관한 식탁의 이야기들까지, 이제 친구와의 수다에서 이런 주제가 흥미롭고 빈번하게 등장하게 되면 좋겠다.

'먹고살기 어렵다'라는 말은 자주 들리지만, 먹는 것과 사는 일에 대한 진솔한 이야기들은 일상에서 오히려 멀어져가는 듯한 요즘, 앞으로 함께 나누고 싶은 이야기들을 책 속에 담아보고 싶다.

I

혼 자

1

혼자 먹는 밥 한 끼의 행복

혼자의 하루, 반복적인 일상

혼자 사는 나는 집과 작업실이 함께 있는 생활을 하고, 그림 그리는 작업을 한다. 슬슬 정오의 점심시간을 향해 가는 10~11시쯤 일어난다. 얼핏 들으면 질펀하게 늦잠을 잤다고 생각할지 모른다. 하지만 보통 새벽 3~4시쯤 하루를 마감하니까 평균 수면 시간만큼 자는 셈인 데다, 나의 하루는 나름의 규칙적인 흐름을 따른다.

밤낮이 바뀐 이런 생활 패턴이 꼭 좋아서 고수하는 건 아니지만 나에게 잘 맞는 것 같아서 지금까지 10년이 넘게 이처럼 지내고 있다. 아침에 눈 뜨자마자 휴대전화를 만지작거리며 얼마간 꼬리를 무는

잠을 떼어놓곤 했는데, 이와 같은 습관으로 시작하는 아침이 별로 유쾌한 것 같지 않아서 언젠가부터는 눈 뜨자마자 명상을 하거나 한다. 자기 전이나 낮 동안보다도 아침에 일어나 잠깐 명상을 하면 한결 수월하게 잠에서 깰 뿐 아니라 불현듯 조여오는 불안이나 짜증 같은 감정도 누그러뜨릴 수 있어 좋다. 그리고 커피를 내린다. 매일 아침 이렇게 맛있는 커피를 마실 수 있다는 것이 가끔은 정말 행운처럼 느껴지기도 한다.

집 안에 꽤 많이 들여놓은 화분들을 둘러보면서 물을 주거나 전날 치우지 않고 어질러놓은 물건들을 정리하고 간단하게 아침식사를 준비한다. 대체로 빵과 커피. 거기에 이것저것 곁들여 먹기도 하고, 그 사이 세탁기를 돌려놓는다. 밥을 먹으면서는 이삼십 분짜리 동영상을 본다든가 책을 한두 페이지 읽을 때도 있다. 휴대전화로 블로그나 메일을 체크한다든가 문자를 확인하기도 하고.

화요일과 목요일 2시 동네 구립수영장에 가는 날을 제외하고선 아침을 천천히 먹고 다른 일들을 시작하는데, 식탁에 앉아 얼마간 시간 보내는 것을 몹시 좋아한다. 일어나 청소를 하고, 밥 먹는 동안 탈수가 다 된 빨래를 널고, 오후가 되기 전 작업방으로 1차 출근을 해서 작업, 그러니까 내게는 직업적인 일을 한다. 몇 시간 작업을 하다 답답해질 때면 뒷산 약수터에 가서 마실 물을 떠오곤 한다. 집에 물이 넉넉한 날은 산책 삼아 장을 보러 가기도 하는데 매일 집에서 끼니를 해결하기 때문에 시장 보는 일은 중요하다. 그리고 재밌다.

일주일에 두어 번 우체국 갈 일이 있는 날은 그 김에 빵집, 슈퍼, 떡집, 시장, 카페 등등 동네를 훑으며 장을 보고 돌아오기도 하는데, 가끔 만두집에 들러 뜨거운 만두를 하나 집어 먹으며 돌아오는 길에는 마지막 코스로 편의점에서 맥주를 사오곤 한다. 골목골목 집집마다 저녁을 짓는 기미가 돌기 시작하면 나도 밥을 준비한다. 냉장고와 찬장을 열어 오늘은 무얼 해먹을까 메뉴를 정하고, 저녁을 먹으면서 반주 삼아 맥주 한 캔이나 와인 한 잔을 곁들인다.

식탁에 앉아 드로잉을 하기도 하고, 젬베(아프리카 북)를 두드리기도 하고, 메모를 하거나 일기를 쓰기도 한다. 짝꿍과 통화를 하기도 하고, 휴대전화로 SNS도 하고 책을 조금 읽기도 한다. 이처럼 저녁식사 후 얼마간 쉬고 놀며 시간을 보내다가 다시 작업방으로 2차 출근을 한다. 그러다 보면 어느새 새벽 3시. 잠자리에 드는 시간만큼은 4시를 넘기지 않기 위해 그쯤에서 작업을 마무리한다. 사용한 컵 등을 싱크대에 갖다두고, 씻고, 누워서 잠시 책을 읽다가 잠이 든다.

외출할 일이나 외부 일정이 없는, 평상시 나의 하루를 주르륵 적어보았다. 집에서 집으로 출근하고, 이 방에서 저 방으로, 또 부엌으로 왔다 갔다 하는 하루하루들. 생활과 일이 뒤섞여 둘 다 제대로 하기 어려울 때가 잦고, 수입이 일정하거나 큰 편도 아닌 데다, 하루 온종일 혼자 지내므로 무기력해지거나 게을러지기도 쉬운 생활. 나름의 긴장감을 유지하려 노력하는 현재의 생활이다.

혼자 살면서 집과 작업실이 함께 있는 나는 겉으로 보기엔 맘껏 여유롭고 자유로운 생활을 하는 듯 비칠 수 있을지 모르지만 어떤 면에서 나 자신에게 무척 엄격하다. 종일 집에 있으면서도 아침에 일어난 이후론 침대 방에 가서 눕는 일이 없고, 낮잠도 자지 않는다. 작업실이 나의 회사고, 내가 곧 나의 사장인 일상은 장점도 많은 반면 어려운 점 또한 없지 않다. 사람들은 프리랜서라 어디서든 일할 수 있어서 좋겠다고들 하지만 프리랜서는 언제건 일을 툭 놓아버리지 못한다는 점도 함께 가지고 있다.

또 수입이 고정적이지 않다는 점은 종종 불안감과 마주하게 한다. 아무도 묻지 않은 개인적인 하루를 굳이 훑은 것은 앞으로 내가 하는 이야기들이 보편적이지 않은 직업을 가진 사람, 직장생활을 하지 않는 사람의 속편한 이야기로만 들리지 않았으면 하는 바람 때문이다. 나 나름의 치열함 역시, 삶의 여러 형태가 있는 것처럼 '다름'으로서 이해되었으면 좋겠고, 이어 써내려간 글에 대해 가능한 오해는 적었으면 하는 마음이 간절하다.

"당신은 좀 특이한 경우잖아요."라든가 "자유롭게 사시니 좋겠어요." 하는 말이 나오게 되는 원인이 나의 직업이나 천성에 있다고 여겨지진 않을까 솔직히 염려된다. 내가 이제껏 해보았더니 좋아서, 할수록 좋다는 걸 체험하고 있기에, 같이 나누고 싶은 맘으로 써본 '혼

16

자 밥 지어 먹고 사는 이야기'들이 생활의 힌트가 되기는커녕 누군가를 오히려 기운 빠지게 한다면, 이제껏 해온 작업이 허망하고 또 속상할 것이다. 그래서 나 역시 기운을 전부 잃고 말 것 같다는 두려운 속내를 고백한다.

자취와 독립

서울에서 태어나 서울에서 자라 서울로 서울로 독립을 했다. '그림 작업을 하면서 앞으로 이것저것 해나가고 싶은데 방이 좁아서 작업을 할 수가 없으니 나가 살겠습니다.' 하는, 나름 납득이 가능한 이유로 가족들이 함께하던 공간에서 나오게 되었다. 그 당시 우리 집은 작았고, 내 방도 작았다. 그리고 어느 집이나 그렇듯 가정사적인 부분도 있었다. 파란색 1톤 트럭에 짐을 싣고 조수석에 올라앉아 떠났던 첫 이사는 왠지 만화영화 속의 이사 가는 날 장면처럼 기억된다.

이렇게 해서 혼자 사는 집, 1인 가구, 나의 가정이 시작되었다. 이르다면 이르다고 할 수 있겠지만, 모든 일에는 때가 있는 법이라더니, 내게는 딱 알맞은 때에 독립을 했던 것 같다. 주변에 혼자 사는 친구가 거의 없던 때였고, 게다가 학교나 직장의 이유도 아니었으므로 따지고 보면 꽤 이른 나이에 독립해 나온 것이었음을 그때는 미처 생각하지 못했다.

지금에 와서 보니 대부분이 통학이나 출퇴근, 근무지 발령 문제로 부모님 집을 나오는 경우가 많다. 학교나 직장을 선택하고 난 뒤 그에 따라 혼자 사는 생활을 하게 되는 것이 순서라고 생각하면 나 같은 경우는 약간 이르기도 할 뿐 아니라 특이한 것도 같다. 하지만 모두의 때는 다르니까. 가족 구성원에서 벗어나 혼자 살고 싶다는 열망, 지금이 그때라는 끌림, 그림 작업을 하고 싶다는 이유만으로도 독립을 하기 충분했기에 나로선 이것저것 따져볼 것 없이 그냥 실행해버렸던 것이다. 부모님이 그다지 막아서지 않았던 걸 보면 아무튼 그때가 내게 가장 알맞은 시기였다는 생각이 든다.

하지만 혼자 산다는 건, 결코 멋지고 자유로운 꿈같은 생활이 될 수 없었다. 서바이벌 게임 같은 현실적인 고충을 가장 먼저 맞닥뜨리게 되기 마련이니까 말이다. 혼자 집을 구해본 사람들은 알 거다. 적은 보증금을 가지고 수도 없이 보러 다닌 집들은 가난의 실체와 절망을 맛보게 했다. 난생처음 써보는 계약서, 매달 나가는 고정적인 월세, 집의 크고 작은 문제들의 발생, 집주인과의 관계, 이제껏 걱정하지 않고 살았던 가스요금과 전기요금은 겨울을 두려움의 계절로 인식하게 하고, 내가 장을 보지 않고 밥을 하지 않으면 먹을 것이 아예 없는 상태가 되는 것, 이게 바로 1인 가구의 시작이자 현실이었다.

나의 경우는 작업실로 쓸 방이 하나 확보되어야 하기 때문에 일단 방이 두 칸인 집이어야 했다. 집이 좁아서 독립을 했는데 같은 월세를 주고 손바닥만 한 풀옵션 원룸에 들어갈 수는 없었고, 그러고 싶지도 않았다. 나는 좁은 곳에서 탈출해 작업을 하고 싶었다. 하지만 돈이 없으니 선택의 폭이 적어 꽤 오랜 기간 반지하에서 반지하로 옮겨 다녔다. 개중엔 무척 괜찮은 반지하도 몇 군데 있었지만 그래도 어쨌거나 반지하라는 환경이 흔쾌히 좋기는 어렵다.

반지하는 보통 창고나 유사시 대피소로 쓰이는데 집이라는 공간으로 만들어 사람이 살도록 세를 놓는 나라는 전 세계에서 다섯 손가락 안에 꼽힌다고 들었다. 그럼에도 나는 집이라는 공간, '우리 집'이라는 개념이 사랑스러웠다. 한 군데 정도는 나만 알고 싶은 장소나 나에게 특별한 음악이 있듯이, 또 금방 사라지는 것이 아쉬워 오래 음미하며 먹고 싶은 음식처럼, 집을 아끼는 마음이 생겼다. 집보다 내가 더 커서 집을 안을 수 있다면 꼭 끌어안고 싶은 정도였다.

혼자 지내는 집은 온통 좋거나 온통 어려운 부분이 명확히 공존했다. 월세를 내려면 아르바이트를 해야 했으므로 집에 있는 시간이 적어질 때, 문을 잠그고 나갈 때의 기분이란…… 얼마나 속상했던지 울적함을 넘어 비통해지곤 했던 기억이 난다. 내 집인데, 우리 집인데 내가 충분히 있을 수가 없다니…… 이건 너무 비극적이라고 생각했다.

1인 가구인 나에게 우리 집은 가정으로 여겨진다. 모두가 처음에 보살펴지고 길러졌던 가정처럼 말이다. 태어나고 자란 본래의 가정을 벗어나 다시 가정을 꾸리는 일에도 당연히 책임과 역할이 따르기 마련인데, 그 책임과 역할들은 내가 길러졌던 가정에서보다 결코 작거나 가볍지 않았다. 보는 이도, 잔소리를 하는 이도, 챙겨주는 이도, 밥을 함께 먹는 이도, 집안일을 분담해서 하는 이도, 아무도 없다. 내가 움직이지 않으면 '아무것도' 일어나지 않는 집은 당혹스럽기도 했다. 하지만 여러 어려움들이 있다고 해도 무엇보다 독립으로 인해 좁은 공간의 속박으로부터 자유로울 수 있다는 점과, 온전히 나 혼자 하루하루 생활을 영위해나갈 수 있는 시간은 몹시 감동스러웠다. 독립된 한 인간으로 성장하는 길에 선 것 같았다.

'나' 자신과 지내는 시간이 생기고 나에 대한 이해의 폭이 전보다 넓어지는 것, 일상생활을 탐구하게 되는 것, 산다는 것에 대한 관심을 갖게 된 것, 이런 점들은 사는 데 활력이 되었다. 혼자 살지 않았다면 시간이 한참 흐른 뒤에야 깨닫게 되거나 아니면 이런 생활을 아예 생각지도 못했을 것 같다.

여기저기 이사를 몇 번 다니는 사이, 시대는 빠르게 변했다. 어느덧 주변의 많은 사람들이 혼자 사는 경우가 꽤 크게 늘었다. 어느 자리를 가도 심심치 않게 1인 가구를 만날 수 있었고, 혼밥이니 혼술이니 하는 말 또한 모두가 공유하는 표현이 되어 빈번하게 입에 올랐다. 그렇지만 정작 혼자 생활하면서 먹고 자고 하는 일상적인 이야기들은 대화 주제에서 벗어나 있는 듯 보였고, 쇼핑이나 어떤 명소 같은 것에 대한 이야기가 더 많았다. 집에 대한 애정이나, 혼자 보내는 시간에 대한 열망도, 자신과 집이 나누어 가진 규칙도 없는 듯 보였다.

그리고 혼자 사는 집에서의 생활, 매일 집에서 해먹는 밥, 혼자 먹는 집밥, 이런 건 오히려 실생활과 동떨어진 이야기, 일상적이지 않은 특별한 이야기로 치부되는 듯하였기에, 막상 살아가는 이야기를 나눌 사람이 없구나 싶어 나는 문득 외롭다는 생각이 들 때가 있었다. 지금 보니 외로움은 사실 안타까움에서 시작된 것 같다. 내가 좋다고 느끼는 것을 공유하지 못하고 있다는 안타까움이 상대에 대한 깊은 염려로 이어졌다.

어느 날 불현듯 '자취와 독립은 다르다!'라는 생각이 들었을 때 나는 이마를 탁 쳤다. 자취와 독립 모두 혼자 사는 걸 표현하는 말이기는 하지만 자취라 여기고 사는 모습과 독립이라 여기고 사는 모습은 확실히 달라 보인다. 혼자 산다는 상황은 같다 하더라도 홀로 사는 것 같은 느낌과 개인의 문화가 있구나 하는 느낌은 달라서 자취와 독립의 차이는 확연히 있어 보인다. '혼자'라는 공통분모를 가지고 있는 사람들이 모였음에도 그것에 대해 나눌 대화거리는 별로 없을 때, 나는 큰 거리감이 느꼈는지도 모르겠다. 분위기 좋은 카페라든가 맛집, 패션, 유행어, 티비 드라마 같은 주제들이 우리를 이어주지는 못했다.

'자취'라고 하면 내가 원해서 가지게 된 삶의 형태가 아니라 어쩌다 보니 주어진 상황에 처하게 된 것. 그렇게 해서 혼자 살게 된 거라는 느낌을 받게 되는 것 같다. 자취는 잠시 거쳐 가는 정류장 같은 느낌도 든다. 이전과 다음 사이의 거처. 부모님과 함께 살던 집을 떠나 오롯이 자신과 살아보게 되는 기회와 시간임에도 마치 결혼하기 전까지, 그러니까 다른 가정에 속하기 전까지 머무르는 임시 거처의 개념이나, 또는 더 나은 환경에 정착하고자 하는 목표를 가지고 생활하는 공간 같은 분위기랄까. 자취라고 하면 실제로 딱 방 한 칸만 있는 것도 아닌데 '자취방'이라는 단어가 떠오르는 것만 봐도 그렇다.

그 안에는 목표만 있고 쉼이나 생활은 없을 것 같은 느낌이 든다. 먹는 일, 노는 일, 쉬는 일은 뒷전으로 밀리고, 자취방을 얻어야 했던 이유들만 파고들어 거기에 따른 성과를 얻어내는 데 급급해 실제의 삶을 이루고 있는 세세하고 구체적인 일들은 시시한 집안일이나 귀찮은 일이 되어버리고 마는 것. 샤워하고 잠자고 옷 갈아입는 곳, 가족들 중 누가 들을까 소리 죽여 전화통화하지 않아도 되는 그런 공간, 방청소하라고 말하는 엄마가 없는 공간, 그러나 이제는 방청소만으로 집의 청결이 유지되지 않는 공간, 더 이상 집에 가면 밥이 있는 것이 당연하지 않아진 공간, 집에 있는 시간을 굳이 일부러 만들고 싶지는 않은 곳. 자취란 이런 느낌을 얼마간 풍기고 있다고 생각한다.

그럼 독립이라 여기고 사는 건 어떤 모습이 떠올려질까. 집과 관계하며 그 안에서 개인의 문화가 하나씩 생겨나가는 것. 내 생활을 돌보

혼자. 집. 밥.

는 힘. 혼자 사는 일에 어려움이 없을 리 없지만 그래도 웅크리기보다 펴려고 노력하는 어깨, 혼자라는 상황의 장점을 찾아내는 눈, 당당함과 야무진 모양새를 갖추어가며 살아가는 모습 등이 내 머릿속에서는 독립한 한 개인, 가정의 모습으로 그려진다.

빨래를 하고 창틀을 닦는 것, 커튼을 달지 블라인드를 달지 결정하는 것, 장을 보러 가고 음식이나 요리에 대한 관심의 비중이 높아지고 건강을 생각하는 것, 나만의 청소 순서나 노하우가 생기는 것, 여가 시간을 보내는 것, 내가 가장 편히 쉴 수 있는 환경을 만드는 것, 혼자 노는 일의 이점을 찾아 한껏 즐기고 만족하는 것, 자기 자신을 만난다는 말이 무엇을 의미하는지 알게 되는 것, 혼자 집에 있으면 심심하다는 생각에서 멀어져가는 것 등.

또한 고요함과 적막함의 차이를 느껴볼 수 있는 시간도 다름 아닌 혼자 집에 머물러 있을 때가 아닌가 하는 생각을 한다. '독립'이란 혼자 지내는 시간을 기꺼이 즐기고 자연스럽게 받아들이는 것이며, 그 안에서 일어나고 벌어지는 일들이 곧 '개인의 문화'가 아닐까.

통장잔고와 시간잔고

옷 하나를 고를 때에도 제각기 중요하게 여기는 부분이 따로 있다. 누군가는 촉감, 누군가는 핏, 누군가는 브랜드, 누군가는 컬러, 누군가는 가격 등등. 인생에 있어서도 마찬가지가 아닐까. 저마다 가장 중점을 두고 살아가는 가치가 있을 것이다. 그 기준은 모두 다를 테지만 내 경우 삶의 첫 번째 가치 기준은 소득도 명예도 아닌 '넉넉한 시간'이다.

돈벌이도 제대로 안 되는 그림 작업을 하느니 취직하는 게 어떠냐는 외부의 질문들은 없어진 지 오래지만 이따금씩 소득에 대한 고민을 한다. 그러다가는 곧 이런 결론에 도달한다. '돈이 있으면 여러 모로 편리해진다. 하지만 편리한 것만이 좋다고 볼 수는 없다. 나 하나 먹고사는 데 책임질 만큼은 벌 것이다. 또 언제 필요할지 모르니 약간의 비축은 해야 하겠지만 굶지 않고 운신의 폭이 너무 좁아질 정도만 아니면 된다. 대신에 나는 내 생활에 시간이 넉넉했으면 좋겠다.'

정직하게 버는 돈이라면 어쨌거나 넉넉한 편이 좋을 것이다. 곳간에서 인심난다는 말처럼 금전적 여유가 있을 때만 베풀 수 있는 것도 있다. 또 돈이 없어서 못 쓰는 것이 아니라 있으면서도 알뜰한 편이 제일 좋은 거라고 생각한다. 하지만 열심히 저축하는 데에 인생의 가장 많은 시간을 할애해야 한다면 나는 돈이 없는 삶보다 그게 더 두렵다. 내가 부양해야 할 가족이 없는 1인 가구이기 때문에 가능한 생각이라는 점을 무시할 수 없겠지만, '시간'의 개념에 있어서만큼은 상황이 어떻든 편승하지 않고 지켜가고 싶은 각오, 생활의 뼈대이기도 하다.

나는 '돈'을 중요한 '에너지'의 한 부분이라고 생각한다. 돈에는 강력한 힘이 깃들어 있다는 것을 이해하고 인정한다는 뜻이다. 좋은 맘으로 알맞은 곳에 쓰면 더없이 좋은 힘이 되고 나쁜 맘으로 휘두르면 굉장히 무서운 폭력이 될 수 있기 때문에 돈이란 주의를 기울여 면밀하게 잘 활용해야 할 에너지일 것이다. 돈으로 누릴 수 있는 수많은 혜택과 편의, 돈이 가진 힘으로만 부릴 수 있는 즐거움과 자유, 이런 점들에도 불구하고 돈이 내 삶의 가치에 가장 큰 기준이 되지 못하는 이유는 돈에 대한 욕심의 무한성과 그에 반비례하는 시간의 한계성에 있다.

소득이 늘어나면 물질적인 풍요가 생기고 소비도 따라 늘어나는 만큼 또다시 많은 시간을 일해야 한다. 이 순환의 끝은 과연 어디일까. '시간은 돈이다'가 아니라, '돈은 시간이다'라는 말이 오히려 적합하다고 해야 하지 않을까. 아무리 생각해봐도 돈은 시간이다. 태어날 때부터 부자이거나 벼락부자가 아닌 이상 나를 포함한 수많은 사람들의 시간은 돈으로 환산되니 말이다.

평균 수명을 80살 정도로 본다 치고 나의 인생 전체를 따져본다면 가장 건강하고 가장 재미있을 나이인데, 하루 24시간 중 일하는 데 가장 많은 시간이 할애되는 것을 나는 정말로 원하지 않는다. 그래서 돈은 그다지 넉넉하지 않더라도, 하루에 누릴 수 있는 시간이 넉넉한 편을 택하는 것이 내겐 그리 주저할 일이 아니다. 자신이 직접 경험하지 않은 채로 얼핏 생각하면 이 선택은 간편하고 쉽게 보일지도 모르겠다. 내가 경제적으로 쪼들림이 없어서 그렇다고 생각하는 사람들도 간혹 있으니 말이다.

나는 혼자 살며 꾸준히 그림 작업을 해나가고 싶어서 20대 초반에 부모님의 원조도 없이 덜컥 독립을 했고, 늘 아르바이트를 병행하며 지냈다. 20세가 넘은 보통 성인으로서 월세를 부담하고 혼자 간신히 생활할 수 있는 정도의 돈을 벌어야 하는 데에는 어떤 이유가 붙을 수 없다. 필수불가결한 상황이자 선택에 따른 당연한 책임일 테니까.

그때를 돌아보면 일주일 내내 일할 수도 있었겠지만 4일 정도만 아르바이트를 하곤 했는데 적게 일하면 적게 벌고, 일하는 시간이 늘어나면 월급도 불었으니 시간과 돈의 관계가 더욱 확연히 다가왔다. 아르바이트하면서 그림 작업을 하며 살아가는 생활은 경제적인 면에서 넉넉할 수 없었다. 하지만 넉넉함의 기준을 돈으로만 보지 않는다면 나는 어느 부분, 특히 시간에 관해서라면 넉넉한 형편이었다.

내가 일을 적게 하고 적게 버는 가장 큰 이유는 작업 시간 확보였지만, 그게 전부는 아니었다. 아침 시간을 급히 서두르지 않고, 시장을 보고, 집에서 차를 마시고, 밥을 지어 먹고, 산책을 하다가 꽃구경도 하고 볕이 드는 곳에 앉아 맥주를 마시기도 하고, 같이 사는 고양이와 종일 붙어 있거나, 밤늦도록 작업을 하고, 또 천천히 책을 읽고…… 때론 늦은 밤까지 공연을 즐기고 클럽에서 마음껏 춤을 추는 시간들도 있었다. 그러니 시간이 없어 이런 일상을 이어가지 못한다는 것은 20대의 나에게 넉넉한 돈이 없는 힘겨움보다 더 가혹한 일이었다. 돈을 버는 데 온통 시간을 할애하는 바람에 누릴 수 없는 것이 너무 많다고 생각하면 지금 다시 돌아봐도 울적하다.

20대 초반쯤 어느 잡지사에서 요청받았던 인터뷰 하나가 기억에 남아 있다. 직장생활을 하지 않고 자기 작업을 하며 살아가는 프리랜서, 작가들을 인터뷰했는데(사실은 저마다 아르바이트생이기도 한 작가들) 에디터는 이런 질문을 했다. "고정수입이 없으면 생활이 어려운 건 사실이지 않은가? 작가 생활을 어떻게 하고 있는가? 먹고살 만한가? 회사를 선택하지 않는 이유는? 여가 시간은 무얼 하며 보내는가?"

나는 단순하게 답했다. "돈은 적게 벌면 적게 쓰면 된다. 나는 적게 쓰는 건 할 수 있지만 회사에 가는 것은 하고 싶지가 않다. 아침 일찍 일어날 자신도 없고, 아침저녁 지옥철을 타는 것을 내가 정말로 원치 않는다. 회사에선 음악을 맘껏 들을 수도 없고, 게다가 점심시간이 고작 한 시간인 것은 정말 별로다. 자잘한 지방 여행들도(그 당시에는 밴드하는 친구들과 영화제나 각종 축제에 곧잘 다니곤 했다) 갈 수 없게 될 테고, 일 년에 한 번 정해진 휴가철에 우르르 휩쓸려 가는 여행만 있다고 생각하면 나는 돈보다 시간이 넉넉한 것이 좋다. 모든 일엔 감수할 부분이 있기 마련이지만 그래도 그걸 감수하며 고정적 수입을 얻기보다는 적으면 적은 대로 맞추어 사는 편이 나는 더 낫다고 생각한다. 이건 단지 사람마다의 선택일 뿐일 텐데 나는 이편을 택했다."

돌아보면 막무가내로 싫다, 좋다 하는 식의 취향만 있는 스무 살 초반의 대답 같아서 약간 부끄럽긴 하지만 한편으론 명료한 답변이었다고 생각한다. 하루하루를 보내는 가치의 기준이 어디에 있는가로 삶의 방향은 정해지는 것 아닐까. '가치'라는 거창한 표현에 삶이 기대어 있는 것이 아니라, 생활을 유지해나가는 매일에 삶이 기대어

혼자. 집. 밥.

있는 것은 아닐까.

만약 내가 일하는 데 가장 많은 시간을 할애한다면 일상의 여러 모습들을 맛보기 어렵게 되리란 걸 어느 정도 당연시 여겨야 할 것이다. 돈은 있는데 시간이 없다면 자연히 외식이 잦을 테고, 장보고 밥 짓고 음식 마련하는 일은 멀어져만 갈 것이다. 느긋하게 식사할 시간이 확보되지 않는다면 아침밥은 거르고 점심밥은 간단히 때우거나 빨리 해치우는 식이 되기 쉽고, 그렇다면 저녁엔 보상이 될 만한 끼니를 바라기 십상이고. 산책이나 햇볕 쬐는 시간을 챙기기는 더욱이나 어려울 테고 말이다. 나는 그런 하루를 선택하지 않는 데 애쓰고 싶다.

돈과 시간의 가계부

저마다 생각하는 수입의 적정선이 있겠지만 그 기준이 고정되어 있는 것은 아니라서 대부분 현재보다 더 많은 소득을 원하게 되는 것 같다. 나도 지금보다는 좀 더 벌면 좋겠다는 생각을 한다. 이런 생각의 흐름대로 돈이 저 혼자 알아서 자라 열매를 맺어주면 좋겠지만 돈의 열매는 대부분 일하는 시간과 맞바꾸어진다. 여기서 나는 큰 두려움을 느낀다. 만약 현재의 소득에서 한 단계 낮아진다면 이제껏 누려왔던 물질적인 풍요와 익숙해진 씀씀이를 포기해야 할 것이다. 그 점이 쉽게 엄두가 나지 않기 때문에 다시 떠밀리듯 돈을 벌러 나가야 하는 생활을 반복하게 될까봐 두렵다.

나는 대학을 두 달 만에 자퇴하고 20대 때부터 직장 대신 작업을 택하고 아르바이트를 병행했다. 그리고 부모님 집에 공짜로 사는 대신 월세를 내면서 혼자 사는 편을 택했다. 그러니 소득이 적고 생활이 그리 녹록지 않았다는 건 말할 필요도 없을 것이다. 누군가는 직장생활 속의 고정적인 수입이 주는 안정감을 삶의 가장 우선순위에 둘 수도 있겠지만 나의 우선순위는 조금 다르다. 정당한 노동으로 자신이 먹고사는 일을 책임지는 것, 그러니까 한 사람의 성인으로서 자기 자신의 생계를 책임진다는 측면에선 나 역시 별반 다른 점도, 이의도 없다. 하지만 미래에 대한 큰 불안, 안정감과 물질적인 편의, 또는 '남들은 저만큼 사는데……' 하는 비교 때문에 일을 한다는 측면에서라면 크게 동의가 일지 않는다.

나의 시간과 노동력을 돈과 맞바꾸는 생활에 과연 딱 떨어지는 만족의 끝이 있을까? 나이, 성별, 직업 등을 대입해서 소득 수준의 평균치를 낸다고 하면 지금의 내 형편은 30대 여성은 물론, 화가라는 직업군의 통계 평균치보다 적을 것 같기도 하다. 그러나 소득 수준만으로 곧 내가 궁핍하고 불행한 시간을 보냈다는 의미가 될 수는 없다.

소득이라는 것은 어떤 기준으로 보느냐에 따라서 많고 적고가 천지차이기 때문에 어쩌면 명확한 기준을 가질 수 있는 것이라곤 밥을 굶는가와 굶지 않는가밖에 없는지도 모르겠다는 생각이 든다. 그런

데 요즘은 밥을 굶는다, 아니다를 가지고 논하기보다 '어디서, 무엇을 먹었는가'를 두고 '잘살고' '못살고'가 나누어지는 것 같다. "적게 벌고 적게 쓴다"는 말은 외식 한번 못 하고 여행 한번 못 가는, 빈곤하고 팍팍한 삶을 산다는 걸 의미하지는 않는다. 지출의 방향이 다르고, 소비의 길이 어느 쪽을 향해 있는가의 차이일 것이다.

직장생활을 하는 것도 아니고 사업체를 운영하는 것도 아니니 내 수입은 남들보다 적은 편에 속할 것이다. 그러나 내가 영위하는 생활에서는 크게 돈 쓸 곳이 많지 않은지라 쪼들리지도, 못먹고 못살지도 않는다. 그러므로 생활에 큰 불만이나 불편이 없다. '시간'이라는 부분에서 윤택하게 지내고 있는 것 자체가 나로 하여금 돈에 심하게 쫓기는 일이 적어지게 하는 것 같기도 하다.

나도 미래를 생각하지 않는 건 아니지만, 너무 먼 노후까지 금전적으로 치밀하게 대비하지 않아 오히려 불안한 부분이 적으니 그 점이 이득이라고도 생각한다. 내게 있어서 미래를 위한 고정 지출이라고는 다달이 들어가는 실비보험 4만 원이 전부다. 이마저도 2년 정도 납부하다가, 병원이란 곳은 가끔씩 한의원 가는 것 외에 달리 갈 일도 없고, 약이란 것도 거의 먹지 않은 지가 햇수로 몇 년째인데 실비보험을 왜 들었나 싶어서 없앨까 했다. 하지만 한 10년 정도 납부하면 80세까지 보장한다고 하기에 모른 척하고 그냥 두기로 했다.

미용실에 있는 시간이 지루해서 나는 1년에 한두 번 미용실에 간다. 옷이라면 브랜드를 좋아하기보다 매치하는 놀이에 흥미를 느끼는데 쇼핑을 끊어보는 기간을 가진 뒤론 옷을 구입하는 일이 현저히 줄었다. 화장품이라면 스킨, 로션, 수분크림, 영양크림, 아이크림 순서대로 바르는 것도 아니고 보통은 알로에에 유기농 식물성 오일을 섞어 바르는 것이 몇 해째인데 굉장히 만족스럽다. 화장은 가끔 가다 한 번씩 하니 메이크업 제품도 도통 닳지를 않는다. 그러니 화장을 지워내는 클렌징 제품 등 구비할 품목들도 별로 없다. 평소 손톱을 바짝 깎는 것을 좋아하고 손수 바르는 매니큐어가 만족스러워 네일 아트나 페디큐어 등등에 드는 비용도 없다. 이런 이야기를 하는 요는, 이와 같은 부분의 지출만 모두 합해도 아마 내가 1년에 한 번 여행을 떠날 수 있는 비용이 되지 않을까 해서다.

또 나는 술을 좋아하고 반주를 무척 즐기는데 술집에 쓸 지출의 대부분을(전부는 아니지만) 집으로 돌린다. 그러면 술집에서보다 더 퀄리티 좋은 술을 마실 수 있는 것은 물론이고 여러 모로 볼 때 장점이 훨씬 많다. 그래서 기꺼이 집을 선호하는 편이다. 또, 직업 특성상 고정수입은 없을지언정 직장인이라면 매달 나가는 교통비(늦잠이나 야근으로 이용하는 택시비 포함), 매일 먹는 점심 값과 커피 값이 들지 않는다. 여기에 들어가는 비용이 결코 만만치 않을 텐데 어쩌면 나는 이런 부분에 대한 지출 금액만큼을 작업에 필요한 물품을 사고 매일 마시는 커피를 위해 원두를 구비하고 아침에 먹을 빵을 사는지 모른다.

두 해 전부터 집 뒷산(인왕산) 약수터에서 물을 떠다 마시고 있으니 (산이 가까운 쪽의 집을 구하려 하기도 했다) 공짜로 맛 좋은 물도 먹고 더불어 운동도 되고, 일석삼조다. 생수를 사먹는다면 매달 생수 값에 해당할 만큼의 금액이 일주일에 두 번 구립 수영장을 다니는 비용과 맞먹을 것 같다. 구립 수영장은 시설이 말끔하고, 1회 이용요금으로 본다면 목욕탕 이용요금보다 저렴해서 '음, 세금 잘 쓰이고 있구먼!' 하는 생각에 매번 뿌듯하다(심지어 셔틀버스도 운영하니 추천한다!).

전시를 한다거나 작업 관련해서 차가 필요할 때마다 자동차가 있었으면 하기도 한다. 하지만 택시를 이용하거나 용달차를 부르면 또 그만이라 그 생각이 오래가지 않는다. 차가 없으니 자동차 할부금도, 세금도, 보험료도, 주유비도, 주차비도 나갈 일이 없다. 서울에선 오히려 차가 있으면 손해 아닌가 하는 생각이 들어서 언젠가 사게 되더라도 그 시기가 늦어지는 편이 이득이지 않을까 생각한다. 이처럼 생활하고 있으니 내게는 다달이 큰돈이 요구될 일보다는 오히려 넉넉한 시간이 요구되는 일이 잦은 게 당연한지도 모르겠다.

3

'지금'의 나를 대접하며 살기

차곡차곡 쌓여가는 일상

내가 어렸을 때 엄마는 사용하지 않는 그릇을 몇 박스나 가지고 있었다. 그릇들은 몹시 튼튼한 바나나 박스에 담긴 채로 베란다에 있었는데, 몇 년간 한 번도 펼쳐본 적이 없어서 그것이 그릇 박스라는 사실은 이사 갈 때가 되어서야 알 수 있었다. 비싸다고 하는 그 그릇들은 '다음에 넓은 집 가서 잘 해놓고 살 때'라든가 '나중에 너 시집갈 때'라는 말들과 함께 봉인된 채 결국은 내가 스무 살 초반 집을 나오게 될 때까지 영영 열리지 않았다.

또 다른 친구네도 사정은 다르지 않았는데 집에 창고처럼 쓰이는

혼자. 집. 밥.

방이 있었고, 그 방에는 각종 냄비 세트며 프라이팬 세트, 식기 세트, 찻잔 세트, 다기도구 등등 반지르르하고 값나는 것들이 산처럼 쌓여 있었다. 우리 집이나 친구 집이나 막상 부엌에서 사용하는 것들은 낡고 후진 것들이라 친구와 나는 불평을 했다. 친구의 엄마도 역시 '나중에 더 좋은 집에 가면'이라든가 '너 시집갈 때'라고 이야기했다고 하니 엄마들이란 도대체 다들 왜 그러는지 모르겠다고 우리는 못마땅해하면서도 깔깔 웃었다.

어느 날 그 친구네가 아주 넓고 호화로운 집으로 이사를 가게 되었는데 수백만 원짜리 대리석 식탁에는 여전히 꼬질꼬질하고 오래된 부엌살림이 오른다고 했다. '엄마들은 왜 그럴까. 집에서 가장 많은 시간을 보내는 사람은 다름 아닌 당신 자신과 가족인데, 집에서 밥을 가장 자주 먹는 사람은 손님이 아니라 우리 가족인데!' 하는 생각이 들었다.

1년에 한두 번 손님이 올 때만 밖으로 나올까 말까 하는, 장식용으로 전락한 찬장의 식기들은 어떻게 이해해야 하는 건지 정말 모를 일이다. 남을 위하고 대접할 줄 아는 것도 중요하지만, 정작 자신의 일상은 무시된 채 특별한 날만을 위한 장치들이 집 안의 더 많은 공간을 차지하고 있는 것을 어떻게 설명하면 될까. 우리들의 일상은 괜찮은 걸까.

때때로 남에게는 안 하는 일을 자기 자신에게 하는 경우가 많아 보인다. 상대에겐 충분히 위로를 건네면서도 자신에겐 타박과 질책만 한다든지, 집에 누가 온다고 하면 안 하던 청소를 다 하면서도 정작 집에서 더 많은 시간을 보내는 자신에겐 그런 청결한 공간을 제공하는 일을 미룬다든지, 손님을 초대하고선 준비한 음식들을 어디에 담아내면 좋을지 접시들을 가지고 궁리하지만 혼자 있을 땐 김치통을 통째로 열어놓고 먹는다든지.

남을 위한 대접은 지극정성이면서 자신을 위한 대접엔 서투르고 야박하기까지 한 것은 단지 엄마들의 찬장 속 그릇들에만 해당되는 문제가 아니었던 모양이다. 나 역시 남에게는 아량을 베풀거나 상대방의 입장을 이해하려 애쓰는가 하면, 다른 사람의 슬픔엔 공감하려 노력하면서도 정작 나 스스로에게는 박하게 굴 때가 많다. 그래서 이따금 한 번씩 숨이 콱 막힌 듯 답답해지거나 좌절감이 무겁게 내려앉곤 하는데, 그럴 때면 손님을 위해 값비싼 그릇을 쟁여두는 그 마음과 나의 마음이 다를 바 없다고 느껴진다.

이런 생각이 들 때면 작지만 대단한 일, 나를 대접하는 일들을 시작하고 싶어진다. 집안일이라고 뭉뚱그려져 별일 아닌 것처럼 치부되지만 사실은 살아가는 데 몹시도 중요한 일들 말이다. 환기를 시키고 청소를 하고 침대 시트를 갈면서 주변을 말끔히 정돈하고, 뽀득한 그릇에 따뜻한 음식을 차려 나에게 내어주는 일들을 할 때면 평소 바깥으로 열리기 쉽던 문이 나를 향해서 열리는 듯하다.

미래보다는 지금을 존중하고, 특별한 선물보다는 순간순간 내게 필요한 선물을 주고, 남들한테 하려는 만큼 나 스스로에게도 대접할 줄 아는 일을 익히는 것이 중요하게 느껴진다. 이미 가지고 있는 것을 보지 못하거나, 가진 것을 제대로 이용하지 못하는 건 어리석고 슬픈 일이다. 그러니 돈이 없다고 한탄만 할 게 아니라 돈 주고도 사지 못하는 시간을 부릴 수 있다는 데 초점을 맞추는 일 역시 나를 대접하는 의미라고 생각한다.

SNS상의 유명한 맛집이나 인터넷 쇼핑몰을 둘러보며 '오, 저기 가 봐야지.' '아, 예쁘게 해놓고 산다.' 그러면서 막상 자신의 냉장고와 찬장에선 음식물들이 썩어나간다거나 장롱에 아직 한 번도 입지 않은 옷들이 널려 있다는 걸 깨닫지 못하는 일들. 없어서 못하는 것이 아닌, 있어도 하지 않는 것. 그게 바로 자신에 대한 홀대이자 근무태만이 아닐까. '충분하다'는 느낌은 매우 상대적이고 주관적이겠지만, 실제로 무엇이 차고 넘쳐날 때만 해당하는 말은 아닐 것이다.

모자라다고 보면 모자랄 수도 있지만 그럼에도 있을 만한 건 있다는 자각, '그래, 이 정도면 충분하지!' 하는 것이야말로 진정한 '충분함'이 아닐까? 돌이켜보면 늘 뭔가 모자라다는 생각을 마음 한구석에 두고 살아왔던 것 같아 반성도 해보고, 문득 지금이야말로 정말 충분하다는 걸 깨닫는다.

마주 앉은 식탁

이해해주리라 믿으며 나의 짝꿍 이야기를 좀 하려고 한다. 내가 가장 자주 함께 밥을 먹는 짝꿍은 그가 살아온 습관대로 음식을 엄청 빨리 먹는다. 그런 그의 모습을 보고 있노라면 마치 동물처럼 먹어 치우는 듯해서 "우와, 식탁을 쓸어버렸네?" 하며 좀 천천히 먹으라는 의미가 담긴 우리끼리의 농담을 건네곤 한다.

'대화가 있는 편안하고 느긋한 저녁식사'라는 그림과는 너무 동떨어진 채, 그저 먹는다는 행위만 느껴질 때가 많았다. 그러면 나는, 5분 만에 밥 먹고 그것도 모자라 그 시간에 휴대전화까지 보는 게 함께하는 식사냐며 거의 울상이 되어 투덜거리고, 또 그러다 보면 밥상머리에서 다툼이 일어나기 일쑤다. 그런데 그와 함께하는 날들이 쌓여갈수록 그가 밥 먹는 속도를 조금만 더 늦춰주었으면 하는 바람보다 더 중요하게 다가온 것이 있었다. 그 자신이 얼마만큼의 양을 얼마만큼의 속도로 빨리 먹는지, 어느 정도의 양이 자신에게 적당한지 스스로 헤아릴 수 없다는 점이었다.

몇 번의 계절을 거치며 나름의 최선으로 자라났을 재료들, 또 여러 사람들의 수고가 모여 만들어진 음식을 단 몇 분 만에 먹어 치워버리다니, 그건 음식에 대한 도리가 아니다 하는 생각이 들 때, 나는 슬픔과 안타까움이 커졌다. 단순히 너와 나의 식사 속도 차이가 아닌, 음식을 대하는 태도와 세상을 보는 시선의 차이로 느껴졌기 때문이다.

연애 초반 짝꿍네 집에서 밥을 먹을 때면 내색은 못했지만 나는 식욕이 떨어지곤 했다. 말끔하게 설거지가 되지 않아 고춧가루와 마른 밥풀이 붙어 있는 식기를 보면서 도저히 맛있게 먹을 수가 없었기 때문이다. 그리고 대접받지 못한다는 느낌에 눈물이 뚝뚝 떨어지도록 서럽기까지 했었다. 우리가 길거리 음식을 무척 좋아한다지만 이런 지저분한 밥상을 좋아라 할 리는 없는데 내가 데이트의 시작을 잘못했구나 하는 후회가 들었다.

아침에 먹다 남은 반찬을 싹싹 마저 비우는 살뜰함이야 늘 환영이지만 젓가락으로 헤집어놓거나 말라비틀어진 반찬이 밥상에 오르는 것은 나 자신은 물론 나의 하루까지도 푸대접을 받는 기분이 들게 했다. 그럴 때마다 "뭐야, 이거 완전 로컬 스타일~?" 하면서 쿡 찌르며 웃어넘기긴 했지만 '아무리 로컬, 거리음식, 포장마차라도 엄연히 식욕을 돋우는 음식에 걸맞은 세팅과 접대가 존재하고, 정도의 차이는 있을지언정 엄연히 식사에 대한 편의나 예절이 존재하기 마련인데 이건 로컬 스타일도 될 수 없다'는 말이 목 끝까지 찰랑찰랑 차곤 했다. 성향이나 취향의 차이가 있을 수 있겠지만 찬밥에 김치, 고추에 된장이 전부인 한 끼라고 해도 나는 될 수 있는 한 정갈하게 차려서 천천히 음미하며 먹고, 다 먹고 난 뒤 '아, 맛있게 잘 먹었다.'라고 느끼는 게 멋진 식사라고 생각한다.

설령 인스턴트식품일지라도 음식을 먹는 것은 자연이 힘껏 마련한 정성을 먹는 일이라고 생각해왔는데, 그건 내가 발현하고 싶은 모습이자 그림이었을 뿐이다. 음식을 대하는 태도가 같을 수 없다는 걸 확연히 알게 되었다. 식사시간과 음식에 대한 감사의 마음은 같을지라도, 그 마음이 같은 모습으로 재현되지는 않는다는 사실을 말이다.

색종이 부스러기 같은 양념들이 여기저기 덕지덕지 묻은 반찬통을 그대로 상에 올리고, 같이 떠먹는 국물에 김치를 넣어 휘젓는다든가, 조금 남은 찌개 냄비에 밥을 말아 마시듯 떠먹고, 국수나 라면 담을 때나 쓰는 큰 대접을 밥공기로 사용해서 먹는 양을 가늠하지도 못한 채 5분 만에 식사를 마치곤 하는 짝꿍의 밥상에 나는 적응하기가 도무지 어려웠다. 혹시 내가 서로의 다름과 차이를 인정하지 않고 나만이 옳다는 고집을 부리고 있는 건 아닌가 싶어 선뜻 말도 꺼내지 못하고 속앓이만 계속했다.

시간이 갈수록 이 문제가 나의 취향, 우리의 다름으로만 설명될 수 있는 것인지, 과연 내가 적응을 해나가야 하는 종류의 일인지 모르겠어졌다. 제대로 씻기지 않아 얼룩지고 냄새나는 컵을 볼 때면 마음이 얼룩덜룩해져갔다. 그사이 나는 점점 함께 먹는 밥상에서 멀어지고만 싶어졌다. 그러다가 마침내 서로 자라온 환경이나 취향, 위생관념 등의 차이일 수 있다는 점에 대한 이야기는 잠시 보류하고, 이런 방향의 식사 문화가 과연 우리에게 좋은가 하는 문제에 대해 함께 이야기를 나누게 되었다.

당신이 위가 커서 많이 먹는 것은 당연하지만 적지 않은 양을 5분 만에, 그것도 자기가 얼마만큼 먹는지조차 모르고 뚝딱 해치워버리 듯 먹는 건 좀 그렇지 않느냐, 쌀 한 톨이라도 모든 음식이 여기까지 오는 데 얼마나 오랜 시간이 걸릴 것이며 내가 재료를 다듬고 상에 올 릴 때 역시 여러 과정과 품이 드는데 그렇게 빨리 먹어 치워버리는 것 은 음식에게도 예의가 아니지 않겠느냐, 이렇게 식사를 함께한들 어 떻게 함께 먹는 밥의 의미가 있다고 할 수 있겠느냐, 나는 식사 때 허 무감이 든다고 말했다.

앞으로는 보통 사이즈의 밥공기에 두 그릇이고 세 그릇이고 밥을 담아 먹어보면 어떻겠냐고, 그래서 자신에게 얼마만큼의 양이 가장 알맞은지 알아보자고 권했다. 또, 같은 반찬이라도 이왕이면 예쁜 접 시에 덜어 먹었으면 좋겠다고 말하자니 단순히 내 취향을 감안한 요 청으로만 들리지 않을까 싶어서 반찬을 통째로 먹으면 침 닿은 젓가 락 때문에 음식이 금방 상한다는 논리를 더했다. 그리고 솔직히 무엇 보다 이런 밥상 환경에서 내가 밥맛이 전혀 돌지 않는다고, 그래서 함 께하는 식사가 즐겁기는커녕 울적해진다고 토로했다. 그러자 그는 듣고 보니 충분히 이해 가고 일리 있는 말이라며 수긍하고 자신도 바 꿔보고 싶다고 했다. 짝꿍이 나보다 위의 크기뿐 아니라 마음도 넓은 게 정말 다행스러웠다.

그가 살아온 시간과 습관이 그래도 얼만데, 우리의 식탁과 식사시간의 변화가 한순간에 이루어지리라고 생각하긴 어렵다. 하지만 함께 밥상을 마련하는 시간이 쌓이고, 논쟁도 쌓이고, 대화가 계속될수록 차츰차츰 먹거리를 바라보는 태도, 일상을 보내는 방식과 모습 같은 것들을 공유할 수 있다는 건 우리에게 기쁜 과정이다.

작은 대접들이 모일 때

'혼자집밥' 블로그의 사진으로 우리 집 상차림을 본 사람들과 집에 놀러온 친구들은 종종 "이거 예쁘다. 어디서 산 거야?" 하며 접시와 그릇 등 부엌살림에 대한 질문을 하곤 한다. "이건 벼룩시장에서 산 거, 이건 선물받았고, 글쎄 그건 어디서 얻은 거였는데, 그건 예전에 다이소에서 샀고, 그건 나 어릴 때 엄마가 가지고 있던 접시, 그건 이사 간 집 앞에 한가득 쌓여 있던 옛날 그릇들 가운데 골라서 주워온 거." 등등의 대답을 하면 대부분 조금은 놀라는 눈치다. 내가 컵 욕심, 그릇 욕심이 있다는 걸 빤히 알기에 갑자기 그게 웬 말이냐 하는 것 같다.

"이거 다 얻었다고?" "뭐? 길에서 주웠다고?" "다이소에 이런 게 있어?" 되돌아오는 이런 질문이 때론 약간 멋쩍기도 하지만 내 취향에 따라 하나하나 모이게 된 물건들이 조화롭게 잘 어우러져 보인다는 뜻이지 싶어 한편으론 내 안목에 자랑스러운 기분이 들기도 한다.

아침이면 나는 우리 집 구석 주방 찬장에 오밀조밀 놓여 있는 그릇과 컵들을 보며 오늘의 물 컵과 커피 잔을 제법 신중히 고른다. 저녁에 맥주잔을 고르는 데도 물론 잠시 고민하고 김치찌개를 뚝배기에 덜어 먹을까, 그릇에 덜어 먹을까 망설이는 게 나로서는 쓸데없다고 여겨지지 않는다. 남들이 그런 나를 보고, 혼자 먹으면서 뭘 그리 까탈스럽게 구느냐 묻는다면 나는 여러 모로 유용한 이 놀이를 즐기고 있는 거라고 답하고 싶다.

'일상'이란 저절로 평온이 유지되거나 저절로 근사해지는 성질을 갖고 있지는 않을 것이다. 하루하루를 살아가면서 그때그때 이루어지는 작은 선택과 그에 따른 책임들로 채워지는 게 일상일지도 모른다. 외식비용을 줄이는 대신 좀 더 질 좋은 식재료를 택해 집에서 해 먹는다거나, 매일매일 그저 그런 맛의 커피 한 잔씩을 사먹기보다 원두를 직접 내려 마신다거나, 버스 몇 정거장 정도 거리라면 운동 겸 산책으로 가뿐히 여긴다거나 하는…… 이런 실질적인 실천들이 모이면 일상은 그 모습대로 변하기 마련일 것이다. 그렇게 조금씩 비로소 내가 살고자 하는 방향과 나의 일상이 맞닿아질 때, 결국 그것이 나와 나의 삶을 대접하는 일이 아닐까 생각한다.

$$4$$

혼자와 집과 밥, 이야기를 나누다

1인 캠페인, 프로젝트의 시작

'집밥'은 단순히 먹는 데 그치는 것이 아니라 몸과 마음의 건강을 책임지고, 경제적으로는 돈을 절약할 수 있는 데 큰 역할을 한다. 또 거기에서 오는 만족감으로 일상은 윤택해져서 혼자일 때의 외로움에 크게 비중을 두게 되지 않는 것 같다.

하지만 일과 사람에 치여 쌓인 스트레스를 풀기에 덩그러니 혼자 사는 집은 휴식처가 되기보다 오히려 답답하고 지루한 공간이 되기 쉬울 것이다. 그럴 때의 끼니는 해결해야 할 문제이거나, 현재 자신의 경제 지표가 되는 것 아닐까.

혼자 가게를 운영하던 시절, 나 역시 매 끼니를 엄청 잘 챙긴다든가, 매일 집에서 밥을 지어 먹는다거나 하지 못했고 또 그렇게 하지는 않기로 했다. 새벽에 가게 문을 닫으면 주린 배를 채우러 나의 참새방앗간이었던 집 앞 실내 포장마차에 가서 얼큰한 꽁치김치찌개에 공깃밥을 시켜 먹거나, 꼬막무침에 밥을 비벼 먹기도 하고, 달걀옷 입은 동태전을 반찬 삼아 기본 안주로 내어주는 콩나물국에 밥을 말아 먹으며 반주를 하는 일이 잦았다. 하루에 한 끼만큼은 곡기(밥)가 배 속에 들어가야 한다는 생각이었으니까, 정확히 말하자면 포장마차를 갔다기보다는 밥을 먹기 위해 새벽에 문 연 식당을 찾아 한잔 곁들였다는 표현이 더 알맞을 것이다.

포장마차에서는 기본 안주로 작은 뚝배기에 달걀찜이 나왔는데 자주 오가며 친해지면서는 달걀프라이로 달라고 부탁드렸다. 달걀프라이가 왠지 더 집밥을 먹는 듯한 느낌이 들기도 했고, 어릴 때부터 내게는 칼칼한 김치찌개에 달걀프라이를 곁들인 밥 한 공기가 어떤 진수성찬보다 만족스러웠다. 내가 가게를 운영한다는 것을 아시는 포장마차 사장님께서는 젊은 친구가 혼자 사업한다고 대견해하시며 손수 담근 김치나 반찬을 챙겨주시기도 했다. 그렇게 새벽에 밥 한 끼를 따뜻하게 잘 먹었던 기억은 지금도 마음속에 깊이 자리잡고 있다.

하지만 바깥에서 아무리 든든히 먹을지라도 하루 한 끼, 점심에 혼자 먹는 밥 한 끼만은 꼭 집에서 챙기려고 노력했다. 아무리 맛있는

혼자. 집. 밥.

음식이라도 연달아 바깥 음식을 먹으면 속이 편치가 않은 데다가 매일 밥을 사먹으면 지출도 만만치 않게 커지니까. 그러나 무엇보다도 일상에서 뭔가 중요한 부분을 쏙 빼놓고 산다는 생각이 들었기 때문이었다.

가게를 혼자 운영하면서도 내가 작업에서 아예 손 놓지 않고 나름의 생활을 유지할 수 있었던 건 하루 한 끼 혼자 조용히 집에서 밥을 먹는 시간이 있었기 때문이라고 해도 과언이 아닐 것이다. 집밥이라고 해봐야 말 그대로 우리 집에서 밥을 먹는다는 것뿐이지, 엄마가 차려주는 밥상이나 한식집 같은 곳의 한상 차림을 말하는 것이 아니다. 설령 빵 한 쪽과 달걀프라이, 간단한 샐러드와 커피로 아침을 먹더라도 오늘은 무얼 먹을까 궁리하고, 장을 보고, 집에서 만들고 차리고, 혼자의 시간을 갖고, 뒷정리를 하고…… 이렇게 꾸려지는 생활은 내게 큰 중심이 된다는 이야기를 하고 싶다.

여기저기 맛집 정보가 넘쳐나는 세상이고 저렴하게 사먹을 수 있는 음식들이 많지만, 그래도 내가 집밥을 먹어 버릇해보니 좋고, 또 좋은 건 나누고 싶다는 마음에 주변 친구들에게 권해보기도 했다. "에이, 그래도 사람이 밥 한 끼는 집에서 먹어야지."라든가 "피자도 샐러드도 다 좋지만 한국인이 한 끼 정도는 밥을 먹어줘야지."라며.

끼니 잘 챙겨 먹어라, 나 요즘 이거 해먹는데 만들기도 쉽고 맛있더라, 간단하게라도 집에서 밥을 먹어야지 자꾸 바깥에서 먹으니까

탈나지, 그 지출을 다 어떻게 감당해, 살 빼고 싶다며 만날 그런 거 사먹으면 어떻게 해, 집에서 간단하게나마 이렇게 저렇게 해먹어봐, 마트 가니까 그거 얼마더라 하는 정보까지, 대화를 하다 보면 나에겐 이런 말이 자연스레 나왔다. 걱정과 염려로 하는 말이지만 정작 듣는 친구들에겐 나의 이런 말들이 잔소리로 여겨지기 쉬웠다. 너도 나도 잘먹고 잘 살았으면 좋겠다는 안타까움과는 다르게 이런 이야기들이 아무런 힘을 받지 못한다고 생각이 들 때는 정말 속상하고 외로웠다. 대신 "내일 우리 집에서 점심 먹자."라든가 "술집 가지 말고 우리 집에서 안주 만들어 먹자." 또는 "같이 장보러 가서 반반씩 나누자." 같은 제안들은 훨씬 유연하게 받아들여지는 듯해서 이편이 더 좋다는 걸 알게 되었다.

그러다가 어느 날 문득 한 가지 생각이 떠올랐다. '블로그를 만들면 어떨까. 내가 1인 가구로서, 별것 아닌 듯한 메뉴지만 매일 집밥을 차려 먹으며 지내는 모습을 보여주는 거야. 그 모습이 좋아 보여 누군가에게 자극이 될 수도 있다면 그건 정말 멋진 일이다. 그래! 1인 캠페인을 시작해보자. 이건 새로운 프로젝트야!' 나는 컴퓨터 자체에 별로 익숙하진 않지만 블로그라면 왠지 쉽게 포스팅할 수 있을 것 같다는 생각에 동생의 도움을 받아 시작했다.

내가 블로그에 소개하고 싶었던 것은 맛있고 다양한 메뉴 소개가 아닌 혼자 먹는 '집밥'이라는 의미가 컸다. 나와 집의 정서가 스미어 있으면 어떤 메뉴이건 '집밥'이라 불릴 수 있다는 것, 집에서 혼자 먹는 밥은 궁상스럽지도 초라하지도 않다는 것, 혼자 산다는 것이 실제로는 외로움을 상징하지는 않는다는 것, 또 자취와 독립 중 어느 쪽을 선택할지에 대한 질문들을 밥을 매개로 슬며시 던져보는 일.

이런 이야기들이 개인적인 주장으로만 비치지 않았으면 하고, 혼자 오래 살고 있는 1인 가구인 내가 보내는 하루하루, 그리고 혼자 먹는 실제의 밥상을 꾸밈없이 담담히 기록하고자 했다. 요리 블로그도 아닌 이런 성격의 블로그가 처음엔 어떻게 비칠지 모르겠지만 계속 쌓이다 보면 글 한 줄 한 줄, 밥상을 소개한 사진 한 장 한 장이 누군가의 식탁과 일상에 가 닿지 않을까. 1인 가구인 내 주변사람들을 포함해 또 다른 많은 사람들이 혼자서도 잘 지내고, 혼자 밥을 먹을 때도 기분 좋게 먹었으면 좋겠다는 마음으로 했다. 시작은 조금 생소하고 낯설지라도 어쨌든 가치 있는 작업이지 않을까 하는 생각에 나는 무작정 해나가자 마음먹었던 것이다.

나에게만 좋은 것이 아니라 모두에게 두루두루 좋은 일이라야 진짜로 '정말 좋은 것'이 아닐까 하는 생각은 그때 즈음의 내 마음속에 큰 울림이었다.

그렇게 나 혼자 하는 캠페인의 일환으로, 아마도 오래 해나가게 될 프로젝트 〈프로젝트 가치삶; 혼자집밥〉을 시작했다.

혼자. 집. 밥.

밥으로 묻는 다정한 안부

산다는 게 뭘까, 잘 산다는 건 어떤 걸까. 다소 무거운 주제가 되기도 하는 이런 생각은 아침의 빵과 커피, 저녁의 된장국과 밥으로부터 시작되기도 한다. 밥을 지어 먹는다는 건 단지 식품이나 요리, 힐링이나 취미 이야기에 그치는 것도 아니고, '욜로'라는 라이프 스타일이 될 수 있는 영역도 아니라고 생각한다. 이것은 마치 숨 쉬는 매순간이 특별하게 여겨지지 않거나 삶이 굵직한 에피소드로만 이루어지지 않는 것과 비슷해 보인다.

생명을 영위하도록 하는 동시에 나의 육체와 정신을 이루는 밥, 먹고산다고 하는 넓은 범주에서의 밥, 그런 밥이 된장국과 김치뿐이라고 해서 과연 소박하고 간단한 밥상으로만 여겨질 수 있을까. 또 좋은 쪽으로 돈이 흐르는 소비를 고민하는 것과 가계의 꾸림이 그저 지출이라고만 불릴 수 있을까. 가짓수가 많은 밥상도 물론 좋지만, 그보다 충분히 즐길 수 있는 밥상이 나는 더 좋다. 돈 버는 일에 대부분의 시간을 투자하느라 막상 나 자신이 살기 위해 먹는 밥을 지어 먹을 시간도 없다고 생각하면 가슴 한켠이 헛헛해진다.

이런 마음을 안고 매일 집밥을 실천하며 블로그에 글을 올리는 동안 〈프로젝트 가치삶; 혼자집밥〉의 게시물 숫자는 늘어갔다. 나를 포함해 블로그를 지속적으로 지켜보는 사람들의 생활도 함께 변화하고 있다는 느낌이 들었다. 밥상이 변하면 개인의 일상은 자연히 달라지기 마련일 것이다. 장을 보고, 음식을 만들어 먹고, 남겨진 재료들은 다음 날 또 다른 음식으로 탈바꿈하여 접시에 올라 한 끼를 책임져주고…… 장만해온 재료가 다 떨어지면 또다시 장보기에 나서고…… 단순해 보이는 이 일련의 순환에서 나는 어떤 숭고함마저 느낀다. 산다는 거, 잘 산다는 건 특별히 다른 게 아니라 이런 반복됨이 모여 이루어지는 것 아닐까 하는 데 생각이 미친다. 손수 밥을 지어 먹는 생활은 내가 그림 작업을 하는 데에도 든든한 바탕이자 스승의 역할을 해주고 있는 것이 사실이다.

블로그에는 당연히 음식 사진이 주가 되었지만 이는 요리법이나 비법을 소개하는 것이 아니라 오늘 내가 먹은 음식의 재료와 출처에 대한 이야기, 맛에 대한, 맛으로 이어지는 기억에 대한 이야기, 나의 소비에 관한 이야기를 담은 것이다. 때때로 조리법을 간단히 이야기하기도 했지만, 나도 검색을 통해 반찬을 만드는 일이 잦은 사람이라 그런 부분은 크게 다루지 않았다. 그보다는 요즘의 야채 값과 농산물 이야기, GMO(유전자변형농산물) 이야기, 프랜차이즈와 생협 이야기, 우리 동네에 있는 가게 이야기들이 블로그에 주로 꾸려진다. 이런 나의 이야기들은 천천히, 차츰차츰 각기 다른 상황 속에서 살고 있는 다양한 연령층의 사람들에게 다가가게 되었다. 자신의 소비습관과 매일 먹는 끼니에 대한 생각이 변화하고 있다는 반갑고 진실한 소식들이 전해질 때면 나도 정말 좋다.

혼자. 집. 밥.

삼각김밥이나 만두로 끼니를 때우기 일쑤였는데 이제 종종 도시락을 싸가지고 다닌다는 친구의 이야기, 연인과의 이별, 또는 이혼으로 생활이 엉망이 되어서 먹는 것조차 관심을 잃었었는데 자신을 위해 밥을 짓기로 했다는 익명의 고백들, 음식에 집착해왔는데 이제 적당함에 만족을 느끼고 싶어졌다는 편지, 배고프면 먹는 게 당연한 '밥'이 아니라 감사한 마음으로 먹는 '밥'을 알게 해주어 고맙다는 말들, 여태 의식하지 못했는데 생각보다 주변에서 얻어지는 먹거리들이 많다는 걸 알게 되면서 고마움을 갖게 되었다는 이야기들, 이런 개인적인 이야기들은 결코 작은 부분으로 느껴지지 않는다.

기준을 세우기에 따라 많은 사람들의 수는 아닐 수도 있겠지만 이런 반응과 변화가 나는 실로 엄청난 일이라는 생각이 든다. 이런저런 소식을 들을 때면 얼굴도 집도 나이도 모르는 그 사람들을 향해 절로 기도하는 마음이 되곤 했다. 그냥…… 아름답게 느껴졌다. 밥을 만드는 사람, 밥을 먹는 사람들 모두. 밥을 짓는 손들 모두.

내가 누룽지에 김치를 먹는 사진과 글이 누군가의 생각을 부드럽게 건드릴 수 있었다는 사실도 아름답게 느껴졌다. 나의 진심이 잘 전해졌구나, 잔소리처럼 투박하지 않았구나 하는 생각에는 안도감도 일었다. 용기 낸 고백들, 올라오는 사연들 하나하나마다 온기가 실려 있었기 때문이다.

'가치 있는 삶'이란 무엇이다라고 그 형태나 방식을 명확히 말할

혼자. 집. 밥.

순 없지만 '같이 사는 삶'이라는 부분만큼은 어렴풋이나마 느껴진다. 〈프로젝트 가치삶; 혼자집밥〉을 진행하면서 이런 걸 알아가는 것은 내게 뜻깊다. 매일 먹고 있는 밥은 우리의 일상에 자연스럽게 스며 있으며 삶에서 이루어지는 모든 관계 속에서 떼려야 뗄 수 없는 가장 중요한 부분을 차지하고 있으니 말이다.

안부를 물을 때도 밥은 먹었느냐, 밥 잘 챙겨 먹어라, 밥이 보약이다 하고, 인사를 나눌 때도 언제 밥 한번 먹자고 한다. 밥으로 이야기하는 안부를 나누다 보면 서로의 배 속 사정을 궁금해하고 그것으로 서로의 안녕을 미루어보는 것 같아 속 깊은 다정함이 느껴진다.

혼자, 집, 밥 이야기

몇 년간 '혼자집밥'을 하나씩하나씩 블로그에 포스팅하며 숫자를 붙였는데 '프로젝트 가치삶; 혼자집밥 1000'이라고 쓰일 날이 오면 1000회 기념으로 작게 잔치라도 벌일까 하는 생각을 하게 되었다. 뭔가 재밌는 일을 마련해보고 싶었다. 인터넷상이 아니라 실제로 서로 악수를 나누고 얼굴을 마주대하는 만남도 있었으면 했다.

아기가 세상에 태어나 100일까지 잘 지냈으면 앞으로도 잘 살 수 있겠구나 하는 안도와 축복의 의미로 백일을 기념하게 되었다고 들었다. 그와 비슷하게 '혼자집밥'에 붙는 밥상의 숫자가 1000을 향해

가자 나도 안도의 마음과 함께 축하를 하고 싶은 생각이 들었다. 귀찮아 미루고 싶거나 그만두고 싶을 땐 '천일기도'를 하는 심정으로 했던 작업이기도 하고, 또 천 개의 밥상을 이야기하는 동안 무엇을 담아내고자 했었는지 돌아보고 싶었다.

아무리 다짐을 해도 작심삼일이 되기 일쑤고, 운동을 시작해도 3개월 못 가 그만두는 일이 허다하고, 연인과 3년을 꼬박 만나는 데는 또 얼마나 고비들이 많은가 등등을 빗대지니 1000회를 기념하고 싶은 생각이 더더욱 짙어졌다.

무엇을 하든 공간이 필요하니 먼저 공간을 알아보던 차에 성북동에 있는 갤러리를 만나게 되었다. 처음엔 그동안 '혼자집밥'을 지켜봐오던 1인 가구들의 신청을 받아 같이 간단한 밥상을 차려보고, 이후 남은 식재료도 나누어 갖고, 혼자 사는 이야기들도 나누어볼까 싶었다. 또 이벤트로 하루 동안 '혼자집밥' 식당을 열어볼까 하는 아이디어를 운영자와 나누기도 했지만 뭔가 딱 '이거다!' 할 만한 기획으로 다가오지는 않아 고민을 거듭했다. 그러다가 문득 '레시피를 안내해주는 요리 블로그도 아닌데 혼자집밥에 대한 잔치를 한다고 해서 꼭 음식이 등장해야 할 필요가 있을까?' 하는 생각이 들었다.

혼자와 집과 밥, 혼자 먹는 집밥에 대한 이야기로 시작한 프로젝트가 여기까지 왔으니 뼈대를 이루는 가치관과 사는 이야기가 더 알맞다는 자연스런 결론이었다. 그렇게 해서 1000회를 기념하고자 했던 것은 자연스럽게 전시로 이어지며 기획의 윤곽이 잡혔다. 갤러리 운영자도 이 의견에 힘을 실어서 전시 방향은 명확해졌고, 내가 밥을 먹으며 업으로 삼고 있는 일이 그림 그리는 일이니 그림 작업을 기반으로 전시 작업을 준비하게 되었다.

'혼자집밥'을 이루는 혼자와 집과 밥에 관한 이야기를 하는 전시를 4월에 오픈하기로 하고 겨우내 준비를 했다. 그러나 내가 하고픈 이야기가 잘 전달되었으면 하는 바람이 오히려 '아…… 어떻게 이야기해야 할까. 자신 없다.'로 기울기를 반복했다.

그렇게 마음이 구겨졌다 다시 펴졌다 하는 사이, 준비가 간편한 밥상과 응원의 밥상을 차려 먹는 사이 하나둘씩 갈피가 잡히며 봄날에는 집이 아닌 갤러리에서, 밥이 아닌 전시라는 상을 차리게 되었다.

〈프로젝트 가치삶; 혼자. 집. 밥〉 전시, 모시는 글

나는 1인 가구입니다.
'혼자' 사는 우리 집은 나의 가정입니다.

잠시 스쳐가는 자취가 아닌 가정의 둘레.
나는 '집'에서 가장 많은 시간을 보냅니다.
혼자 사는 가정 또한 사회를 이루는 최소 단위.

프로젝트 가치삶 · 가치삶

프로젝트 가치삶

혼·자·집·밥

17717

관람 시간 : 목·금요일 14시-20시 | 토·일요일 12-18시
전시 장소 : 17717 (서울 성북구 성북동 177-17)

개개인의 삶이 하나의 문화라는 인식 안에서 스스로 나의 문화를 가꿀 수 있다면 혼자 지내는 집이 더 이상 외롭다고만은 할 수 없을 것입니다.

나는 매일 '밥'을 먹습니다.
우리는 평소 '먹고살기'라는 말을 공공연히 사용하면서도 실제로 먹는 것과 사는 것이 연결되지 않는 게 일쑤인지도 모르겠습니다.
맛있고 값진 음식은 어떤 기준으로, 누가 정하는 걸까? 하는 질문. 휩쓸리지 않고 내 밥상을 지키는 일은 나를 세우는 일과 같은 의미로도 다가옵니다.

2013년부터 요리 레시피가 아닌, 집에서 혼자 먹는 밥상을 기록하는 〈프로젝트 가치삶; 혼자집밥〉 블로그를 시작했습니다. 1인 캠페인으로 켜켜이 쌓아온 밥상이 어느덧 1000회를 맞게 되어 기념하고자 혼자, 집, 밥에 관한 입장과 자세를 그림과 다양한 오브제로 펼쳐보는 전시가 열립니다.

1인 가구가 가장 많다는 지금 시대에 우리가 혼자와 집과 밥에 대해 한 번 더 생각해볼 수 있는 시간이 되길 바랍니다.

일상의 결, 문화

'혼자', '집', '밥'…… 이 단어들은 짧고 명료하면서도 수많은 의미를 내포하고 있는 것 같다. 그러나 어느 쪽으로 이야기한다고 해도 일상과 생활로 이어진다.

조개껍데기엔 육안으로 보이는 결이 있는데 이 얇은 빗살들은 손톱으로 훑으면 더욱이 오돌토돌 생생하게 느껴진다. 조개의 빗살은 그 결 하나하나가 밀물과 썰물에 실리는 무수한 과정으로 생기게 된다니 나무의 나이테처럼 살아온 증거이기도 한 것이다. 수많은 날들의 밀물과 썰물로 생긴 결들이 하나의 조개껍데기를 이룬 것을 보면, 거창하고 거대하게만 느껴져 선뜻 무어라 말하기 어려운 '삶'도 결국은 매일의 일상과 생활의 반복들로 차곡차곡 쌓여 생성되는 것이며, 현재 역시 과정이라는 이야기가 될 수 있다는 생각이 든다. 어쩌면 그것뿐인지도 모른다.

'문화'도 마찬가지라는 생각이 든다. 생활과 정서를 기반으로 차곡차곡 꾸준히 쌓여가는 것. 그래서 나의 삶이라는 조개의 빗살엔 평범하다고 불리지만 사실은 비범한 일상의 결이 하나씩 새겨지고 있는 것. 문화는 특별한 곳에 따로 있는 것이 아니라 내가 살아가는 하루하루, 우리 집, 그리고 각자의 생활 속에서 밀물과 썰물처럼 계속 일어난다. 밥을 먹고, 잠을 자고, 청소하고, 작업하고, 여가를 갖는, 늘 되풀이되어 어쩌면 너무 단순하고 사소해 보이는 일상들이 사실상 나의 바탕, 나의 문화라고 보인다.

그렇다면 개개인이 일상을 바라보고 영위하는 태도가 곧 각자 자기만의 '문화'가 아닐까. 그런 문화의 주축을 이루는 것이 나에게 있어서는 혼자의 생활, 그리고 집과 밥이라고 생각한다. 그래서 전시회를 찾은 사람들 역시 각자 자신의 문화를 떠올려보는 계기가 되었으면 하는 바람이었다.

사진과 함께 요리에 대한 상세한 설명이 적힌 메뉴판처럼, 그림과 그 그림이 가진 이야기를 덧붙여 '전시'라는 형식으로 상을 차렸다. 캔버스와 나무 위의 페인팅 작업을 바탕으로, 천 위에 그림과 글을 더하고 자수를 넣은 패브릭 포스터. 그리고 실생활에서 쓰일 수 있는 제품과 오브제들을 만들어 함께 전시, 판매했다.

집밥을 매일 차려 먹다 보니까 '이런 게 있으면 좋을 텐데.' 하고 떠올라 시작한 도예 작업들. 매번 텀블러를 이용하면 가장 좋겠지만 그렇지 못할 때가 잦은데, 테이크아웃 잔에 끼워주는 종이 컵홀더만이라도 사용하지 않는 실천을 꾸준히 하면 어떨까 생각해 뜨개질로 만든 컵홀더 '니트슬리브'. 내가 평소 집에서 즐겨 마시는 인도식 밀크티인 짜이는 블로그에 자주 소개되곤 했는데, 한두 번 먹자고 향신료를 모두 구비하기엔 여러 모로 부담스러운 게 사실이다. 그래서 딱 두 번 끓여 마실 수 있는 재료와 끓이는 방법을 적은 종이 설명서를 동봉하여 '짜이 키트'를 만들었다. 그리고 재사용이 안 되는 빈 와

인병이 오브제도 되고 화병도 될 수 있도록 여러 컬러를 매치하여 뜨개질로 보틀커버를 만들었다.

벽면 한쪽으로는 그동안 차려 먹은 밥상 사진 수백 장을 빔프로젝터로 쏘아 흘러가게 했다. 전시장을 방문한 사람들과 함께, 또 때로는 혼자서 그간의 사진들을 쭉 지켜보았다. 내가 차린 밥상이지만 다시 보니 재미도 있을 뿐만 아니라 간단하게 차려진 메뉴지만 군침이 돌았다. '와, 내가 매일 저 밥 먹고 작업했으니 그 일은 밥심으로 이루어진 거라고 해도 과언이 아니겠구나……' 하는 생각도 들었다. 사람들이 그림을 보다가 가까이 다가가 글을 꼼꼼히 읽은 뒤 다시 조금 떨어져 그림을 바라보고 하는 모습을 지켜보며 내 시선도 그림과 그 그림을 지켜보는 사람들을 따라갔다.

전시 때 편지라든가 메시지를 통해, 또는 직접적으로 여러 이야기

들을 들을 수 있었다. 자신이 어떻게 살고 있는지 돌아보게 되었다고
도 했고, 집과 밥에 대해 다시 생각해보게 되어 좋았다고도 했다. 솔
직해서 약간은 수줍은 그런 고백이 담긴 이야기들 속에는 기쁨이 섞
여 있어 내게 감동을 선사했다.

앞으로 작업을 해나가면서 힘이 들 때, 혼자라는 생각에 사로잡힐
때, 히든카드처럼 꺼내 보려고 이 말들을 가슴속 깊이 챙겨두었다.

둥글게 돌아가는 순환

매일 혼자 먹는 밥상이 차려지고 여러 일들이 일어나는 우리 집 식
탁을 전시장으로 옮겨왔다. 그 식탁에서 차를 끓여 마시고, 짜이를
끓여 판매하기도 했는데 짜이는 뜨거운 물만 있으면 후딱 낼 수 있는
티백이 아니다. 몇 가지 향신료를 칼로 으깨 끓는 물에 우려낸 뒤 홍
차와 우유를 넣고 저으며 끓이는데, 그 과정에서 넘치지 않게 수시로
지켜보고 설탕으로 적당한 간(?)을 맞추어야 하는 음료다. 때문에 한
잔을 내는 데 시간이 꽤 걸린다. 전시 관람객이 짜이를 주문하거나,
혹은 이야기가 길어질 것 같아 내가 먼저 짜이 한잔 마시고 가라고 권
할 때에는 30분 정도 더 머무를 시간이 전제되어야 한다.

"짜이 끓이려면 20분쯤 걸리는데 시간 괜찮으세요?" 그러면 대부
분의 사람들은 잠시 머뭇거리다가 흔쾌히 그러겠다고 했다. 내가 짜

혼자. 집. 밥.

이를 끓이는 시간은 관람객들이 다시 한 번 전시를 꼼꼼히 둘러보거나 함께 대화를 나누는 시간이 되었다. 또 짜이 키트를 구입한 분들에게는 짜이를 끓이는 방법을 설명해드리는 시간이 되기도 해서 좋았다. 뜨거운 짜이를 호호 불어 마시며 작업 이야기며 사는 이야기를 나누는 것으로 시작했던 대화가 두 시간을 훌쩍 넘긴 경우도 몇 번 있었다.

익숙한 식탁 위에 차와 주전부리를 두고 마주 앉아 이야기를 나누고 있노라면 우리 집에 친구가 와 있는 것 같은 분위기가 감돌기도 했다. 역시 식탁의 위력은 대단하다는 것을 다시금 생각했다. 사람들을 마주 앉히고, 음료와 음식은 거기에 완벽히 하모니를 맞추어 대화를 자연스레 이끌어내다니! 테이블과 의자는 대화의 좋은 장치가 되어준다.

전시장에 관람객이 오면 나는 가능한 따뜻한 차 한잔을 건넸고, 전시장 내부에는 짐을 놓을 수 있는 의자, 그림을 보고 나서 잠시 앉아 쉴 수 있는 의자와 작은 탁자를 두고 조명을 낮게 걸어놓았다. 휭 둘러보고 서둘러 출구를 향해 발걸음을 돌리는 5분짜리 전시장이 되고 싶지 않았다. 이런 생각이 전달되었는지 꽤 많은 사람들이 전시를 둘러보고 나서 잠시 앉아 있다가 다시 그림을 보거나 함께 온 지인과 이야기를 나누다 갔다. 그런 모습들을 볼 때면 마음이 그렇게 좋았다. 1000명이 서둘러 보고 웅성대다 빠져나가는 전시와 50명이 진득이 머물다 가는 전시 중에 꼭 하나를 꼽아야 한다면 나는 후자가 좋겠다고 생각한다(극단적인 표현이긴 하지만).

일부러 전시 오프닝 파티 같은 건 하지 않고 조용히 문을 열었지만 전시 기간의 중간쯤엔 북적대며 만날 수 있는 날을 만들었다.

〈프로젝트 가치삶; 혼자. 집. 밥.〉 전시에 걸맞게 혼자 마실 정도의 술 또는 먹거리를 싸오시면 좋아요.

4캔에 만 원 하는 편의점 세계 맥주도 좋고, 빵 두 개도 좋고, 떡볶이 1인분도 좋고, 아몬드 한 줌도 좋고, 아침 밥상에 올랐던 멸치볶음도 환영입니다.

무엇이든 다 좋아요. 서로가 부담 없이 '정말' 1인분석 들고 오세요! '김반장과 윈디시티'의 김반장, 강택현이 선곡한 음악

을 턴테이블로 들으며 간단한 다과와 술을 곁들여 먹고사는
이야기를 나눌까 합니다.

엉덩이도 좀 흔들고요!

사람들은 하나둘씩 비닐봉지를 들고 들어섰고 약간은 쑥스러운
듯 가방에서 주섬주섬 싸온 음식을 꺼냈다. 순대와 막걸리, 닭강정,
각종 맥주와 가벼운 안주들, 떡볶이와 튀김, 김밥, 꽈배기 도넛, 빵과
케이크, 유명한 중국집 가서 포장해왔다는 군만두와 치킨 등등……
   나는 몇 병의 와인과 약간의 치즈, 올리브, 그리고 느끼한 속을 달
래줄 묵은지로 만든 볶음김치를 준비했다. 빈손으로 온 사람도 몇
명 있지만 그야 어딜 가든 늘 있는 캐릭터 아닌가. 그보다는 훨씬
더 많은 사람들이 자신이 혼자 먹을 양보다는 조금씩 더 들고 오기
도 했고, 실제로 음식들이 한데 모이니 잔치를 마칠 때까지 부족함
이 없었다.
   음식이나 술이 모자라기라도 하면 내가 중간에 나가서 사와야겠
다고 생각했지만 그럴 일은 없었고, 마치 릴레이처럼 음식이 끊임없
이 보완되며 이어졌던 그날의 광경은 놀랍고 감동적이었다. 모자라
기는커녕 남기까지 했던 맥주와 음료, 과자와 비스킷 등은 다음 날 전
시장에서 또 다른 관람객들에게 건네졌고 그렇게 나는 또 다른 사람
들과 또다시 식탁에 마주 앉게 되었다.

○
2015, on canvas, 50×60.5

음식은 돌고 돌고 돌아 이야기를 물고 와서는 사람을 불러 모아 서로 만나게 했다. 그동안 블로그를 봐오던 사람들과 지인들이 전시장을 찾을 때면 빵과 케이크, 잼 등을 선물로 건네주었는데 그 먹거리들은 다시 우리 집으로 옮겨져 '혼자집밥'이 되고, 그때 남긴 밥상 사진과 이야기들은 다시 블로그에 포스팅되었다. 밥에서 전시장으로 그리고 다시 집으로 밥으로 이어진 것이다.

전시를 보고 집에 돌아가는 길, 모두가 조금이나마 마음의 배가 불렀던 그런 전시였기를 바란다.

II

집

1

즐거운 나의 집

자연스러운 순서

살아가면서 집의 불편한 부분, 약간 못마땅한 부분을 작은 아이디어로 바꾸어보려는 자발적인 생각을 하게 되는 것은 사실 반가운 일이다. 셀프인테리어라는 말이 생기기도 전부터 존재했던 이 손길들은 창의와 운영, 놀이가 결합된 것이라 볼 수 있을 것이다. '비싼 걸 비싸게 주고 쇼핑하는 일은 메리트도 없고 큰 재미도 없어.' 하고 생각할 때면, 일상 속에서 딱히 큰 불편이 아니었던 점들은 크게 부각되지 않고 사고 싶은 것, 필요하다 생각했던 것들은 차츰 가지치기가 되어간다. 아마도 이때야 비로소 나 자신의 눈으로 집을 볼 수 있게 되는 것 아닐까. 남들과 비교하고 가지지 못한 것을 부러워하는 마음 앞에선 현실을 바로 보기가 너무 어려운 것 같다.

요즘 대세가 편안한 북유럽풍이니 스웨덴풍이니 일본 카페풍이니 하면서 이러저러한 양식을 정해놓고 집을 완성해나간다는 게 나는 왠지 자연스럽게 느껴지지 않는다. 무엇보다 그 집에 사람이 들어가 살기 시작하면서 자신이 가진 행동 양식이나 일상을 보내는 모습에 따라 하나하나 보태지고 조화를 이뤄 꾸며지는 것이 집을 완성해나가는 순서가 아닐까 하는 생각을 해본다.

북유럽 사람들이 그들만의 인테리어 스타일을 갖게 된 데에는 나름의 이유가 있을 테고, 건식 욕실을 이용하는 데에도 그 바탕이 되는 문화와 습관이 있을 것이다. 물가 근처의 집들, 눈이 많이 내리는 지역의 집들 역시 기후의 특성을 고려해 지어진다. 누구의 집, 어떤 모양새이건 지금의 형태를 이루고 있는 데에는 다 그만한 이유가 깃들어 있을 것이다. 나로부터 시작하여 하나둘씩 공간을 구성하는 물품들이 구비되고 편의를 위한 구색이 맞추어지다 보면 취향이라는 것도 절로 뒤따라 점차 각자의 집들이 완성되는 게 아닐까.

물론 취향이 먼저고 그다음에 집이 있을 수도 있겠지만, 2년 계약 전세나 월세를 사는 집이라면 과연 그 기간 동안 취향의 구현이란 것이 얼마나 가능할지 의문이다. 자신의 취향을 알아가는 과정을 생략한 채 그저 막연하게 우리 집을 남의 집과 비교하며 못마땅하게 여기

2015, on paper, 14×24

고 있지는 않은지 생각해보게 된다.

계절 따라 세월 따라 변해가는 가운데 때때로 보수도 하고, 그렇게 보태고 덜어내며 살다가 어느 날 문득 마치 남의 집 보듯 우리 집을 바라보았을 때, 그제야 우리 집은 어떤 풍의 인테리어인지, 또 내 취향은 어떠한지 말할 수 있게 되는 것 아닐까.

'분위기'라는 에너지

생활수준이라는 것이 기분처럼 순식간에 바뀌는 것도 아니고 형편 닿는 대로 구한 집은 이제 얼마간 바꿀 수 없이 주어졌으니 그 안에서 나의 하루를, 나의 마음을 어떻게 다듬을지 고민하자, 하고 여기까지 생각이 미치면 그때부터 낡은 집을 바라보는 나의 시선은 다시 희망적이 된다.

그런 눈으로 집을 둘러보다 보니, 안부를 묻는 일이든 사과할 일이든 내일로 미루면 나중에 감당하기 어려워지듯이 집안일도 마찬가지라는 것을 알게 되었다. 가능하면 집안일은 오래 미루지 않고 평소에 적당히 해결하며 지내는 편이 훨씬 수월하다는 것을 말이다. 그래서 작업이 영 손에 잡히지 않거나 고민이 있거나 복잡한 생각으로 머리가 터질 것 같을 때면 나는 풀이 죽어 있는 대신 청소를 한다. 그렇다고 뭐 대대적으로 집에 윤이 날 정도로 한다는 건 아니고 단지 내가 청소보다 더 급하고 중요하다고 생각했던 일과 청소의 순서를 바꿀 뿐이다. 어렸을 때 시험 보기 전에 책상 정리를 말끔히 하곤 하던 것과도 비슷한 맥락일 것이다. 공부는 하기 싫고 머릿속은 복잡하던 차에 눈앞의 어질러진 책상이 내 마음 같아서 일단 치워보는 것.

돌이켜보니 그 당시 나는 수학공식 대신 정리를 배웠던 것은 아닐까 하는 생각이 든다. 공식을 따지고 암기를 하는 대신 책상 서랍을 구획에 맞게 나눠보고, 자주 쓰는 물건은 위쪽, 앞쪽에 놓는다거나 기왕이면 보기 좋고 예쁘게 이리저리 위치를 바꿔보면서 공간 분리법 혹은 미적 감각을 익히는 시간이 된 것이 아닐까.

가만 보면 행위적 사실로만 따지더라도 집안일은 확실히 어떤 직업적, 예술적 범주에 속하는 것 같다. 다채롭고 다양한 기술이 필요할 뿐 아니라 그간 쌓여온 실력과 미감이 드러나고 완성된 그 모습에는 개개인이 그대로 반영된다. 청소를 하다 보면 가끔씩 나도 모르게 '아, 해도 해도 끝도 없고 티도 안 나는 이놈의 집안일, 지겹다……' 하고 중얼거리곤 하는데 은연중에 집안일이라 불리는 일련의 일들을 하찮게 여기는 마음을 갖고 있었던 것이 아닌가 싶어 깜짝 놀라곤 한다. 생각은 그렇지 않지만 내 마음속 어딘가 깊숙한 곳에 그런 관념이 깔려 있는 게 아닌지 돌이켜볼 일이다. 내가 가진 마음이 우리 집의 분위기를 좌우한다는 관점에서 본다면 이런 나의 생각이야말로 불행을 만드는 생각 아닐까.

간혹 다른 사람의 집에 방문할 일이 있을 때 유독 잠이 솔솔 잘 오는 그런 집이 있다고 느낀 적이 있다. 크든 작든, 실내 인테리어가 멋지든 어떻든 그냥 편안한 집. 딱딱한 의자든 소파든 거실 바닥이든 방바닥이든, 어디에 앉아도 몸이 스르르 풀어지는 것만 같은 편안한 집. 누군가에겐 할머니 댁일 수도 있고, 또 누군가에겐 어린 시절 친구네 집일 수도 있을 그런 집에 대한 기억이 다들 하나쯤은 있을 것 같다. 내 기억에도 이상하게 우리 집보다 더 편안함을 느꼈던 어떤 집들이 있다. 내가 좋아하는 침구의 촉감이 아닌데도 편히 잤던, 잠이 너무 쏟아졌던 그런 밤이 며칠쯤 있는데 나는 그런 집을 '분위기 좋은 집'이라고 생각한다. 인테리어의 멋으로 보기엔 별로인 집일지언정 말이다.

'분위기'라는 말 속에 담긴 '기'도 기운, 에너지의 기氣니까 좋은 분위기란, 인테리어만으로 이야기할 수 없는 무언가 다른 내공이 있는 게 분명하다. 집에 사는 사람이 그 집의 분위기를 이끌고, 집은 곧 그 사람의 분위기를 조성한다고 할 수도 있을 것이다. 집이야말로 나의 현재를 가장 잘 보여주는 거울이 아닌가 싶을 때 나는 집안을 둘러본다.

한껏 차려입고 멋을 낸 차림이지만 표정이 무척 어두운 사람들을 거리에서 볼 때면 문득 상상을 하게 된다. 번듯하게 차려입은 모습으로는 꽤 부유하게 보이지만 정작 집은 굉장히 너저분한 채로 휴식에서 방치된 생활을 하고 있는 것은 아닐까 하고 말이다. 그렇다면 그 사람의 하루는 꽤 난처하면서 또 몹시 외로울 것 같다. 그렇기에 반작용처럼 집 밖을 나설 때면 다시 겉모습을 꾸미는 데 많은 시간을 들이고 그럴수록 집과는 더욱 사이가 멀어지고. 그러다 끝내 자신의 집을 만날 수 없게 되면 어쩌지, 하는 그런 생각을 하다 보면 허무맹랑한 상상 같다기보다 현실적인 느낌이 들어 왠지 서글퍼진다. 집에서 제대로 휴식을 가져야 바깥에서의 행동과 태도에도 자신감과 안정감이 깃드는 것이 순서가 아닐까.

나는 혼자 꽤 오랜 시간, 집을 옮겨가며 살아오면서 사람이 집이라는 공간에 애정을 표현하면 집은 사람에게 안락함을 베풀며 서로 공생하는 것이라는 생각에 도달했다. 그렇기에 생활을 유지하는 데 필요한 집안일은 살면서 일어나는 일들 중 상당한 비중을 차지하는 게 당연한지도 모른다. '집은 물질이면서 또한 정서이기도 하다'는 믿음은 점점 더 짙어진다.

살피며 돈독해지는 관계

여럿이 함께 사는 집은 경우가 좀 다르겠지만 혼자 사는 집은 자기 자신이 어떻게 살아가고 있는지, 어떻게 살아가고 싶은지에 대한 방향성으로 온전히 그려지고 채워지기 마련일 것이다. 이제껏 내가 봤던 경우로는 자신의 기질이나 성향, 직업적 특성의 흐름을 스스로 읽고 있는 사람과 그렇지 않은 사람의 집은 전혀 느낌이 달랐다. 이쪽 집과 저쪽 집 모두 비슷한 물건과 가구들로 채워져 있다 해도 엄연히 두 집은 달라 보였다.

내가 보고 느낀 것에 대해 객관적으로 맞다, 틀리다, 딱 잘라 말할 수 없겠지만 어쨌든 내 시선으로는 그런 차이들이 한눈에 보인다. 친구네 집에 갈 때면 '여실 이렇게만 조금 바꾸면 훨씬 생활하기 편해질 텐데' 같은 생각이 나도 모르게 떠오르곤 한다. 물론 이런 아이디어들은 머릿속에서 그칠 때가 많지만 가끔씩은 말로 꺼내보기도 한다. 집 안의 구조를 약간 바꾼다든지, 동선을 고려해 주방용품을 정리한다든지 하는 얘기를 건네며 혹시 엄두가 나지 않는다면 내가 흔쾌히 도와주겠다고 말한다.

오지랖 넓다고 할지 모르겠지만, 내가 워낙 집을 좋아하니까 내 친구들도 자기 집과 사이가 더 가까워지면 좋겠다는 마음이 있다. 내 의견이 꼭 맞는다는 것도 아니고, 귀찮음을 감수하고 얼마만큼의 노동을 들여서까지 바꾸어야 할 필요와 가치를 느끼지 못한다면 그것도 괜찮다. 어찌 되었건, 그의 집은 그의 선택이니까.

하지만 '집', 물질이면서 물질만은 아닌 이 공간은, 외적인 형태와 상관없이 가장 먼저 사랑의 공간이어야 한다고 생각한다. 또 집과 그곳에 사는 사람이 긴밀할 때에 그 집은 외부 사람에게도 편안하게 받

혼자. 집. 밥.

2017, on canvas, 50×60.5

아들여지는 것 같다. 그렇기 때문에 집주인, 다시 말해 그 집의 동반자가 아끼지 않는 집은 어딘가 모르게 차갑게 경직되고 무뚝뚝한 공기를 내뱉는 것처럼 느껴져 그런 집에는 머물러 있기가 편치 않다.

한번은 가까운 친구의 집을 자주 왕래하면서 몇 번의 망설임 끝에 말을 꺼낸 적이 있다. "집 구조를 좀 바꿔보면 어때? 침대에 누웠을 때 현관문을 마주보는 건 좀 불안한 구조 같아서 말야. 내가 도와줄게, 한번 바꿔볼래? 둘이서 반나절이면 금방 하잖아. 그리고 저쪽은 죽은 공간처럼 보이는데 책상 위치를 바꾸면 방이 되게 넓어질 것 같아. 어떻게 생각해?"

친구는 약간 충격을 받은 듯 놀란 얼굴이었다. 집이 작아서 현재의 구조가 최선이라고만 여겼고, 그래서 이사 온 뒤로 구조를 달리 해볼 생각은 한 번도 하지 않았다는 것이다. 나는 신이 나서 몇 가지 아이디어를 함께 내고, 그동안 내가 거쳐온 여러 구조의 집들에 대한 이야기도 하면서 앞으로 일어날 집의 변화를 그렸다. 대화는 흥미진진했다. 안락한 집을 구상하는 한편으로 친구의 직업과도 연관 지어 작업하기 편한 공간을 같이 고민했다. 집 안 구조에 따른 일상의 변화까지 상상해보면서 우리는 그날 새벽까지 이야기를 나누며 맥주를 잔뜩 마셨다.

얼마 뒤 현관문과 마주보고 있던 친구의 침대는 다른 방으로 옮겨졌다. 그리고 잘 이용하지 않고 방치해두었던 어중간한 사이즈의 책

혼자. 집. 밥.

상과 자리만 차지하고 있던 티비를 팔았으며, 내 작업방에 있는 큰 책상을 늘 부러워하더니 운 좋게도 매우 좋은 원목 테이블을 저렴한 가격에 마련했다. 집안 구조를 바꾸고 났더니 두 마리 고양이가 편히 있을 곳이 생겼다며 친구는 만족스러워했다. 또 집에 돌아오면 침대에 벌렁 누워 휴대전화만 붙잡고 보냈는데 그런 무기력한 시간이 확연히 줄고, 책상 앞에 앉아 작업을 하거나 책을 읽거나 차를 마시는 일은 자연히 늘었다고. 억지로 마음을 다잡고 책상 앞에 앉아야지 하는 것이 아니라 절로 그쪽으로 몸이 간다며 내게 고맙다고 했다.

나는 마치 우리 집이 좋아진 것처럼 기뻤고 내가 되레 친구에게 무척 고마웠다. 만일 나라면 '이게 최선이다'라고 철석같이 믿고 있는 것을 다른 사람의 의견 하나로 뒤집어볼 만큼 마음의 품이 넉넉할 수 있을지 미지수였기 때문이다.

그전엔 친구가 우리 집에 놀러오는 일이 많았는데 요즘엔 내가 그 친구 집으로 가는 경우가 더 많다. 일단 가면 한결 넓고 차분해진 편안한 분위기 덕분에 엉덩이가 퍼져서 하염없이 더 눌러 앉아 있게 된다.

집과의 관계가 돈독해질수록, 우리는 집에서의 시간을 기꺼이 즐기게 되고 그 안에 동화되는 것 아닐까.

지혜와 창의의 공간, 부엌

집밥 - 음미의 시간

처음 혼자 살게 되는 집 부엌의 스테디셀러 메뉴라면 역시 카레, 파스타, 김치찌개, 볶음밥, 조미김과 참치캔, 달걀 정도가 아닐까? 20대 초반 나의 식탁 역시 처음엔 그렇게 시작했다. 무수히 많은 밥을 지어 먹으면서 이제는 볶음밥을 맛있게 하는 법을 익히게 되었고, 카레에 대한 이런저런 시도를 거치면서 시판 카레가루를 넣지 않는 '우리 집 카레'가 생겼고, 파스타는 들어가는 재료에 국한을 두지 않아 다양한 야채를 늘 맛있게 먹을 수 있는 근사한 메뉴로 자리잡았다.

포장만 뜯으면 반찬이 되는 짭조름한 시판 조미김은 어느 때부터

인가 구입하지 않게 되었고, 내가 먹는 달걀 대부분이 불행하고 고통스럽게 사는 닭이 낳은 병든 단백질이란 걸 알고부터는 자주 구비하지 않게 되었다. 또한 달걀은 '고기다'라는 사실을 인지하고부터 하루 한 알 이상은 가급적 먹지 않으려 한다. 그리고 어떤 환경에서 자란 닭이 낳은 알인지 알 수 없는 달걀은 가능한 먹지 않는 쪽으로 정했다. 캔 식품도 명절 선물로 받게 되는 것이 아니면 내가 스스로 사는 일은 어지간해서는 없어졌다.

내가 나의 식탁을 꾸려오는 동안 나름의 과정과 경험이 쌓이면서 건강에 대한 스스로의 기준이 생겨났다(대중적이냐 아니냐를 떠나). 돌이켜보니 해가 거듭될수록 내가 고르는 재료와 만들어 먹는 메뉴의 범위도 넓어지고 있다. 이런 여러 가지 변화를 불현듯 자각하게 될 때가 있다. 그럴 때면 내가 사는 데 그만큼 더 가까워진 것 같아 변화랄지 발전이랄지 어떻게 불러도 좋을 생활적인 이 충실함이 너무나 달갑다. 밥상의 둘레가 넓어지고, 재료를 보는 마음, 기준의 폭이 넓어진 것을 나는 '창의'라는 측면으로도 바라보며 새로이 이해하고 싶어진다.

개인적인 이야기지만, 내가 도무지 즐기기 어려워하는 상황 중 하나가 있는데 그건 바로 '조리 시간(준비 시간)보다 먹는 시간이 짧은 식사'이다. 한 끼 식사를 준비하는 데 한 시간이 넘게 투자해놓고 후딱 차려 후딱 먹고 끝낸다는 것을 나는 영 받아들이기 힘들다. 오래 공들여 준비한 밥을 허겁지겁 먹고 빈 그릇을 보는 데 걸리는 시간이 5분,

10분이라니…… 부엌에서의 시간이 가사노동의 고단함으로만 남게 된다면 집밥에 대한 회의가 밀려들어 '한 끼 사먹고 말지.' 하는 생각을 할 수밖에 없지 않을까. 물론 상황에 따라 밥을 급히 먹어야 할 때도 있겠지만 이런 날들을 가능한 적게 만들려는 노력이야말로 '잘 먹고 잘 산다'를 향해 한 발짝 더 가까이 다가가는 것이라고 나는 생각한다.

사람답게 산다는 느낌은 달리 거창한 것이 아니라 시간에 쫓기지 않으면서 천천히 음미하며 즐기는 식사 시간, 그리고 여유로운 분위기에서 오는 것 아닐까. 후다닥 해치우는 식사는 마치 배 속에 에너지를 채우고 이제 다시 일할 준비를 마친 기계 같은 느낌이라 나는 이 느낌이 참으로 초라하고 서글프게 다가온다. '아…… 먹고사는 게 아니라, 오직 먹기 위해 사는 것만 같아.' 하는 생각까지 도달하면 밥에

2017, on canvas, 73×53

대해선 단지 허기를 면했다는 정도의 고마움만 간신히 남는다.

음식을 만드는 데 많은 시간을 들이지 않는 대신 식사 시간이 넉넉한 편이 좋으니 자연히 짧은 시간에 마련할 수 있는 조리 방법이나 메뉴들이 주를 이루게 되었다. 이런 생각이 있으니 우리 집 작은 부엌에서는 나도 모르는 새 수많은 크고 작은 창의들이 보글보글 발열하고 모락모락 자연스레 피어났을 것이다. 마음먹고 자, 이제부터 창의력을 발휘해보자 하는 것이 아닌데도 말이다. 계절의 변화가 창의적이지 않듯이, 그러나 그 계절이 매번 새롭게 거듭나듯이 나 역시 매해 바뀌는 계절들을 겪으면서 자연스레 변화했다고 하는 쪽이 더 알맞을 것 같다.

혼자. 집. 밥.

손으로 하는 일은
대부분 창의적이라
예술적인 부분들을 이으면
삶이 아름답지 않을 수 없다.
잇자.

73 x 53 cm
acrylic on canvas

간혹 '혼자집밥' 블로그에 "정말 생각지도 못한 재료의 조합이네요."라든가 "식사하시는 거 보면 늘 생각이 자유롭고 창의적인 것 같아요."라는 댓글들이 달릴 때가 있다. 하지만 그게 다는 아니고 "영양면에서 우려스럽네요."라든가 "그렇게 같이 먹으면 정말 맛이 있나요?"라든가 "매일 다이어트 식단으로 드시나요?" 하는 질문도 이따금씩 받는다. 그럴 때면 아마 재료와 메뉴가 이제껏 생각해오던 보통의 밥상과 어긋나 있다고 보였거나, 어떤 재료에 대한 익숙하고 보편적인 형식에서 벗어난 듯 보였을 수도 있겠구나 하는 생각이 든다.

나는 전자의 댓글들처럼 유달리 창의적이지도 않고, 식재료나 요리에 대한 지식과 경험이 특별히 농밀하지도 않다. 그러나 내가 먹는 집밥은 나에게 미각적 만족감과 동시에 건강을 유지해주기 때문에 별 문제가 없는 것도 사실이다. 어느 때는 나의 집밥 차림새가 보통의 밥상, 한 끼라는 보편적인 모습에서 약간 벗어나 있는지도 모르겠지만 막상 먹는 나는 맛있게(실제로 맛있기 때문에) 먹을 뿐이다.

'혼자집밥'은 간단한 방식으로도 집밥이 차려질 수 있고, 집밥이라는 그림의 고정된 이미지를 지워가는 것, 재료를 남기지 않으면서 맛있게 먹는 방법을 찾아가려는 데 방향이 맞추어져 있다. 밥상이 꼭 메인과 사이드 음식으로 차려지는 것이 아니라 이것저것 조금씩 맛보는 재미와 더불어 포만감을 갖게 되는 식사가 될 수도 있는 것이다. 쌀이 똑 떨어졌거나 밥하기 귀찮을 땐 두부를 데워 밥 대신 식탁에 올릴 수도 있고, 간단한 방법으로 잡채를 만들어 저녁 한 끼 잡채만 한 접시 먹을 수도 있다.

한 끼의 모습이 조금 다르더라도 음미하며 먹는 집밥은 내게 충분히 만족스럽고 내 몸도 편안하다.

다른 공간, 닮은 작업

그림 작업실과 거주하는 공간이 함께 있는 형태의 생활을 이어오면서 밥을 지어 먹는 횟수가 늘어갈수록 작업실(일터)과 부엌(밥터)은 닮은 점이 참 많다는 생각이 들었다. 재료만 있는 상태로 시작해 무언가 만들어낸다는 점이 우선 비슷하다. 생각대로 되지 않으면 실망을 맛본다는 점도 비슷하고, 매번 내 마음처럼 되지 않는다는 점, 낭비가 쉬울 수도, 살뜰함이 배어 있을 수도 있다는 점, 그리고 너무 오래 머물게 되면 즐겁지 않다는 점에서도 일맥상통한다.

또 나에게 편안한 배치와 동선을 찾아가는 것, 일의 방식이나 순서가 자리잡혀가게 되는 것 역시 비슷하다. 가령 내가 주로 어느 쪽으로 움직이는 사람인지, 어느 손을 쓰는지, 나는 어떤 기준으로 분류를 하는지 등등의 부분에 있어서도 말이다. 그림 작업을 할 때 어떤 방식과 순서로 진행을 하는지, 어떤 재료를 주로 이용하는지와 마찬가지로 음식을 만들 때 내가 어떤 양념을 자주 쓰는지, 믹서를 사용하는 일이 잦은지 찜기를 사용하는 일이 잦은지, 하는 부분도.

생각할수록 작업실과 부엌, 그림 작업과 요리는 닮아 있다. '이 음식은 이 그릇에 담고, 저 음식은 여기에 담고 커피는 이 잔에 마실래, 이 컵은 깨끗해 보이니까 주스 담으면 잘 어울리겠다, 역시 맥주는 여기에 따라 마시는 게 제격이라니까!' 하고 고르는 일들이 소꿉장난처럼 느껴진다기보다 디자인 작업으로 여겨지고, 반들반들한 식탁은 매끈하고 너른 캔버스가 되고, 식탁 위에 오르는 그릇과 접시들은 곧 캔버스 위의 붓질이나 콜라주가 된다.

이렇듯 식탁에는 나의 취향, 계절감, 목적, 표현하고 싶은 바, 배려 등이 분명히 작용하는데 그것을 구현하는 일이 어찌 '작업'이 아니라

'집안일'로만 불릴 수 있을까. 부엌에서 음식을 준비하는 일은 내게 보통 차분함과 담담함, 보람과 재미 같은 느낌이 전제되는데 이 역시 작업실과 흡사한 지점들이 많다(물론, 매일 매순간 부엌에 서는 일이 즐거운 것은 아닌데 그럴 땐 외식이라는 이벤트가 있다!).

그러나 오래 시간을 들이고 섬세한 노력을 해야 하는 것이 식사 준비라면 나는 하기 싫은 일로 분류해버리곤 귀찮음, 초라함, 지겨움 같은 꼬리표를 붙이게 될 것이다. 일과 놀이는 어디서 어떻게 구분되는 건까 하는 오래된 질문을 내게 다시 해본다. 이제 놀기 싫어졌는데 계속 놀아야만 한다고 하면 그때부터 즐거움은 온데간데없이 사라지고 강요를 따르는 일 같은 느낌으로 남게 되는 게 아닐까.

그러니 일과 놀이 사이를 오가는 정도와 기준을 스스로가 알고 있는 편이 좋을 것 같다. 나는 이 기준을 '시간'에 두려 한다. 대부분 매일 집밥을 해먹기에 생존과 놀이를 지나 일이 되는 고단함으로 넘어가지 않으려고 한다. 아마 이 부분은 내 입 하나만 책임지면 되는 1인 가구로서 누리는 태평하고 호사스런 태도일지도 모르겠다. 그래서 나는 혜택 아닌 혜택을 달갑게 누리고 있다.

살아가면서 맞닥뜨리는 크고 작은 일들 전부를 놀이처럼 느끼긴 어려울 테지만, 적어도 밥을 마련하는 일이라면! 매일매일 해야 하는 일이라면! 놀이의 선상에 적어도 한 발쯤은 걸쳐 있는 편이 즐겁지 않을까. 그렇게 나는 다듬고 데치느라 손이 많이 가는 시금치무침 대

신, 냉장고에 있는 자투리 야채들과 시금치로 오일파스타를 한 그릇 만들어 먹을까 생각한다. 아니면, 달큰하고 보들거리는 시금치의 매력을 맛볼 수 있으면서도 간단하게 만들 수 있는 시금치된장국을 한 냄비 끓일지. 오늘 저녁은 시금치라는 재료 하나로 인해 현미밥을 먹게 될지 스파게티를 먹게 될지가 정해지는 흥미로운 선택이 기다리고 있는 것이다.

부엌에서 크게 애쓰지 않을 때 식사 준비는 놀이가 된다. 가만 보면 놀이의 상태에선 창의가 저절로 구현되는 것 같은데 작업을 할 때에도 그렇다. 물론 진중하고 진지하게 임하는 면은 필요하겠지만 우선은 힘이 좀 들어도 기꺼이 하고 싶다는 마음 상태가 전제되는 것이 중요하다. 놀이터의 아이들이 모래로 새로운 놀이들을 계속해서 만들어내듯이, 부엌에서 하나의 재료를 가지고도 다양한 음식을 만들 수 있다는 사실과 더불어 음식을 마련하는 일 또한 그림 작업과 비슷한 부분이 많다는 점을 날이 갈수록 체감하게 된다.

부엌이란 곳에선 적은 양을 불려 여럿이 음식을 나눌 수 있게 만들기도 하고, 또 그곳에선 딱딱하게 마른 잎사귀들을 불려 반찬이 되게 하는 미법도 빌어시니 어찌 재미있지 않을 수 있을까. 바싹 마른 지푸라기 같은 무청으로 끓여낸 시래깃국이야말로 마법 수프가 아닐까.

아, 부엌은 오래전부터 언제나 지혜와 창의가 넘치는 공간이었구나!' 하는 걸 어느 날 작업실에서 생각해냈다. 백지로부터 시작해 그 위로 이야기들과 형태와 색채들이 만들어지고, 같은 재료를 사용해도 무수히 많은 저마다의 표현들이 있는 그림 작업을 생각하는 도중에 '음식 또한 그렇구나.' 떠오른 것이다.

3

내가 외롭다고 느낄 때

혼자 살면 외롭지 않으세요?

주변을 돌아봐도 1인 가구가 나날이 늘어나는 요즘이다. 혼밥, 혼술, 그리고 혼자 여행을 하는 일이 낯설지 않은 시대(혼자 지내는 것을 선택하기도 하고, 또 원치 않지만 어쩔 수 없이 그러한 환경에 놓이는 경우도 있지만). 그럼에도 혼자라는 말 뒤에 으레 외로움이란 수식어가 가장 먼저 따라붙는 것은 시대의 변화에도 불구하고 여전해 보인다.

혼자 산다는 것을 이야기할 때면 한 사람의 경제적 독립, 정신적 자립으로 보는 시선은 찾기가 되려 어렵고, 혼자라는 표면적인 부분에만 초점을 맞추어 은근히 외로움을 강조하는 쪽으로 분위기가 흐

○

2016, on paper, 30×42

르곤 하는데, 나는 이런 점이 여간 못마땅하게 여겨지는 것이 아니다. 나와 생각이 다르다는 점에 있어선 인정하더라도, 혼자와 외로움을 한 쌍으로 보는 것은 저마다의 견해 차이라기보다 사회와 미디어가 혼자 사는 우리들에게 억지로 부여해주고 싶어하는 개념인지도 모르겠다.

"혼자 살면 외롭지 않으세요?" 혼자 산 지 오래된 내가 무수히 받아온 질문이다. 혼자 사는 사람이라면 다들 몇 번씩은 들었을 말이기도 하다. "혼자 살아서 좋겠다."라는 말도 익숙하다. 자신이 가지지 못한 것, 남이 가진 것을 부러워하는 감정은 나도 마찬가지라 그런 약간의 푸념도 이해가 간다. 그런데 "혼자 사는 거 즐겁지 않아요?" 하는 질문을 받아본 경우는 이제껏 없다.

혼자 먹는 밥, 혼자 들어가는 불 꺼진 집, 그런 적적함에 대해 인간은 모두 외롭다 말하거나, '인생은 혼자다' 라는 데서 전해오는 외로움까지, '혼자' 라는 말 뒤에는 언제나 외로움이라는 감정의 수식어가 따라붙는 듯 보인다. 이는 자연스러운 자신의 여러 감정들을 느끼고 돌아볼 새도 없이 외부에서 압박해 들어오는 '혼자=외로움'이란 감정의 공식을 주고받아버린 탓일지도 모르겠다.

감정도 보편적인 규격처럼 받아들여지거나 지레짐작하는 부분이 많아서, 타인도 아닌 자신의 감정조차 알아채기란 꽤 어려운 것이지 않을까 싶다. 나는 내 감정이 다채로우며 제법 세세히 느끼고 표현하는 편이라고 생각했는데 아닐 수도 있겠다는 의심이 든다. 특히 '혼자 사는 것은 외롭다' 처럼 이미 결론지어져 있는 듯한 명제들에 관해서라면 말이다.

외로움을 팝니다

수많은 종류의 광고들이 넘쳐나고 있지만 요즘은 '혼자' 와 '외로움' 을 잘 파는 시대구나 하는 생각이 들게 하는 광고가 부쩍 많이 눈에 들어온다. '혼자 사는 집에 필수인 1인용 OO, 혼밥 트레이, 혼밥족을 위한 프라이팬과 냄비, 혼자서도 주말을 재밌게 보내는 법, 멋진 솔로의 라이프스타일, 외롭고 우울한 땐 맛있는 디저트의 위로를, 혼자서도 당당하고 편하게 즐길 수 있는 외식 장소, 혼술족의 안주 세트, 혼밥의 필수품 혼밥식기, 쿨하게 혼자 떠나는 여행, 1인 가구엔 상조 보험이 필수' 등등 판매하는 것은 다른 카테고리지만 내용은 대부분 비슷해 보인다.

물론 1인 가구가 폭발적으로 늘어난 현재 시점에서 시대적 요구에 의한 것이라고도 볼 수 있겠지만, 어찌 되었건 세일즈를 위해 존재하는 것이 광고인데 혼자와 외로움을 묶어 마케팅한다는 건 좀…… 기분이 그렇다. 혼자 사는 데 익숙해지기도 전에 이런 광고에 현혹되면 혼자 산다는 것이 더 부담스럽고 몇 갑절은 힘겹게 다가오지 않을지,

혼자. 집. 밥.

이런 분위기야말로 실제로 겪는 삶의 어려움보다도 삶을 더 어려운 것으로 만드는 건 아닐지 한편으로 염려스럽다.

사람들과 대화를 나누다 보면, 혼자는 외롭고 그래도 둘이 낫다는, 또 혼자 먹는 밥은 아무리 맛있어도 둘이 먹는 밥보다 못하다는, '틀리지도 않지만 꼭 맞는 것만도 아닌' 말들이 어느 때건 한 번씩 꼭 등장한다. "짜장라면은 역시 같이 먹어야 맛있는 거 같아." "비빔밥은 양푼에 비벼서 여럿이 퍼 먹는 맛이 있다니까!" 이런 소리를 나는 가끔씩 하곤 한다. 짜장라면은 역시 같이 먹는 게 더 맛있다는 생각이 들 때도 있지만, '사실 내 입맛대로 딱 한 개만 끓여서 혼자 먹을 때가 더 맛있기도 하지.'라는 것도 무시할 수가 없다.

이런 생각을 하다 보면 갑자기 아빠의 익살스런 명대사가 떠올라서 웃음이 난다. "야, 진짜 맛있는 음식은 혼자 먹어도 맛있는 거야. 맛없는 음식은 같이 먹어야 그나마 먹을 만한 거고! 하하하." 나는 이 얘길 듣고 손뼉을 치며 웃었었는데 가만 보면 정말로 그런 게 아닌가 하는 생각이 든다.

한 번씩은 찾아오기 마련인 '혼자 먹는 밥 요즘 참 맛없다' 하는 시즌 중에 있는 1인 가구인 친구에게 아빠가 했던 말을 전하며 같이 깔깔거린다. 그러곤 "밥이 뭐 맛있어서만 먹니, 아무튼 대강이라도 챙겨 꼭 먹고! 아, 이번 주에 우리 집에서 저녁 같이 먹자." 하는 약속을 만든다.

질문과 대답

반겨주는 이 없는 불 꺼진 집, 혼자라는 상황은 마냥 그렇게 울적하기만 한 것일까 하는 의문이 들 때가 있다. 이런 외로움을 느껴보지 못한 것은 아니지만, 이와 같은 주제로 이야기가 다루어질 때마다 '그럼, 집에 사람만 있으면 되겠네? 그럼 안 외롭나? 외로움이 진짜 그렇게 간단한 거야?' 하는 생각이 들곤 한다.

나와 한집에서 12년을 함께 산 고양이가 세상을 떠나자 주변 사람들은 "외롭겠다. 외로워서 어떻게 해, 집에 들어가면 당분간 많이 쓸쓸하겠네, 기운 내. 편히 잠들었을 거야."라고 걱정하며 위로의 말들을 건네주었다.

그런데 내 심정을 솔직하게 얘기하자면 엄청 낯설고 어색한 느낌에서 오는 당황스러움이 외로움보다도 훨씬 컸다. 집의 한구석이 없는 듯한 느낌, 마치 한쪽 벽면이 전부 떨어져 나가 더 이상 6면체의 온전한 집이 아닌 것처럼 느껴졌다. 혼자 오랫동안 살았다고 생각하는데 이렇게까지 집에 대해 어색한 감정을 느낀 것이 처음이라 당황스러웠다.

독립을 하고 얼마 뒤부터 지금까지 쭉 같이 살면서 매일 함께 잠자리에 들었는데 어느 날 갑자기 혼자 자게 되었으니 어색한 것이 당연했다. 침대를 넓게 쓸 수 있게 됐다는 사실에 허전함을 느끼는 것도 당연했다. 그때 내가 느꼈던 외로움은 단순히 '혼자'가 되었다는 데

혼자. 집. 밥.

서 오는 감정만은 아니었던 듯하다. 불 꺼진 집에서 언제나 현관 앞으로 나와 나를 맞아주던 고양이가 없어서 그런 것은 더더욱 아니었고, 함께 생활하던 가족, 익숙한 존재의 부재라는 이유가 훨씬 컸다. 그리고 그 무엇보다 내가 이런 일상의 모습을 '처음' 경험해보는 것이었기에 어찌할 바를 몰랐던 것이다. 처음인 것은 그게 무엇이든 두려운 생각을 얼마쯤 들게 한다.

달라진 집의 모습과 더불어 집에서의 나의 역할 변화에 크게 당황스러움을 느꼈던 그때를 지금에 와서 다시 생각해봐도, 혼자라는 것에 대한 외로움, 그런 부분은 큰 비중을 차지하지 않았던 것 같다.

나는 이따금씩 자기연민이 일 때 '외로움'을 연결시켜 오해와 착각을 범하게 된다는 걸 나중에야 알게 된다. 그래서 내가 외롭다고 느낄 때 그 감정을 나 자신이 정말 신뢰할 수 있는 것인지 잘 모르겠기도 하다. 외로움이라는 감정에 파묻혀버리면 갈수록 그 감정이 부풀어 올라 오히려 세밀한 나의 감정을 인식하지 못하게 되기도 한다. '반려동물이 떠났으니 나는 얼마나 외로운가.'라고 하는 생각의 틀 안에는 오로지 외로움과 슬픔밖에 없을 것이다.

이느 날 문득 고양이와 함께 살았던 일상의 풍경이 떠오를 때면 사무치게 그리워져서 엉엉 눈물이 터져 나올 때가 있다. 하지만 이때 나의 눈물은 그리움으로 인한 것이지 외로움과는 거리가 있다. 굳이 구분하자면 말이다. 반려동물과 함께 살면 좋은 점에 대해 "나를 기다려주는 대상이 있어서 좋다."라든가 "혼자 있으면 외로운데 같이 있으니까 좋지." 하는 이야기들이 빈번하게 들리곤 한다. 그 말이 무엇을 뜻하는지 모르겠는 바는 아니지만 외로움이란 감정이 단순히 '혼자'와 '여럿'이라는 물리적인 숫자로 구분될 수 있을까 하는 생각이 든다.

1인 가구, 혼자 사는 생활의 형태, 현재 연인이 없는 상태인 솔로를 외로움의 전제로 단정 짓는 게 아닌가 싶을 때는 너무나 아쉽고 때론 깊은 오해 같아 억울하기도 하다. 나의 외로움이 혼자 있음으로 인한 것이었는지 나 스스로에게 질문을 던져본다. 혼자 잠자는 것이 외로운가? 혼자 카페에 가는 것이 외로운가? 혼자 밥을 먹어서 외로운가? 혼자 산책해서 외로운가? 혼자 일해서 외로운가? 물론 그럴 때가 있기도 하지만 큰 비중은 아니지. 외로울 땐 어디서든, 누구와 있든 다 외로웠지. 오히려 그럴 때 외로움을 더 크게 느꼈지, 하는 대답이 돌아온다.

혼자 살면서 혼자라는 사실에 그다지 신경이 쓰이지 않을 때가 더 많은 반면 외로울 때가 있기도 하다. 하지만 내가 가족과 함께 있다고, 친구나 연인과 함께 있다고 외롭지 않은 것도 아니었으니 물리적으로 혼자일 때와 외로움의 등호 관계 가지고는 공식이 성립될 수 없을 것이다.

그래서 '혼자=외로움'이란 공식은 아무래도 살아오면서 주입되는 부분이 크지 않나 하는 의문이 든다. 나에게 있어 외로움이란 이유를 알 수 없이 가슴이 텅 빈 것 같을 때, 이따금씩 사람들과의 관계가 아리송하게만 느껴질 때, 내가 '자연'스럽지 않다는 생각이 들 때, 작업을 하면서 그림과 나 사이에 거리가 느껴질 때, 내가 느낀 기쁨과 감동을 나눌 수 없을 때, 헛헛한 대화를 나누고 돌아올 때, 이런 때에 오히려 크나크게 느껴진다. 그런 와중이라면 집에 혼자 있는 시간과 혼자 차분히 생활해나가는 형태가 오히려 외로움을 직시하고 흘려보내는 과정에 도움이 되었다.

오직 혼자일 때에만 피어나고, 외롭다고 느껴지는 그때에만 알 수 있는 것들이 있다고 생각한다. 그렇게 혼자라는 것과 외로움은 때때로 무척 좋은 기회라는 것을 계속 배워가는 과정에 있다. 이 부분은 누군가와 함께 사는 것과 별개로 모두에게 통용될 것이다. 나는 세상에서 외롭다고 칭하는 경우가 아닌, 내가 외롭다고 느낄 때에만 외로움을 만나고 싶다.

4
。
가장 좋은 사교 공간, 집

맛있는 밥, 맛있는 술, 맛있는 대화

버스나 전철을 타고 이동할 때면 스마트폰 들여다보는 것도 지쳐 괜한 상상을 해보게 된다. 쓸모없는 상상일 수도 있지만 이따금 한 번씩 제약이 있는 질문을 나에게 던져본다. '한 달에 10만 원이라는 잉여 용돈이 생긴다면 어떻게 쓸 것인가?' 스스로에게 묻고 혼자 요리조리 상상하며 금액을 맞추다 보면 퍼즐 맞추듯 재밌기도 하다. 5만 원은 발마사지 받고, 살까 말까 망설이던 책을 한 권 사고(꼭 사고 싶었던 책이 아닌), 나머지는 평소 잘 시도하지 않던 새로운 빵을 몇 가지 사서 집에 오면 좋겠다고 생각해보기도 한다. 또 '아침에 혼자 제주도

갔다가 바다에서 수영 딱 한 판 하고 밥 먹고 저녁 비행기로 돌아와야지. 이른 아침이나 늦은 시간의 티켓이라면 가능하지!'라는 상상을 하기도 하고, '마트에서 와인 두세 병이랑 훈제오리고기 한 팩 사가지고 친구 불러서 같이 먹고 싶다. 그리고 배웅하는 길 택시비 하라고 만 원짜리 한 장 손에 딱 쥐여주면 좋겠네.' 하고 그려보다 보면 10만 원에 대한 이런 상상들이 참 재밌다.

일상적인 생활 속에서는 나의 경제적인 부분이 그다지 걸림돌이 되지 않는데 이따금씩 바깥에서 친구를 만나 한잔(실은 여러 잔) 기울이기라도 할라치면 밥값, 술값에 택시비까지 이어지는 것이 부담스러워지곤 한다. 와인을 마시다 주머니 사정으로 한 병 더 주문하기가 망설여질 때면 '가장 좋은 술집을 두고 왜 여기서 값싼 와인을 비싸게 먹고 있는 거야!' 하고 집을 떠올린다. 와인 사들고 집에 가서 마시면 얼마나 좋을까. 부담 없이 마실 수도 있고 의자도 훨씬 편하고 음악도 선곡할 수 있는데, 하는 생각이 절로 든다.

그뿐인가. 점포 월세가 비싼 탓에 별 맛도 없는 맥주를 비싼 가격에 마실 때, 또는 맥주가 정말 마시고 싶어서가 아니라 익어가는 대화에 곁들여지는 품목으로서 맥주를 계속 주문하고 있을 때, 앞으로 별 맛 없는 맥주를 열 잔은 더 마실 것 같은 느낌이 들 때. 이럴 때도 역시나 집 생각이 난다. 편의점 가서 각자 선호하는 세계 맥주 사다가 냉장고 그득 넣어두고 각자 마음에 드는 유리잔을 골라 맥주를 따라 마시며 수다 떨면 좋겠다는 그런 생각들을 한다. 간혹 어떤 때는 "택시타고 우리 집에 가서 먹자!" 하고 제안하고선 당장 집으로 향하기도 한다.

시내에서 외식을 할 때면 내가 밥값을 지불하는 것인지 월세를 지불하는 것인지 모르겠다는 생각이 든다. 금액에 비해 퀄리티 낮은 음식을 먹다 보면 동네에 있는 가게들이 절로 떠오른다. 개인적으로 번화가보다 동네에서의 외식이 만족도가 높을 가능성이 훨씬 많다고 생각한다. 하지만 외식이라고 하는 것이 음식 자체보다는 분위기를 통한 즐거움이나 만남을 위한 장소로 이용하는 데 비중을 더 높이 둘 때도 있는 법이니…….

커피 맛은 별로라도 음악 소리가 적당해 대화하기 좋은 카페, 맥주 맛은 평범하지만 의자가 편안한 술집, 메인 메뉴는 별 특색 없지만 반찬이 정갈한 식당, 자리가 좀 비좁고 쾌적하진 않지만 고기 맛이 끝내주는 고깃집, 맛은 무난한 정도에 가격대는 약간 비싸도 음악이 거슬리지 않는 바, 이처럼 어느 한 기준에서 기대를 충족시키는 것으로 외식의 전반적인 만족을 얻는 게 당연한 일인지도 모르겠다.

괜히 돈만 썼다는 생각이 드는 외식이 연거푸 이어질 때면 집만한 곳이 없다는 걸 더욱 뼈저리게 느끼게 된다. 그러니 친구들과 집에서 만나 먹고 마시는 일은 그만큼 더 값지게 느껴진다. 그리고 분위기 좋은 곳에서 친구들에게 맛있는 밥, 좋은 술을 덜컥 살 형편은 못 되지

만 집이라면 가능하다. 게다가 집에서라면 음악 선곡은 물론 적당한
볼륨 조절과 적당한 조명에 푹신한 방석까지 낼 수 있으니 집에서의
만남은 여러 모로 풍요롭고 편안하다. 밥자리, 술자리를 구분하지 않
고 이어질 수 있어서 좋고, 피곤하면 소파에 누울 수도 있으니 좋다.
한여름엔 너도나도 찬물 한 차례씩 끼얹고 나와 차가운 맥주를 바로
마실 수도 있고, 양말도 훌훌 벗고, 여자 친구들이라면 답답한 브라
도 벗으라고 권할 수 있는 집이 좋다.

거기다 혼자 사는 친구들이 돌아갈 때면 양파 세 알, 브로콜리 한

혼자. 집. 밥.

개. 또는 어제 개봉한 맛있는 잼을 작은 유리병에 덜어주고, 선물받은 외국 티라든가 작은 그 무엇이라도 나눌 수 있으니 그 또한 좋은 점이라 생각한다.

그리고 몹시 주관적인 견해일 수도 있겠지만 집에서의 만남은 바깥에서보다 더 진솔한 대화가 이루어지기 쉬운 것 같다. 집이라는 공간에서의 만남은 나 자신을 한 꺼풀 더 드러내놓는다는 의미로도 다가온다. 그도 그럴 수밖에 없는 것이 나라는 사람을 만나는 것과 동시에 건조대에 널린 빨래, 집 안의 먼지, 내가 평소 사용하는 식기와도 만나는 일이니 말이다. 그런 상황은 어떤 허세나 경쟁심보다는 있는 그대로를 보면서 서로를 가까워지게 만들고, 허울이나 겉치레 같은 말들 또한 떨쳐낼 수 있는 상태가 되기 수월하지 않을까 싶다.

어쩌면 각자들의 집이야말로 가장 좋은 사교 공간인지도 모르겠다.

집과 밥, 독립과 자립

특별한 모임이나 파티를 떠나서 1인 가구인 친구들끼리 서로의 집을 왕래하며 지내는 것은 실제 생활에서 두루두루 좋은 점이 많다. 식재료도 나누고, 마트에서 1+1로 산 것도 나누고, 이런저런 생활과 물건의 정보도 공유하게 되고, 동네 소식도 알게 되고, 안 쓰는 생활용품이나 옷 같은 것들을 서로 주고받기도 하니 말이다.

또 서로의 집을 오가다 보면 친정집(?) 같은 정서적인 편안함이 생기고, 속내나 고민은 물론 살림이라고 하는 집안일 이야기로 시작해 세상을 보는 관점이나 삶의 가치관 같은 이야기도 자연히 꺼내게 되는 것 같다. 나는 이런 게 자연스러운 발생의 작은 단위 공동체가 아닌가도 생각한다. 멀리 있는 사촌보다 이웃이 낫다는 말처럼 '혼자 사는 사람끼리 서로 돕고 산다, 왕래하고 나누며 산다'의 개념을 바탕으로 하는 공동체 말이다.

생각해보면 내가 아플 때 들여다봐주는 사람도, 여행갈 때 고양이를 잠시 봐주는 사람도, 드릴이나 책을 빌리고 찬거리를 나누는 사람도, 모두 멀지 않은 곳에 사는 친구들이었다. 얼굴 한번 보자, 밥 한번 먹자는 전화를 할까 말까 두세 번 망설이지 않고, "집에 있어? 뭐해? 나 잠깐 가도 돼?" 할 수 있고, 만나도 좋지만 아니어도 그만인 가벼운 마음으로 "나 산책하러 나왔는데 집 쪽으로 걸어갈 테니까 맥주 한잔할래?" 할 수 있는 이들은 멀지 않은 곳에 혼자 사는 지인들이다.

일일이 날짜 맞춰보고 약속해서 이루어지는 만남이 가끔은 피곤하고 부담스럽게 느껴질 때가 있는데 근처에 혼자 사는 친구들과의 만남은 심플해서 좋다. 그러다 보면 어느새 '같이 사는 삶', '이웃'이라는 주제에 대한 표면적인 거창함에 얽매이지 않고도, 마치 어느 집의 밥 짓는 냄새로 구수해지는 골목길처럼, 보이진 않지만 느껴지는 고리들이 우리들 일상에 연결되어 있음을 알게 된다.

혼자. 집. 밥.

한두 해 전쯤인가 입맛을 영영 잃는 것이 아닐까 두려움을 느낄 만큼 갑자기 식욕이 없을 때가 있었다. 그때 도움이 된 것이 세 가지 있었는데 한약과 상담, 그리고 '같이 먹는 밥'이었다. 사람은 혼자 살아지지 않는다는 말이 꼭 두셋 모여 사는 것만을 의미하진 않는다고 보지만, 몸과 마음이 약해지고 아플 때 무조건적인 도움을 받게 되면 그 손길과 마음들은 엄청난 크기로 다가온다.

그 당시 나에겐 입맛을 끌어다줄 음식도 필요했을지 모르지만, 나의 식기가 아닌 다른 쪽에서 들려오는 식기의 부딪힘, 그러니까 밥상의 소리, 앞사람과 함께 마주보고 앉아 같은 음식을 씹는 행위와 대화 같은 것이 더 도움이 되었다. 밖에서 만나 먹는 밥 한 끼도 물론 좋았지만 한껏 줄어든 위 때문에 음식을 절반 이상이나 남기게 되는 것이 속상해 나는 집에서 먹는 밥이 더 좋았다.

그 당시는 살기 위한 연료로 배 속에 밥을 채워 넣던 나날들이었는데 어느 날은 억지로가 아니라 절로 많이 먹게 된 날이 있었다. 친구가 매콤한 닭볶음탕에 부추전을 바삭하게 부쳐놓고서 나를 불렀던, 친구네서 '집밥'을 같이 먹었던 날이었다. 또 내가 간단히 식사를 준비하고 동생이 맛있는 디저트를 사들고 놀러와 함께 먹고 이야기하던 식탁에서의 기나긴 시간은 입맛을 돋운다는 한약만큼이나 도움이 되었다.

혼자 먹는 밥을 기꺼이 즐기는 것과, 어울려 먹기보다 혼자 먹는 쪽이 편하다며 고수하는 것은 전혀 다르고, 혼자 밥을 사먹는 생활과 혼자 집에서 밥을 지어 먹는 생활도 크게 다르다고 생각한다. 지금도 여전히 혼자, 집에서, 밥을 만들어 먹고 혼자 술을 마시는 것을 좋아하지만 요즘 흔히들 말하는 '혼밥', '혼술'이라는 용어가 어쩐지 나에게는 선뜻 와 닿지 않는다. 시대를 반영하는 신조어라지만 어딘가 모르게 일부러 당당해지고 의연해지려고 애쓰는 것 같은 뉘앙스가 풍겨 왠지 안쓰러운 느낌이 들기도 한다.

물론 혼밥이나 혼술이라는 것이 사회적 현상을 비추는 데서 비롯된 말이긴 하지만 이렇게 용어를 정해놓으면 굳이 어떤 카테고리에 넣지 않아도 되는 것까지 분류해 끼워 넣게 되는 것 아닐까 싶어진다. 그렇게 '가두는 말'이 되어버리는 건 아닐까 싶어 염려되고 갑갑한 마음이다.

혼자 외식을 하는 데 거리낌이 별로 없던 나는 오래전부터 '도대체 혼자 편하게 한잔할 만한 술집이 왜 이렇게 없냐!' 하며 애통해하는 1인이었지만 요즘의 '혼밥', '혼술'은 내 마음속의 그것과 어딘가 다른 느낌이다. 만약 '김치족: 다른 반찬 없이 김치로만 밥을 먹는 궁핍한 사람을 이르는 말'이 생겨난다면, 그전까지만 해도 아삭아삭하게 잘 익은 총각무김치와 김이 피어오르는 갓 지어진 밥 한 공기를 두고 '역시 김치 하나만 맛있어도 입맛이 확 돈다니까! 완전 밥도둑이네 이거.' 하고 생각하던 것이 '아, 나는 궁핍하다. 가난한 밥상 지겹다.'

혼자. 집. 밥.

로 이어지게 될 수도 있지 않을까. 이런 상상을 하면 새로이 만들어지는 말들을 그저 재미로만 보고 남용할 게 아니라고 여겨져 무섭기도 하다.

나는 지금도 여전히 혼자 집에서 밥을 먹고, 혼자 집에서 술을 마신다. 집밥을 좋아하는 것만큼 외식도 좋아하고, 혼자 먹을 때가 많지만 함께 먹을 때 역시 많다. 그냥 상황이 다른 것, 그뿐이다. 혼자 산다는 것이 나 자신의 생계를 꾸려나가는 걸 뜻한다면, 경제적인 면에서뿐 아니라 정신적인 면에서도 독립과 자립을 할 수 있는 '나'이길 나는 깊이 바란다.

혼자라면 혼자 먹는 것을 즐길 줄 알고, 둘이라면 둘이 먹는 그 시간을 만끽하고, 여럿이라면 모두가 함께 먹어서 좋구나 하는 것을 아는 것. 어떤 것 하나만을 고집하지 않는 것. 그 때 비로소 정신적으로도 독립과 자립을 할 수 있게 되는 것이란 생각이 점점 더 견고해진다.

III

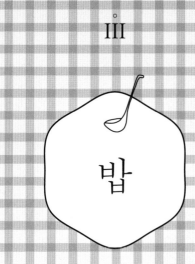

밥

1

。
혼자 먹어서 좋고, 혼자 먹어도 좋은, 집밥

밥과 밥, 그 사이의 균형

외부 일정이 연달아 계속되거나 혹은 여행으로 사람 만나는 일이 갑자기 늘어날 때면 문득 혼자만의 시간, 혼자 밥을 먹는 시간이 간절해지곤 한다. 단순히 '혼자가 편하다'거나 '혼자 있고 싶다'는 얘기가 아니다. 혼자 밥을 먹는 일상만 지속되는 것이 좋은 것도 아니라 여럿이 먹든 혼자 먹든 어느 쪽을 선택한다기보다는 이건 균형의 이야기가 될 것 같다.

심지어 짝꿍과 둘만의 여행이라 할지라도 매 끼니를 같이 먹는 일이 때로는 버겁게 느껴질 때가 있다. 그 사람이 밉거나 싫어서도 아니

고 내게 가장 가까운 사람인데도 말이다. 여럿이 함께하다 보면 별로 먹고 싶지 않은 음식이라도 다들 좋다고 하니 따라야 하거나 다들 모였을 때 같이 먹어야 해서 따르는 등, 여러 사람의 입맛과 식사 속도에 맞추게 되는 경우가 많아질 때 나는 좀 지친다고 해야 할까.

혼자 먹는 밥이 좋은 만큼 물론 여럿이 먹는 밥도 좋다. 하지만 여럿이 함께 여행을 하는 중 불쑥 혼자 밥 먹고 싶다는 말을 꺼내기란 또 쉽지 않기에 남모르는 곤란함과 짙은 피로가 여행 동안 쌓이는 것도 사실이다. 그렇기에 평소보다 더 많은 음식을 섭취하고 있는데도 여럿이 어울려 밥을 먹을 땐 별개의 에너지가 소모되는 것 같은 느낌이 든다. 순전히 이런 주관적인 이유로 나는 '하루 한 끼' 정도는 혼자 조용히 느긋하게 밥을 먹고 싶어하는지도 모르겠다. 그것이 아침이든 밤이든 말이다.

좋아하는 음식이라도 삼시세끼 매일 먹는다면 어떤가. 더 이상 그리 달갑거나 기쁜 일만은 아니게 된다. 사람을 만나는 일, 함께 밥을 먹는 일도 연거푸 계속되면 피로감을 느낄 수 있는 것이다. 그러다가 불현듯 누군가와 '함께' 밥을 먹는 것은 굉장히 특별한 일이고 지금 이 순간은 결코 빈번하게 오는 시간도 아니라는 생각이 들 때가 있다. 그러면 피곤함에 가라앉았던 기분을 우회해 함께하는 지금 이 밥상을 즐길 수 있는 방법을 모색하는 쪽으로 방향을 돌리게 된다. 어차피 집에 가면 실컷 혼자 먹게 될 테고 인생에는 혼자 먹는 밥이 훨씬 더 많을 테니 말이다.

그럼에도 어쨌든 바깥 음식을 연거푸 먹으면 속이 그리 편치 않은 것만은 내게 선명한 사실이다. 유명한 맛집도 좋고, 오늘은 어딜 가서 뭘 먹을까 궁리하고 골라먹는 재미도 좋겠지만 계속되는 외식 가운데 나에게 떠오르는 식사 메뉴는 한결같다. 버터와 잼을 바른 빵과 커피가 있는 정도의 아침식사, 그리고 또 다른 한 끼는 집에서 끓인 된장국과 현미밥과 김치.

바깥 음식을 주로 먹다가 오랜만에 혼자 집에서 밥을 먹게 될 때면 내가 가장 먼저 준비하는 음식은 언제나 된장국이다. 그때그때 집에 있는 야채 듬뿍 넣어 보글보글 끓인 심심한 된장국이 속을 감싼다. 밖에서 먹던 흰쌀밥이 아니라 그 자체만으로도 맛이 짙은 현미 잡곡밥을 꼭꼭 씹어서 간단한 찬거리와 함께 먹을 때면 마치 집이 나를 포용하며 반겨주는 것만 같다.

밖에서 사먹는 된장찌개 백반이나, 아무리 좋은 재료로 맛을 냈다는 음식도 내게는 집에서 먹는 밥과 비할 바가 아니다. 단순히 재료의 질이나 입맛 때문만은 아닐 것이다. 집밥에는 집이라는 공간이 지닌 특유의 따뜻한 기운과 묵직한 안도감과 양말 벗은 편안함 같은 것이 깃들어 있다. '아유, 뭐한다고 그렇게 밖으로 돌았나 몰라.' 괜히 푸념 섞인 혼잣말도 해가며 나는 된장국을 두 그릇째 비운다.

아침의 빵과 커피, 그리고 또 다른 한 끼니를 채워주는 한 그릇 된

혼자. 집. 밥.

장국과 잡곡밥에 나는 완전히 노곤해진다. 혼자 먹는 밥과 함께 먹는 밥의 균형에 대해 생각해본다. 차 한잔이라도 앞에 두고서야 이야기가 시작되고 밥 한 끼 같이 먹으며 친분이 쌓이는 걸 보면 사람을 만나는 것과 밥은 도무지 떼려야 뗄 수 없는 사이일 것이다.

혼자서, 둘이, 여럿이 식사를 하는 시간들이 저마다 편안하고 반갑게 느껴질 때 생활의 균형이 잘 맞고 있다는 얘기가 되는 것 아닐까. 밥 한번 먹자는 말이 꽤나 지켜지기 어려운 약속이라는 걸 알게 될수록, 한집에 살지만 서로 바빠 식탁에서 얼굴 보기도 힘들다는 이야기들을 자주 듣게 될 때, 밥이란 단지 식량으로서의 개념, 그러니까 그저 허기를 채우기 위한 수단이라고 볼 수만은 없는 것 같다.

밥은 생존이지만 동시에 정서이며 인간관계이기도 하다는 생각이 든다. 이 개념들은 살아가면서 내게 매우 실질적으로 다가오곤 한다. 밥을 준비하는 시간, 혼자 밥을 먹는 시간은 물론 다른 사람들과 함께 식사를 하는 시간들이 내 삶 속 곳곳에 박혀 있다는 것은 곧 내가 즐겁고 건강한 관계와 더불어 살고 있다는 얘기가 아닐까.

우아함, 나를 아는 행복

사전적 뜻으로 우아하다는 것은 '고상하고 기품이 있으며 아름답다'라고 하는데 개인적으로 혼자 밥을 먹는 시간은 메뉴나 형식에 관

계없이 우아하다는 느낌이 들 때가 있다.

내가 생각하는 '우아하다'는 것과 사전적 의미가 일맥상통하는지는 잘 모르겠다. 다만 내가 이야기하고자 하는 '우아함'은 고상함보다는 편안함에 더 가깝고, 또 그 편안함으로 인해 한결 더 솔직할 수 있기에 무척 기품 있게 느껴진다는 것이다.

혼자 밥을 먹을 때면 나는 편안함을 가장 먼저 느낀다. 굳이 밥상의 구색을 맞추지 않아도 내가 만족스러우면 되고, 앞사람과의 식사 속도를 배려하지 않아도 되는 것은 편하다. 때론 소리 내어 식전 기도를 하는 점도 좋다. 혼자 먹는 집밥은 서둘러 먹을 필요도 없고, 먹다가 빈둥거리다 다시 먹어도 뭐라 할 사람 없고, 테이블 회전을 생각하는 음식점 주인의 은근한 눈치도 없다. 주변을 신경 쓰지 않고 오로지 나와 음식만 서로를 마주한다는 상황에 나는 맘껏 편안함을 누리지

혼자. 집. 밥.

만 나와 밥에 대한 예의를 갖추려고 한다. 그 예의가 단팥빵 하나 먹더라도 나이프로 썰어 먹는다는 소리는 아니지만, 또 혼자라면 칼질을 하는 데도 아무런 거리낌이 없을 것이다.

혼자 먹는 집밥은 어찌 보면 누군가가 꿈꾸는 시간일 수도 있지 않을까 하는 생각을 이따금씩 한다. 그런 생각이 들 때면 나는 내게 주어진 이 시간을 더욱 만끽하며 즐겨야 한다는 일종의 의무감마저 느낀다. 누군가는 그렇게 원할지도 혹은 너무나 그리워할지도 모르는 이 시간을 말이다. 내 기준에서의 건강이랄지, 지켜나가고자 하는 신념이랄지, 꾸준한 실천과 배움 같은 것이 혼자 먹는 집밥에서 자연스럽게 발현되고 있는 것 아닐까 하는 생각도 든다.

후추 특유의 맛과 향을 좋아해서 음식에 통후추를 양껏 부득부득 갈 때나, 청양고추의 칼칼한 매운맛을 좋아해서 청양고추를 두세 개씩 넣은 칼칼한 찌개를 끓여 먹을 때나, 페페론치노를 잔뜩 넣은 파스타를 만들어 "우와 맛있다. 근데 이건 우리 아니면 매워서 못 먹을 거야." 하며 짝꿍과 둘이 신이 날 때면, 왠지 이런 밥상은 나의 집에서만 가능하다는 생각으로 속 시원한(?) 희열 같은 것이 느껴지기도 한다.

매운맛과 재료 본연의 심심한 맛이 번갈아 등장하는 우리 집 식탁이 나는 좋다. 흐뭇하게 음식을 바라보고, 찬찬히 맛을 보고, 이 음식이 어디서 어떻게 왔을까 하고 땅과 사람들의 고마움을 음미하는 시간, 음식 앞에서 행복해하는 것은 어쩌면 원초적인 기쁨에 가까워지는 시간이 아닐까. 이렇게 생각하면 별로 불안할 앞날도, 좋지 않을 일도 없다는 데까지 생각이 미치곤 한다. 배부르고 등 따시면 나는 정말로 행복한 사람의 얼굴이 된다. 행복하기 때문이다. 그런 얼굴로 밥을 꼭꼭 씹어 먹으며 살고 싶다.

혼자 사는 맛, 함께 먹는 맛

"다다음주 토요일 우리 집에서 밥 먹자, 다음엔 우리 집 가서 2차 하자." 혼자 살면 이런 약속이 가능해서 참 좋다. "응? 난 집이지. 그럼 우리 집으로 올래? 안 그래도 지금 저녁 먹으려던 참이었는데."라고 말할 수 있을 때도 나는 1인 가구로서 혼자 사는 맛을 느낀다.

집에 누군가를 초대해놓고 너무 열심히 준비하려 애쓰다 보면 만남의 의미도 잊고 함께 밥을 먹기도 전에 지치는 때가 많다. 그래서 막상 다함께 즐겨야 할 순간에 그러지 못하게 되기가 쉽다. 음식 만드느라 음식 냄새에 질려서 맛있게 먹지도 못하고 준비가 피곤했던 터라 대화도 곧 피곤해져버리는 것이다. 명절날 많은 양의 전을 부치며 냄새에 질려 막상 전에는 손도 대지 않는 엄마들의 상황과 다를 바가 없는 것이다.

친구가 온다는데 반가움보다는 대접해야 하는 일처럼 느껴진다면 상대방도 마찬가지로 부담스러울 거라 생각한다. 내가 남의 집에 갈

때도 그러할 터이므로. 그렇다면 차라리 밖에서 만나는 편이 훨씬 좋을 것이다. 나는 집에 놀러오는 친구들이 "뭘 좀 사갈까?" 하면 "에이 됐어."라고 하기보다는 "맥주나 몇 캔 사 와."라거나 "오다가 빵집 있으면 곁들여 먹을 밍밍한 빵 하나 사다줘." 하는 요청을 한다. 작은 선물로 서로의 부담을 덜어낼 수 있으니 나는 이 편이 좋다고 생각한다. 나도 남의 집에 갈 때 맥주를 사간다거나 집에 있는 맛있는 커피원두를 설반 덜어간다거나 대파 두 개와 감자 몇 알, 1+1로 구매한 생필품이라도 들고 간다. 주인과 손님이라는 역할, 그리고 초대라는 개념이 있더라도 그런대로 적당히 가볍게 버무려져야 집에서의 만남이 단발성에서 그치지 않고 생활로 익어갈 수 있는 게 아닐까.

집에 손님이 올 때면 당연히 내가 혼자 먹을 때보다 음식의 가짓수나 양이 늘어난다. 그렇다고 해서 '있는 것 안에서 맛있게 먹기'라는 방향이 갑자기 달라지는 건 아니다. 집에 뭐가 있나, 뭐 해먹을까, 하고 냉장고나 찬장을 훑어보고 그날 오는 사람의 취향이나 입맛을 떠올려 있는 대로 그러나 나름 성실히 우리들의 식탁을 준비한다. 좀 모자라고 미흡하면 어떤가. 만남의 목적이 음식 하나만 보고 찾아가는 맛집탐방도 아닌데 말이다.

입맛이나 취향을 내가 대체로 알고 있는 사람이 집에 올 때면 밥상을 차리기도 수월하고 그들이 맛있게 먹을 확률도 높아진다. 짝꿍에 대해서라면 그가 매운 음식을 좋아하고, 회는 먹지 않으며, 달짝지근

한 맛을 좋아하는 입맛이라는 걸 알고 있다. 또 아닌 듯하지만 은근슬쩍 간이 센 음식에 젓가락이 많이 간다는 사실도, 이번 주는 일이 많아 바깥에서 음식을 너무 자주 사먹은 것도 알고 있다. 그러니 집에서 같이 밥을 해먹자 하고는 된장국에 갓 지은 현미밥, 감자볶음과 두부김치로 밥상을 차리면 짝꿍은 행복하게 먹는다. 그는 밥을 두 공기나 비우고 나는 두부김치를 안주 삼아 멋들어지게 한잔하며 두런두런 대화도 나눌 수 있으니 두루 좋은 데이트다.

입 짧은 여동생이 집에 올 때면 그나마 어릴 때부터 잘 먹는 음식이 카레랑 파스타라는 걸 알기에, 이것저것 야채를 골고루 넣어 마련하곤 한다. 평소 가지라면 인상부터 찌푸리던 동생인데, 가지를 구워 치즈를 살짝 올려 낸다든가(가지나물의 흐물렁거림이 싫고 죽이 되기 직전 같은 비주얼이 싫어 손도 대지 않던 나도 구운 가지로 가지의 참맛에 입문했고, 그 뒤로 가지나물까지 사랑하게 되었다) 각종 야채를 센 불에 후다닥 볶아 달큰한 간장 맛이 나는 데리야끼소스를 넣고 밥 또는 두부와 곁들여 낸 밥상은 동생이 가진 야채에 대한 선입견과 오해를 말끔히 지우게 했다. 끔찍하다고 생각한 야채들의 맛과 화해를 한 것 같을 땐 무척 뿌듯하다. 하지만 동생을 위해 특별히 만들었다기보다 평소 내가 즐겨 먹는 음식이라는 점을 중요하게 짚고 싶다.

야채를 좋아해서 가능한 채식 위주로 먹고 싶지만 직장 생활을 하다 보니 그게 마음대로 잘 되지 않는다고 속상해하는 친구가 있다. 그래서 이 친구가 집에 놀러올 때면 제철 야채를 넣은(그때그때 냉장고에 있는) 심심한 된장국에 양배추 쌈을 내기도 하고, 오직 야채만 가득 들어간 통밀파스타를 준비하기도 한다. 친구는 그것만으로도 충분히 즐기며 오물오물 씹으면서 행복한 얼굴이 된다. 와인이나 맥주를 곁들인 이 한 끼 식사는 그야말로 우리에게 풍족한 메뉴가 된다.

매운 음식을 좋아하는 친구가 오면 냉동실의 떡을 꺼내 매콤한 떡볶이를 조리한다. 또 한 친구는 뱃골이 하도 작아 음식을 많이 마련하면 부담스러워한다. 그래서 그 친구와 있을 때는 양을 조금만 준비해서 천천히 반주를 곁들이며 대화를 나누는 일이 서로 편안하다. 나 역시 이렇게 야금야금 먹는 걸 좋아하기 때문에 우리는 자주 집에서 술자리를 갖는다. 먹고 마시고 이야기하다 뭔가 안주가 부족한 것 같으면 냉장고를 열어본다. 옆집에서 나누어준 시원한 김치도 안주가 된다고 말하면 좀 아저씨들 술상 같은가 싶기도 하지만 나는 이편이 한상 가득 차려진 안주보다 좋다.

막걸리를 좋아하는 친구랑은 냉장고에 있는 재료를 끌어모아 부침개를 부쳐 먹기도 하는데, 그게 또 귀찮다 싶을 땐 냉동실의 군만두도 몇 개 튀기고 냉장실의 야채를 쓱 씻어 된장 찍어 먹으면 밥상이자 술상이 완성된다. 이런 식이라면 우리 집에서 자주 만난다고 해도 실질적으로 내가 힘이 들 것도, 지출에 부담이 될 일도 없으니 대부분 좋은 점뿐이 아닌가 싶다.

2
남은 음식 싸오기

만남은 음식을 남긴다

○○을 만나 커피와 스콘과 치즈케이크를 먹고, 커피를 리필해서 한 잔 더 마셨다.

○○을 만나 동태탕과 메밀전을 먹고, 저녁에는 생맥주와 반건조 오징어를 먹었다.

○○을 만나 마파두부밥과 짬뽕을 먹고 맥주 한 병을 나누어 마셨다.

○○을 만나 치킨카레와 버섯리조또 그리고 자몽에이드를

먹었다.

○○을 만나 시금치커리와 난을 먹었고 와인 한 잔을 같이 마
셨다.

이처럼 만남은 곧 외식으로 이어지게 되는 경우가 많다. 그러고 보
면 사회생활이나 인간관계에서 '음식'을 빼놓고 이야기할 수 있을지
모르겠다. 외식을 하다 보면 음식이 남는 경우가 생각보다 잦은데,
나는 그 음식들을 곧잘 싸오곤 한다. 내가 차리는 집밥은 외식하고 남
아 싸온 음식들이 당당하게 한 부분을 차지한다. 얼마 전 오랜만에 만
난 친구가 맛있는 막회집이 있다며 데려갔다. 세꼬시를 좋아하냐고
문길래 회는 좋은데 세꼬시는 별로라고 했더니, 자기도 별로 좋아하
지 않는데 이 집의 세꼬시는 엄청 부들부들하고 뼈가 도드라지지 않
아서 나 역시 좋아할 거라고 했다. 야채와 회를 앞접시에 덜어 그 집
의 특제 초장을 뿌린 다음 살살 비벼 먹었는데 친구 말대로 뼈도 걸리
지 않고 부드러워 맛있었다.

소주랑 이야기를 곁들여 한참 동안 회를 실컷 먹었는데도 절반이
나 남았다. 친구가 자기는 며칠 야근할 듯해서 어차피 먹지도 못할 것
같으니 나보고 남은 회를 싸가라고 했다. 이 회로 뭘 해먹을까 이야
기를 나누며 포장을 기다리고 있는데, 마치 새로 주문한 음식처럼 야
채와 막회와 그 집의 특제 초고추장 소스까지 한 통 가득 담겨 나오는

혼자. 집. 밥.

것이었다. 푸짐하게 채워진 분홍색 횟집 봉투를 달랑거리며 들고 집으로 돌아왔다.

다음 날, 포장해온 음식으로 뭘 해먹을까 고민하다가 생선과 야채를 다져 달걀 섞어서 동그랑땡처럼 부쳐 먹기로 했다. 그런데 오, 이런! 달걀이 없다. 그럼 뭘 해먹지? 냉장고 안을 두리번거리다 청양고추가 있길래 '얼큰하게 회 라면?' 하는 생각이 번쩍 들었다. 얼른 청양고추 하나를 쫑쫑 썰어 넣고 고춧가루 반 스푼에 싸온 회와 야채를 듬뿍 넣어 라면을 끓였다. 바닷가 근처 횟집에서나 먹을 법한 근사한 회 라면이 탄생했다. 끝내준다, 감탄을 연발하며 맛있게 먹었다.

며칠 뒤 끼니때가 되어 냉장고를 둘러보니 두부가 있고, 야채 칸에 참나물 사둔 것이 있었다. 마침 그 막회집에서 넉넉히 싸준 초고추장 소스 통이 보였다. 곧 메뉴가 정해졌다. 참나물을 씻고 양파를 채 썰어 그 횟집의 특제 소스였던 매콤달콤 초고추장에 무쳐서 깨를 솔솔 뿌렸다. 들기름으로 노릇하게 부친 두부에 향긋한 참나물무침을 얹어 먹으니 맛이 얼마나 폼 나고 비주얼은 또 얼마나 그럴싸하던지! 앞으로 한 번 더 시도해볼 만한 멋진 메뉴라 생각하며 맛있게 한 끼 또 잘 먹었다.

그날 횟집에서 얻어온 초고추장 소스는 다양하게 이용되었다. 초고추장 소스에 식초랑 매운양념을 더해 야채를 송송 썰어 넣고 달걀 하나 삶아서 매콤새콤한 쫄면을 만들어 짝꿍과 함께 먹었다. 막회집

에서 먹다 남아 포장해온 음식들이 제대로 된 세 번의 끼니를 제공한 셈이다. 친구가 '혼자집밥' 블로그를 방문해 우연히 포스팅을 보다가 그날의 남은 음식들이 이렇게 살뜰히 이용된 걸 알면 무척 좋아하리란 생각이 들었다.

함께 먹어도 좋고 혼자 먹어도 좋은 알뜰한 맛

얼마 전 짝꿍과 외식하러 동네 고깃집에 가서 실컷 먹고 난 뒤 배불러서 미처 굽지 않은 생고기를 싸왔다. 그리고 그 고기는 다음 날 우리 집 작은 부엌에서 소금 약간과 통후추를 드르륵 갈아 작은 프라이팬에 구워졌다. 와인 한잔과 즐기는 혼자의 한갓진 저녁에 고기 안주가 좋았다. 하필 집에 야채가 뚝 떨어진 날이었는데 만약 버섯이나 피망, 양파가 있었으면 센 불에 휙 볶아 한 접시에 냈을 것이다. 그럼 술집에서 2~3만 원 정도 하는 안주 한 접시가 되지 않았을까.

전날 짝꿍하고 같이 된장찌개 곁들여서 불판 위에 지글지글 구워 먹은 고기와 소주도 맛있었고, 남겨온 고기를 집에서 굽고 와인을 곁들여 느긋이 혼자 먹는 맛도 일품이었다. 왁자지껄 함께 먹는 저녁도, 조용히 혼자 먹는 저녁도, 어느 쪽도 다 좋다. 다음 날 약속이 있어 집에서 밥 먹을 일이 없었다면 생고기 몇 점은 바로 냉동실로 들어갔을 것이다. 그러면 그 고기는 나중에 카레를 하거나 찌개를 끓일 때

넣게 된다.

장을 볼 때 고기를 사는 일은 잘 없기 때문에 고기가 들어간 카레
나 찌개는 우리 집에서 꽤 특별해진다. 외식을 하고 돌아오는 길에 생
고기를 몇 점 싸들고 들어온다는 게 어찌 보면 의외의 그림이기도 하
지만 한 끼 먹을 분량의 고기는 여러 모로 유용하고 음식을 남기지 않
으니 마다 할 이유가 없다.

외식할 때면 이미 구웠는데 남기게 된 고기라든가, 포장하기 애매
하게 한 조각 남은 치킨은 살만 발라서 길고양이에게 던져주곤 한다.
남겨서 버리면 한순간 음식물 쓰레기가 되지만 누군가 먹으면 살아
가는 데 양분이 되니 음식은 마지막까지 귀하다.

당당한 맛

'혼자집밥' 블로그에서 남은 음식 싸온 걸로 다시 상차림이 이루어
지는 모습을 보고 사람들이 비밀스럽게 댓글을 남기곤 한다. 남은 음
식 싸달라 하기가 괜히 눈치 보여 그냥 온다, 같이 간 사람이 뭘 그런
걸 싸가느냐고 해서 민망했다. 옆사람 보기 어떨까 싶어 싸오기 좀 그
렇다, 싸달라고 했더니 주인이 짜증을 내더라, 대체로 이런 이야기들
이었다.

함께 간 사람이 눈치를 주는 듯하면 사실 무척 머쓱할 것 같다. 돈

이 없어서, 집에 먹을 게 없어서 싸가는 것도 아닌데(만약 그렇다면 더더욱 가져가야 하겠지만!) 누군가의 눈치를 느끼게 되면 어쩐지 궁상 맞은 게 아닌가 하는 기분이 들 테니까. 하지만 여기서 생각해볼 것이 있다. 더 먼저는 다른 사람의 시선을 의식하는 나, 그러니까 남들에게 자신이 어떻게 보일까 하는 생각에 스스로 눈치를 보는 건 아닌가 하는 것 말이다.

지난 십수 년간의 내 경험을 떠올려보자면 식당 주인이 눈치를 주는 경우는 정말로 그다지 많지 않았다. 물론 귀찮아하는 표정을 짓거나 직접적으로 말하는 경우도 아주 드물게 있긴 했지만 이는 우리나라에서 남은 음식을 포장해가는 문화가 자연스럽게 자리잡기까지, 또 주인과 손님 모두가 익숙해지기까지 거쳐야 하는 과정이라고 생각한다. 눈치를 주거나 하는 상황이라면 당장에는 당연히 기분이 상

할 테지만, 기분도 상했는데 음식까지 당당하게 싸오지 못한다면 두 배의 손해라고 생각해 크게 마음 쓰지 않게 되었다.

그러나 이제껏 내가 음식을 포장해오며 경험한 것은 반대의 경우가 훨씬 더 많았다는 이야기를 꼭 전하고 싶다. 오히려 "어이구, 남으면 우리도 버려야 하는데 싸가면 좋지!" 하며 젊은 사람이 이쁘다고 칭찬을 해주는 일이 더 잦다. 때로는 반찬을 더 담아주시기도 한다. 덕분에 반찬도 얻고 칭찬도 받고 웃는 얼굴로 인사도 하고, 일석삼조 (?)였던 기억이 압도적으로 많이 떠오르는 걸 보면 내가 운이 좋은 편이었다고만 할 수는 없을 것이다.

작지만 결코 적지 않은

식당에 가면 '우리 업소는 남은 반찬을 재사용하지 않습니다.'라고 하는 관공서 캠페인 풍의 포스터가 벽에 붙어 있는데 나는 그걸 볼 때마다 이런 생각이 든다. '우리 업소는 맛있게 드시고 남은 음식이 있다면 싸드립니다.'라는 말도 함께 써 붙이면 참 좋겠다는!

아니, 그 이전에, 식당은 반찬을 정말 조금씩만 담아내면서 "드시고 편하게 더 달라고 하세요!"라고 하고, 손님은 그걸 야박하게 여기는 게 아니라 더 요청하면 기꺼이 더 줄 거라는 인식이 생기면 좋겠다는 생각이다. 또한 손대지 않을 반찬은 옆으로 따로 빼놓는 일이 자연스러워지면 얼마나 좋을까. '우리의 목표는 남기지 않고, 맛있게 양껏 먹기입니다.' 이것이 손님과 식당, 양쪽 모두의 공동 목표라고 생각하면 정말 멋진 일 아닐까.

제법 많은 양이 남게 된 메인 요리 같은 음식은 포장해달라고 요청을 한다. 하지만 적은 양이어도 내가 집에 가서 먹으면 한두 끼는 될 만큼이 남았거나, 미처 손을 많이 못 댄 반찬은 위생 비닐을 달라고 해서 직접 포장하곤 한다. 두고 가면 버려질 게 뻔한데 그렇다고 제대로 포장을 해달라고 하기에는 애매할 때 위생 비닐 봉투를 이용하는 것이 내 마음도 편하다.

몇 년 전까지는 한참 손바닥 반절만 한 작은 밀폐 용기를 가방에 넣어 다녔다. 작은 플라스틱 용기 하나가 가방을 무겁게 하는 것도 아

혼자. 집. 밥.

니어서 우선 부담이 없고, 비닐도 사용하지 않을 수 있을뿐더러 통에 담긴 음식은 도시락 반찬 같은 느낌도 들어 좋았다. 무엇보다 냄새 날까 염려하지 않아도 되는 것 또한 큰 역할이다. 일회용 비닐을 안 쓰니 환경보호도 되고, 집에 한없이 쌓이는 비닐도 늘리지 않는 셈이라 여러 모로 좋은 방법이다.

어느 순간부터인가 플라스틱 용기를 챙겨 다니지 않게 되었는데 이 글을 쓰면서부터 다시 가방에 자그마한 통 하나 넣어 다니기를 실천하고 있다. 칼국수와 물만두를 시켜 먹고 남긴 물만두, 파스타와 샌드위치를 시켜 먹다 남긴 치즈샌드위치 한 조각을 싸왔고, 또 카페에선 무화과 스콘을 먹다가 남은 것을 통에 담아왔고, 돼지두루치기를 먹고 남긴 걸 싸오기도 했다. 통에 말끔히 싸온 음식들은 보기에도 말끔해서 주변 사람에게는 물론, '혼자집밥' 블로그에서도 이 방법을 같이 하자고 슬며시 권하고 있다.

두 번째 새 밥상

싸온 음식은 약간의 '조리' 정도만으로 근사한 밥상이 완성될 수 있어 좋고, 음식을 남겨 버리는 일도 없으니 얼마나 뿌듯하고 알뜰한 방법인지 모른다. 손이 큰 식당 아주머니가 반찬을 듬뿍듬뿍 담아주신 덕분에 미처 손도 대지 못한 콩나물무침을 싸오게 되면 김치 쫑쫑 썰어 넣고 달걀프라이 하나 올려 고추장에 슥슥 비벼서 비빔밥 한 그릇 뚝딱 해먹을 수 있다. 콩나물무침은 다듬고 데치고 무치고 히지니 번거롭다는 생각이 들어 내가 좀처럼 잘 하지 않는 반찬인데 그렇게 보면 얼마나 귀한 메뉴인가 싶어 비빔밥 한 그릇에 고마움이 절로 인다.

돼지두루치기(제육볶음)를 싸온 날은 고추 하나 썰어 넣고, 자투리 양파도 넣어 내 입맛에 맞게 통후추 팍팍 갈아 넣은 다음 프라이팬에 휙 볶아내면 이 또한 다시 한 번 새롭게 훌륭한 한 끼 반찬이 되고, 거기다 반주까지 곁들이면 세상 부럽지 않은 저녁밥상이 된다. 코다리찜 한 조각과 부추전 남은 걸 싸왔을 땐 시골 쌈밥 한상이 차려졌다. 우선 코다리찜은 뚜껑 덮어 프라이팬에 약한 불로 데우고, 부추전도 바삭하게 데웠다. 그리고 냉장고에 있는 양배추를 꺼내 간단히 쪄내면 또 한 끼가 그럴싸하게 마련된다. 찐 양배추에 밥 조금 올리고 코다리살 발라 쌈 싸먹으면 더할 나위 없이 훌륭한 밥상이 되는 것이다. 내가 한 일이라곤 데우고, 찌고, 그릇에 담은 것이 전부인데 이렇게 번듯한 밥상이 차려지다니 두루두루 좋지 않을 수 없다.

혼자. 집. 밥.

　사실 '남은 음식'이라고는 하지만, 배가 부르지 않은 상태라면 여전히 그냥 '음식'이다. 그 음식 싸오는 일을 남에게 어떻게 보일까 하는 눈치 때문에 주저하기보다 '남은 음식 싸오기'가 다 함께 공유하는 외식 문화가 되었으면 좋겠다. '남은 음식 데워서 한 끼 먹는다' 처럼 맛없는 밥도 없어서 나는 다른 양념과 야채를 첨가해 두 번째 요리로 먹는 편에 마음이 간다. 남은 음식이 아닌 하나의 새로운 음식으로 기분 좋게 즐기는 집밥은 초라함과는 거리가 멀다.

1인 가구 상비식품

누룽지

혼자 사는 집에 상비식품, 상비 식재료가 있다면 뭘까. 대부분 공통될 것 같은 라면을 제외한다면 나는 제일 먼저 누룽지를 꼽고 싶다.

다음 날 집에서 밥을 먹을 수 있을지 어떨지 몰라 밥 해두기가 애매할 때.

밥 한 순갈 뜨고 싶긴 한데 그렇다고 새로 밥을 하긴 영 귀찮을 때.

이것저것 꺼내 밥상을 다 차려놓고 보니 막상 밥솥에 밥이 없을 때.

몸이 아파 밥 해먹기 어려울 때.

속이 편치 않아 따뜻하고 순한 음식이 필요할 때.

밤늦게 일을 마치고 들어온 짝꿍이 배고프다고 하는데 마땅히 내놓을 게 없을 때.

술을 많이 마신 다음 날 속이 안 좋을 때.

이런 때 나는 누룽지를 끓인다. 이것저것 먹어봤지만 숙취로 불편한 나의 속을 달래는 데는 뭐니 뭐니 해도 누룽지에 김치가 딱이었다. 이처럼 내게 숙취 해소 메뉴가 되어주기도 하는 누룽지는 아프거나 몸이 피곤할 때도 간편하고 부드럽게 끼니를 해결해주니 고마울 따름이다. 아픈데 부엌에 가서 죽을 쑤어 먹지도 못하겠거니와 나는 아플 때 먹는 죽이 세상에서 가장 맛이 없어서 누룽지를 훨씬 좋아한다.

대충 한 끼 때우려는 심산에서 선택한 간편한 음식이 인스턴트식품이 아니라 뽀얀 쌀을 눌러 만든 구수한 누룽지라니 이만큼 실하면서도 스피디한 메뉴가 또 있을까? 햄버거 배달시켜 도착하는 시간보다 아마 누룽지 끓여서 수저 위에 김치나 젓갈 하나 올려 먹는 일이 훨씬 빠를 것이다.

건조식품이라 보관이 용이한 데다 간편하게 끼니를 때울 수 있으면서도 든든하게 곡기를 채워주니 성질도 맛도 순한 이 누룽지를 마다할 이유가 없다. 컵라면 형태로 나와 있는 누룽지는 라면의 차선책으로 좋을 순 있겠지만, 내 입맛에는 물에 불린 종이를 먹는 맛이라 편의점에서 급히 사먹을 경우가 아니라면 생협 누룽지를 추천하고 싶다(흔치는 않지만 시장에서 직접 눌려 파는 누룽지도!).

혼자. 집. 밥.

상비식품으로 중요한 유통기한 면에서도 6개월 동안 보관 가능하다고 하니 부담 없이 부엌 한편에 늘 구비해두어도 괜찮다는 장점이 있다. 물론 나는 6개월 안에 두세 개씩 산다. 주변에 혼자 사는 친구들, 외국 나가는 친구들을 보면 그때마다 나는 누룽지 전도사가 되곤 한다. 마치 누룽지 집 딸이라도 되는 것처럼. 이 좋은 걸 나 말고도 다른 많은 사람들이 애용할 수 있기를 바랄 뿐이다.

회사에서 야근이 많은 편이라 주린 배를 움켜쥐고 늦은 귀가를 하다 보니 폭식을 하게 된다는 친구가 있었다. 자정에 가까운 늦은 밤, 그 시간에 찾을 수 있는 메뉴라고는 대부분 기름진 음식이나 흔히들 야식 메뉴라고 지칭하는 음식들뿐이니, 어쩔 수 없이 그런 것들을 사들고 와 '밥도 한 끼 못 먹고 이게 뭐야' 하는 심정으로 허기를 채우지만, 날로 살이 찌는 건 물론 다음 날이면 속이 불편해 늘 후회한다고…….

그래서 친구에게 생협 누룽지를 선물했다. 친구가 말하길 실은 밤에 치킨이나 순대, 족발이나 지짐이가 아니라 정말 밥이 먹고 싶은 거였나 보다며, 요즘은 야근하고 돌아오면 시원하게 샤워하고 누룽지 보글보글 끓여 오징어젓갈 곁들여서 간단히 먹는데 속도 편하고 참 좋단다. 그런 말을 들으니 뿌듯했다.

'얼른 집에 가서 쉬어야지'와 '얼른 밥 한술 떠야지'라는 말이 어쩐지 닮았다는 느낌이 든다. 그래서 그런지 나에게 집은 누룽지 같은 구석이 있고 누룽지는 집 같은 구석이 있는 듯하다. 유독 고단하고 허기진 배로 집에 돌아와 밥할 기운도, 기분도 나지 않는 날이면 누룽지 생각이 간절해진다. 국도 찌개도 없이, 젓가락이 가 닿을 반찬도 없이 밥에 달랑 김치 하나 놓고 한 끼 먹는다고 하면 왠지 조금 속상한 기분이 들 수도 있겠지만, 보글보글 소리와 집 안에 은은하게 퍼지는 구수한 냄새는 편안하기만 하다. 누룽지 한 그릇에 김치를 먹으면 음식으로 위로를 받는 기분이 든다. 아플 때에도 누룽지 끓여서 호호 불어 뚝딱 먹고 나면 배 속으로 들어가는 따뜻한 곡기에 안도감이 느껴져 몸과 마음이 노곤하게 풀어진다.

동화 속처럼 어딘가 과자로 만든 집이 있다면 나는 그 옆에 누룽지로 만든 집을 짓고 싶다. 그만큼 누룽지는 내게 고맙고 가깝고 푸근한 음식이다.

떡

우리 집 냉동실에는 떡국떡, 빵, 소분해둔 밥, 대체로 이 세 가지가 늘 잠들어 있다. 빵이나 밥만큼 또 내가 좋아하는 떡은 든든한 상비 식재료이자 자주 주식이 되곤 한다. 하루 한 끼는 꼭 쌀을 먹겠다고 스스로 정한 룰을 배반하지 않는 차원에서도 떡국이나 떡볶이를 먹을 땐 마음이 당당하다. 밥은 먹기 싫은데 파스타를 해먹자니 아침에

빵을 먹었으므로 밀가루 음식만 두 끼를 먹는 게 좀 마음에 걸리고, 그럴 땐 저녁식사로 주저 없이 떡국을 선택하곤 한다.

나는 떡볶이를 할 때에도 꼭 떡국떡을 이용한다. 말캉말캉 부드럽고 또 두께가 얇기 때문에 일반적으로 먹는 길쭉한 떡볶이 떡보다 간이 잘 배어 훨씬 좋아한다. 아무리 진귀한 재료라고 해도 간이 안 밴 음식, 양념이 재료와 따로 노는 음식은 별로 훌륭하게 느껴지지 않으니 떡국떡을 애정하는 것이 나로선 당연하다.

거기다 내가 떡국떡을 애정하는 이런저런 이유 가운데 또 다른 하나는 어려서부터 엄마가 떡국떡으로 만들어준 떡복이 맛과 식감이 익숙하기 때문일 것이다. 엄마가 해주시던, 어묵과 양파가 듬뿍 들어간, 납작한 떡국떡에 간이 잘 밴 떡볶이는 몇 접시를 연거푸 비우게 하는 폭식 메뉴이기도 했다. 이처럼 엄마의 손맛, 음식 맛은 성인이 되어서도 몸속 어딘가 깊이 자리하니 엄마와 음식은 어떤 의미에서 동의어가 아닌가 싶다.

잠깐 다른 이야기지만 나는 성인이 되어서까지 한동안 김밥에 든 우엉을 별로 좋아하지 않았는데, 우엉조림 반찬은 좋아하면서도 유독 김밥에 든 우엉은 꺼려했다. 어릴 적 엄마가 '김밥에 우엉은 어울리지 않는다. 맛이 너무 강해 김밥에 우엉 맛밖에 안 나서 싫다.' 하시며 김밥 말 때 우엉을 넣지 않았는데, 되돌아보니 이 말이 주관적인 입맛이 생기기도 전의 어린 나에게 강력한 영향을 끼쳤던 것이다. 20대가 넘어 우엉이 든 김밥을 먹다가 문득 깨닫게 된 사실이다.

다시 떡국떡 얘기로 돌아가자면, 작고 앙증맞은 조랭이떡을 먹어보아도, 통통하고 짤막한 쌀떡볶이 떡을 먹어보아도 납작한 떡국떡을 따라올 수 없다. 집에 들어오는 길 동네 떡집에 들러 냉동실에 저장해둘 떡국떡과 다음 날 아침밥이나 간식거리로 먹을 떡을 사들고 올 때면 '골고루 잘 먹고 살고 있구나.' 하는 생각이 들어 스스로가 대견스럽기도 하다.

밥도 싫고 면도 싫은 날의 부엌에는 어김없이 떡국떡이 등장한다. 양배추나 양파, 또는 파를 비롯하여 그날 집에 있는 야채를 듬뿍 넣고, 어묵도 양껏 넣고, 청양고추 하나, 고추가 없을 땐 마른 베트남 고추를 더해 매콤한 떡볶이를 만들어 먹는다. 또 어떤 때는 각종 야채와 버섯을 담뿍 넣어 간장으로 양념을 한 간장떡볶이랄까 야채떡볶이랄까 어떻게 불러도 좋을 메뉴로 한 끼를 호화롭게 해결하기도 한다. 떡국 역시 결코 빠지지 않는 우리 집 스테디셀러인데 한 그릇으로 식사를 마친 것치고는 한 끼 제대로 잘 먹었다는 만족감이 매우 크다.

냉동실에 늘 구비되어 있는 떡은 쌀이 똑 떨어진 날 특히나 제 역할을 톡톡히 한다. 별 재료가 없는 상황에서 집에 손님이 오게 될 때에도 그럴싸한 한 그릇 음식이 되어주고, 집에 아무것도 없다고 생각되는 날에도 냉동실의 떡을 생각하면 장보기를 내일로 미룰 수 있다.

혼자 먹을 때라면 떡볶이만으로도 충분하지만, 손님이 왔을 경우 평소보다 약간 더 신경 써 삶은 달걀을 곁들인다거나 라면사리를 추가하고, 밥을 볶아 먹기도 한다. 짭조름한 간장 양념에 야채와 버섯 듬뿍 넣어 떡과 함께 집어먹을 것이 많은 간장떡볶이는 술안주로도 좋고 친구들에게 인기가 좋은데, 달큰하고 짭조름한 간장 양념국물에 밥을 비벼 먹어도 참 맛있어서 국물과 야채가 남으면 다음 날 덮밥처럼 먹기도 한다.

우리 집 냉동실에는 떡국떡 말고도 가래떡이나 절편이 조금씩 얼려져 있는데 겉은 노릇하고 속은 쫄깃한 구운 떡에 꿀을 곁들여 차와 같이 내면 "와! 구운 떡 오랜만에 먹네!" 하며 다들 반가워한다. 아마 그동안 빵 먹느라 떡을 잊었던 모양이다. 새벽에 출근할 때면 간식을 찾아 부엌을 어슬렁거리며 이곳저곳을 뒤지다 어설프게 과자봉지를 뜯는 경우가 잦은데 그럴 때 가래떡이나 절편을 두어 개 구워 먹으면 배도 차고 뭔가 말끔히 잘 먹었다는 느낌이 들어서 좋다.

등산하는 어르신들을 보면 초콜릿은 물론이고 떡을 많이들 챙겨 가는데 적은 양으로 열량도 채워주고 허기도 가시게 해주니 충분히 그럴 만하다는 생각이 든다.

떡 이야기를 하다 보면 어디선가 읽은 어떤 기사의 내용을 빼놓을 수가 없다. 한 해 농사지어 수확한 쌀이 그해 쌀 소비량보다 훨씬 많다 보니 보관비용이 너무 많이 들어서 쌀을 바다에 수장시킨다는 충격적인 내용이었다. 그 기사를 보고 나는 머릿속이 하얘졌다. 한동안 부엌이든 밥상 앞에서든 자꾸 이 기사가 떠올라 여러 모로 생각이 복잡해졌다. 쌀이 남아돌아 바다에 수장하는 일이 벌어지는데 수입쌀은 왜 그렇게 많은 것이며, 쌀 사기조차 부담스러운 여건에 있는 사람들에겐 과연 넉넉한 양의 쌀이 주어지고 있는 것일까. 이 사실을 알면 얼마나 기가 막힐까. 그리고 군대에서는 지금도 대부분 묵은 쌀로 밥을 짓는 다는 이야기도 있던데 그건 대체 왜일까······.

많은 식당에서 값이 싸다며 수입쌀, 그러니까 구만 리도 더 떨어진 곳에서 가져온 퍼석퍼석한 쌀을 쓰는 경우가 많다. 정작 우리나라에서 수확한 쌀은 처치 곤란이라며 바다에 수장시키고 도리어 수입을 하는 아이러니라니. 게다가 쌀을 바다에 내다버리면 혼탁해지는 바다는 괜찮을까. 아마도 전혀 괜찮지 않을 것이다. 내가 매일 삼시세끼 고봉밥을 지어 먹는다고 우리나라의 쌀 소비 증가에 변혁을 일으

혼자. 집. 밥.

킬 수 있는 것도 아니니, 우선은 빵도 좋지만 떡을 그만큼 즐겨 먹는
걸로 쌀 소비에 조금이나마 보탬이 되자고 작은 다짐을 해본다.

미역

어렸을 땐 참 즐겨 먹었는데 언제부턴가 국에 밥을 말아 먹는 일이
손에 꼽을 정도가 되었다. 그럼에도 불구하고 미역국만은 나로 하여
금 꼭 밥을 말아 먹게 한다. 오래오래 끓여 부드럽게 풀어진 미역, 고
소한 참기름 냄새에 뽀얀 국물까지! 나에게 미역국은 맛도 맛이지만
정서적으로 따뜻한 음식으로 각인되어 있다.

미역국을 훌훌 마실 때면 어릴 적 겨울이 떠오르곤 하는데 그때 느
낌이 얼마나 포근했던지. 주말 아침, 밤새 가두어진 체온이 빠져나가

지 않은 이불을 덮어쓴 채 엄마가 한 솥 그득 끓여놓은 미역국을 데워서 머그컵에 담고 거기에 밥을 말아 티비 앞에 앉아 만화영화를 보며 먹었던 기억이 뇌리에 박혀 있다.

여간해서는 국에 밥을 말아 먹지 않게 된 지금도 미역국에 한해서만큼은, 밥 반 공기는 국과 밥을 따로 먹고, 남은 반 공기는 국에 말아서 국물을 머금어 통통하게 불은 밥알, 밥도 아니고 죽도 아닌 그 묘한 음식의 맛을 즐긴다. 여기에 잘 익은 심치 하나만 있으면 다른 반찬은 그다지 생각나지도 않는다. 그렇게 미역국이 있을 때면 오로지 밥과 국과 김치만으로 번듯하고 만족스런 한 끼를 먹곤 하는데, 이런 걸 보고 사람들이 '소박한 밥상'이라 부르고 '소울푸드'라고도 하는 게 아닌가 싶다.

나도 그렇지만 짝꿍이 또 미역국을 엄청 좋아해서 한 냄비 가득 끓여도 각자 두 그릇씩 먹고 나면 금세 바닥이 보인다. 한 끼를 거나하게 먹고 난 뒤엔 "밖에서 사먹는 거보다 훨씬 좋다, 그치?" "아무리 반찬 없이 먹어도 역시 집밥이 최고야." 이런 말들이 자동반사적으로 나온다. 이렇듯 찬거리 없는 밥상이라도 미역국 하나면 내겐 언제나 풍성하게 느껴진다.

한밤중에 작업을 하다가 배는 고픈데 밥을 먹긴 부담스러울 때라든가, 아침에 바삐 나가야 해서 커피 내리고 빵 한 쪽 구워 잼 바를 시간도 없을 때는 전날 끓여 먹고 남은 미역국이 큰 몫을 한다. 머그컵

혼자. 집. 밥.

에 한잔 가득 따라 수프처럼 호호 불어 마시는 미역국이 일품이다. 어느 날 집에 마땅히 장을 봐놓은 찬거리가 하나도 없을 때 역시 미역국은 일등공신이다.

냉장고나 냉동실 자리도 차지하지 않고, 찬장에 늘 묵묵히 한자리를 차지하고 있는 마른미역은 내가 좋아하는 바다 식품인 동시에 우리 집에서 없어서는 안 될 주요 비상식품이다. 혼자 살다 보면 내 몸이 하는 소리를 더 잘 듣고, 내가 나의 몸을 살피는 일에 감각이 서게 되는데 왠지 몸이 아파질 것처럼 컨디션이 저조한 날이면 특히나 미역국을 끓이게 된다. 부들거리며 입 안으로 미끄러져 들어가는 자극적이지 않은 미역국을 담뿍 퍼서 먹고 나면 속이 두둑하니 따뜻해지면서 몸이 풀어지는데 그 나른한 느낌은 참 유순하다.

된장국 하나 끓이려 해도 몇 가지 야채가 필요한 반면 미역국은 미역만 들어가도 맛이 나고, 마른 종이 같던 것이 금세 푸릇한 식재료가 되니 냉장고가 텅텅 비어 아무것도 없는 날 이만한 메뉴가 또 있을까 싶다. 거기다 한 번에 많은 식재료를 빠르게 소진하기는 어려운 1인 가구에 건조식품인 미역은 특히 만만한 것 같다. 물에 불린 미역을 꼭 짜서 참기름에 볶다 보면, 세상에 어떻게 미역을 말려 저장할 생각을 했을까 새삼 감동스럽다.

미역국을 끓일 때면 나는 우리 집에 있는 냄비 중 가장 커다란 냄비를 꺼낸다. 참기름의 고소한 향이 가득한 수증기들로 집 안은 온통 푸근한 기운이 맴돈다. 오래도록 뭉근히 끓일 요량으로 그사이 식탁 앞에 앉아 책을 읽는다거나, 설거지를 한다거나, 다른 찬거리를 준비하기도 하는데 그 시간은 왠지 더 여유 있게 다가오고 살아가는 일에 충실한 것처럼 느껴지기도 한다. 그런 느낌은 아마도 작은 불에 올려놓은 냄비가 뚜껑을 덜그럭거리며 끓고 있는 풍경과 그동안 사부작 사부작 다른 일을 보고 있는 살뜰한 시간이 만들어내는 분위기에서 비롯되는 게 아닐까 한다.

가끔은 참기름이 아닌 들기름에 미역을 볶기도 하고, 표고버섯을 불려 함께 넣거나 감자를 넣기도 하고, 순두부를 넣기도 한다. 다른 집은 또 어떤 걸 넣는지 궁금해하면서…… 우리 집 미역국엔 대체로 고기 대신 감칠맛을 내는 표고버섯이 들어가는데 종종 들깨가루의 등장은 비법 한 스푼이 되곤 한다. 계속 끓이다가 마지막에 들깨가루 한두 스푼 넣는 것만으로도 순식간에 묵직함과 고소함을 겸비한 들깨미역국이 탄생한다.

예전 살던 동네에 해산물을 파는 작은 술집이 있었는데 그 집에서는 들깨가루 꽉꽉 넣은 미역국 한 사발이 기본 안주로 나왔었다. 그 미역국은 안주로도 좋았을뿐더러 술 마신 속도 잘 달래주었던 기억이 난다. 그래서 그런지 친구들과 거기만 가면 술을 더 많이 마셨던 것 같지만 아무튼 들깨미역국은 다시 생각해도 멋진 안주였다.

미역 이야길 하다 보니 이따금씩 두부가 남을 때면 끓이게 되는 미역된장국 생각이 난다. 미역과 두부를 넣어 끓이면 평소와 별다를 게 없는 된장국인데도 미역과 두부의 조합만으로 약간은 새로운 맛을 선사한다. 일본 된장국인 미소시루에 미역이 들어가는 건 자주 보았는데, 한국식 된장국에 미역은 나에게 그다지 익숙지 않았던 게 사실이다. 하지만 막상 먹어보면 구수한 된장국에 넣은 미역이 감칠맛을 내면서 무척 잘 어울린다. 1인 가구에서 두부 한 모를 빨리 소진하기 어려울 땐 남은 두부로 미역된장국을 끓여보길 추천하고 싶다.

꼭 생일날 먹는 미역국이나 출산하고 먹는 미역국이 아니더라도, 또 소고기 듬뿍 넣어 끓여낸 미역국이 아니더라도, 뭔가 따끈한 음식이 생각난다 싶을 때, 찬장 한쪽에 구비해둔 미역으로 이렇게 저렇게 다른 재료들과 함께 미역국을 끓여보면 어떨까. 나는 뜨거운 미역국 호호 불어 한 사발 먹고 난 뒤 콧잔등에 송골송골 땀이 맺히며 몸이 따뜻해지는 느낌이 참 좋다.

얼마 전 '혼자집밥' 블로그에 어느 분이 미역을 불려서 볶아 먹어도 맛있다는 팁을 올려주셨는데 나도 미역을 좀 더 다양하게 먹어봐야겠다는 생각이 든다. 짝꿍이 부산 다녀오며 사다준 기장미역이 아직 많이 남아 있다.

들려주는 밥상 ① - 레시피보다는 감각

- 당근 머스터드 샐러드/ 한 끼 샐러드

  제주당근 + 소금 + 공정무역 마스코바도원당 + 레몬주스

  + 홀그레인 머스터드 + 훈제닭가슴살(OO이 준 거)

  + 통후추 드르륵(○○이 준 캄보디아 통후추) + 올리브오일

- 애호박구이/ 야채구이

  NON GMO 현미유(생협) + 애호박

- 감자채볶음/ 팽이버섯감자볶음

  현미유(생협) + 감자(○○이 많다고 나눠준 거) + 소금 톡톡

  + 양파 + 팽이버섯 + 통후추 드르륵

혼자. 집. 밥.

- 표고버섯미역국 / 고기 없는 미역국

  참기름 + 건표고버섯(엄마 친구가 길러 말리신 거)

  + 미역(짝꿍이 부산에서 사온 거) + 국간장(생협) + 소금

  + 백후추(태국 갔을 때 마트에서 사온 거)
- 현미잡곡밥(생협/ 냉동실에 소분해두고 찜기에 찐 밥)
- 사과김치(엄마 협찬)
- 도라지무침(짝꿍이 얻어온 거)

〈프로젝트 가치삶; 혼자집밥〉 블로그에는 레시피 없이 위와 같은 방식으로 음식 소개가 되어 있다. 요리에 일가견이 있는 것도 아니고 조리법을 소개하는 것이 목적인 블로그가 아니라서 레시피는 없지만, 들어가는 재료는 빠뜨리지 않고 기재하고 있다. 1인 가구인 우리집에서 어떤 식으로 매일 밥을 해먹고 사는지를 보던 누군가의 '오늘 뭐 먹지?' 하는 생각에 아이디어가 되어준다거나, 누군가 외식을 하려던 발길을 부엌으로 돌려 냉장고 속 재료들을 꺼내게 되는 것으로 나는 충분하다고 생각한다.

요리 과정이나 방법이 궁금하다면 검색창에 단어 하나만 쳐도 각종 레시피와 요리 영상 등 정보가 많아 쉽게 시도해볼 수 있을 테니 말이다. 나도 검색을 자주 하는데 그럴 때면 상세한 순서와 함께 저마다의 노하우까지 정말이지 많은 정보를 볼 수 있어 놀랍기도 하다. 나

2015, on paper, 30×42

역시 그렇게 누군가가 자세히 안내해준 덕분으로 무난히 음식을 만들곤 하고 있다.

반면 '혼자집밥' 블로그에는 '생협 제품'이라든가 '누군가가 만든 것', '누구누구에게 얻었다. 누구누구의 선물' 이런 식의 출처를 적는 것을 나는 중요하게 여긴다. 이와 같이 적어나가다 보면 생각보다 많은 것들을 얻어먹으며 살고 있다는 사실을 자연스럽게 알게 된다. 나 혼자 잘나서, 또는 고생해서 번 돈으로만 먹고 살아지고 있는 것이 아니라는 걸 말이다. '아, 처음엔 땅에서 얻고 그걸 또 친구와 지인들에게서 얻고…… 복도 많지. 내가 이렇게 살아가고 있구나.' 하는 생각에 숙연해질 때가 있다. 그럴 때면 출처를 적고 고마움을 느껴보는 시간이 곧 기도문을 읊는 시간과 같다는 생각이 든다.

실패가 아닌 실패

외국의 나이 지긋한 한 유명 요리사의 인터뷰를 우연히 보고 연신 고개를 끄덕인 적이 있다. "요즘 사람들은 처음 하는 요리에서도 결코 단 한 번의 실수도 하려고 하지 않습니다. 그래서 자신의 요리를 하지 못하게 되었어요. 실수하며 배워서 자기 걸 만드는 것인데 말입니다."라고 그는 말했다. '첫술에 배부르랴'라는 말이 있듯이, 처음 시도해보는 일임에도 무조건 실수 없이 잘해야 한다, 성공해야 한다

고 생각한다면 그건 이미 실망을 안고 시작하는 것과 다름없지 않을
까. 이 사실을 모르는 것은 아니라 '그렇게 생각하지 말아야지' 하고
다짐하지만 생각의 오랜 습관은 잘 고쳐지지 않아서 나도 모르게 미
리 그려놓은 그림처럼 일이 되지 않으면 쓸모없는 시간 낭비나 실패
라 여기기 쉬운 것이다. 과정을 생략하고 결과를 먼저 기대하는 습관
들은 대체로 슬픔과 아쉬움만 남길 텐데 인생에서 벌어지는 크고 작
은 일들을 이런 태도로 거쳐왔던 게 아닌가 싶다. 연륜이 지긋한 요리
사의 이야기에 나의 인상과 작업을 새삼 돌이켜보게 되었다.

또한 이런 잘못된 생각의 견고한 틀은 우리 집 부엌에도 있겠구나
하는 생각이 들었다. 그가 말하길, 옛날의 요리책은 자세한 설명과 감
으로 익혀가는 표현들이 존재했는데 그것이 곧 요리의 재미와 낭만이
었으며, 또한 책 속의 요리를 자기 것으로 만드는 힘이었고, 부엌에서
창의력을 북돋우게 한다고 했다. 예를 들면, '한 꼬집 정도 넣어 간을
보며 적당히'라든가 '너무 되지 않은 정도'라든가, '적갈색을 띠면 불
을 끈다'라든가 '냄새를 맡아보고 오븐을 끈다' 같은 식이었을 것이다.

엄마가 결혼 초기에 샀을 법한 손바닥만 한 요리책을 한 권 가지고
있는데 그 옛날 요리책에는 완성된 요리가 담긴 사진 한 장과 글로 설
명된 레시피가 적혀 있다. '밀가루에 소금을 넣고 조금 질게 반죽하여
젖은 헝겊으로 덮어둔다.'라든지 '밀가루 반죽이 익어 위로 떠오르면
잠시 후 실파와 붉은 고추를 넣고 잠깐 더 끓인 뒤 그릇에 담는다.' 같

은 표현이 빈번하다. '질게', '잠시'나 '잠깐' 같은 말은 언뜻 굉장히 모호한 듯하지만 곰곰이 생각해보면 이만큼 정확한 설명도 없다. 책을 따라 요리의 과정을 머릿속에 그려보자면 '그래, 이 정도 설명이면 됐지.' 하는 생각이 든다.

간장의 맛을 안다면 간장이 들어간 맛을 떠올려볼 수 있을 테고, 간장과 고춧가루가 섞였을 때의 맛을 상상할 수 있을 것이다. 올리브 오일과 마늘이 만났을 때의 맛도 상상할 수 있다. 상상할 수 없다면 실제로 해보면 될 일이다.

나 역시 새로운 음식이나 모르는 식재료를 다룰 때면 스마트폰으로 요리 블로그를 찾아보는 것이 익숙하지만 가끔 요리책을 꺼내 읽다가 집에 겹치는 재료가 있다면 다음 날 해먹자고 메모를 해둔다. 어쩌다 한 번씩이지만 화면이 아닌 책의 글자를 좇으며 부엌에 서는 과정은 나지막한 즐거움이 있다.

그러고 보니 나이 든 요리사의 말처럼 부엌에서 경험한 몇 번의 실패가 (굳이 실패라 칭하고 싶진 않지만) 내게 가져다준 이득은 실망감보다 몇 갑절이나 더 큰 것이었다는 생각이 든다. 소금을 너무 많이 넣어 음식이 짜게 되었다면 다시 중화시킬 방법을 궁리하고, 영 맛이 나지 않을 땐 무엇을 추가하면 맛이 날까 궁리하면서 나도 모르게 감을 익힐 수 있었으니 말이다.

레시피보다는 감각

짝꿍과 함께 매우 작은, 그러나 두 사람의 입을 책임지기엔 충분한 손바닥 만한 텃밭을 만들어 몇 가지 작물을 심기 시작한 것이 3~4년 되었다. 텃밭을 가꾸기 전까진 시장에서 고추 한 봉지씩, 또는 천 원어치씩 사먹기만 했으니, 고추 한 포기에 그렇게나 많은 양의 수확이 가능한 줄 몰랐다. 첫 해엔 마치 폭격을 맞은 듯 고추 수확량이 엄청났다(고추만 잘 자랐다). 그래서 이듬해부턴 고추를 대폭 줄였다. 특히 올해는 토마토를 가장 많이 심고 싶었지만 그래도 고추는 저 혼자 알아서 무던히 잘 자라는 편이라 수확의 기쁨을 위해 풋고추 모종 세 개, 청양고추 모종 세 개로 총 여섯 포기 심었다. 이것도 사실 둘이 먹기엔 많은 양이지만.

그동안은 친구들에게 나누어주기도 하고, 짝꿍네 집과 우리 집 냉동실에 쟁여두고 겨울에서 봄까지 찌개 끓이고 반찬 만들 때 꺼내서 요긴하게 활용했다. 그러나 고추가 감자나 양파처럼 많은 양을 쓰는 식재료가 아닌 터라 도무지 전부 소진할 수가 없었다. 우리 손으로 일일이 지지대 세워주고 물 줘가며 일군 데다, 고추가 자라는 모습을 이미 전부 보아버린 이상 그냥 버릴 수도 없고 해서 마냥 냉동실에 넣어두었더니 자리만 차지하는 애물단지가 되었다. 그래서 올해는 고추를 냉동실에 넣을 게 아니라 뭐라도 만들어야겠다 마음먹고 간단한 '고추장아찌' 조리법을 검색했다.

수많은 레시피가 있었지만 그중에서 가장 간단해 보이는 걸로 결정했다. 하지만 검색한 레시피에 쓰여진 계량을 정확히 따르진 않았다. 재료의 양에 따라 달라지는 계량을 하나하나 다 따지기도 번거롭고 성가신 데다 너무 달지 않게 만들고 싶어 설탕의 양은 약간 줄였다. 사람들 입맛도 각자 다르고 고추의 매운 정도도 다 같지 않을 텐데 하는 생각과 어떻게 해도 고추장아찌 맛이긴 하겠지 하는 생각으로 말이다.

맛을 상상해볼 때 도무지 감이 잡히지 않는 음식을 만드는 것도 아니기에 굳이 레시피를 곧이곧대로 따르지 않더라도 얼추 비슷한 음식은 될 거란 생각은 어느 정도 내 성격에서 나오는 것일지도 모른다. 하지만 '감자조림, 무조림이 끝내주게 맛있지는 않더라도 터무니없는 맛이겠어? 뭐, 어때.' 하고 만들어보며 이 생각이 틀린 것은 아니라는 걸 체득했기 때문이기도 하다.

'이 정도면 간이 맞겠지? 나는 마늘 향 좋아하니까 더 넣어볼까? 식초를 약간 넣으라고 했으니 이 정도면 되겠지.' 하며 음식을 만들 때는 내 입맛과 감각을 신뢰하기로 했다. 또한 레시피대로 따라하지 않았으니 사진 속의 음식과 똑같이 구현되지도 않을 거라며 기대치를 아예 처음부터 낮추는 바람에 결과는 오히려 득이 되는 경우가 많다.

이번에 고추장아찌를 만들면서 레시피를 대충 따라했는데 고추와 간장물의 양이 꼭 맞아 떨어지는 걸 보고 스스로 감탄해서 "오, 나 진

화하고 있나 봐! 양이 딱 맞았어!" 하고 옆에서 포크로 고추에 구멍을
내고 있던 짝꿍에게 말했다. 우리의 첫 번째 고추장아찌 맛은 성공적
이었고 두고두고 마지막 고추 하나까지 맛있게 먹었다. 남은 간장 양념
은 군만두를 찍어먹거나 소스로 사용하며 지금도 먹고 있다.

평범하고 쉬워서 다정한 음식들

　일상이라 불리는 하루하루는 얼핏 단조롭게 보이지만 그 안에 나
름의 리듬이 있듯이 집밥도 그런 것 아닐까 한다. 매일 비슷하게 먹지
만 계절에 따라, 상황에 따라 다르게 먹으며 지내지는 것 말이다. 집
밥을 먹는 데 있어서 조리 과정이 어렵고 복잡한 음식이나 값비싼 재
료로 만들어진 음식은 나에게 거리가 멀다.

　나물반찬을 그렇게 좋아하면서도 집에서는 잘 만들어 먹지 않는
다. 다듬고 데치고 무치는 일에 품과 시간이 많이 들 뿐 아니라, 양념
이 단순한 것 같아도 그야말로 손맛이라는 게 필요하다는 걸 알기 때
문이다. 그래서 나물이 생각날 땐 나물반찬이 잘 나오는 보리밥집이
나 곤드레밥집에 가서 양껏 먹는다. 집에서는 쉽고 간단한, 맛없을
확률이 적은 음식들을 만드는 것만으로도 매일의 끼니는 만족스럽게
해결이 된다. 그러니 요리를 잘하고 싶다는 바람을 갖지 않아도 되고
크게 노력하지 않아도 되는 점이 나는 참 좋다. 끓이고, 볶고, 찌기만

해도 맛있는 것들이 충분히 많으니 말이다.

된장찌개나 김치찌개만 끓이던 나의 짝꿍도 차츰 미역국, 카레, 고추장찌개, 파스타 등등 하나씩 조리법을 익혀서 집밥 메뉴가 늘었고, 압력밥솥 사용법을 익히고, 냄비에 삼발이를 넣고 '찜'이라는 방식을 이용하게 되었다.

내가 말하는 '집밥'이란 단지 음식을 일컫는 것이 아니다. 배를 채우기 위해 야식으로 먹던 군만두가 아니라 친구와 함께 맥주 마실 때 신선한 샐러드와 군만두가 더불어 차려지는 것, 김칫국물이 여기저기 묻어 있는 김치통을 그대로 열어놓고 냄비째 먹던 라면이 아니라 김치는 그릇에 덜고, 라면에는 냉장고 야채 칸에 있던 파와 버섯을 첨가하는 것, 집으로 돌아오는 길에 버섯과 청경채 천 원어치 사서 저녁 메뉴를 꾸려보는 것, 이런 모든 것들을 말한다. 집밥은 단순히 끼니와 밥을 지칭하는 게 아니라 정서와 정성, 그리고 한 개인이 살아가고자 하는 삶의 방향을 가리킨다고 생각한다.

이런 생각을 바탕으로 사실 그렇게 특별할 것도 없지만 평소 내가 일상적으로 먹는 음식 몇 가지를 소개해보려고 한다. 쉽고 빠르게 만들 수 있고 또한 품이 적게 드는 음식들, 요리라고 하기에 약간은 쑥스러운 면도 있는. 그러나 평범하고 간편해서 다정한 음식들.

간단한 아침 – 홈브런치

우리 집 아침 메뉴는 거의 매일 빵과 커피를 기본으로 그때그때 조금씩 다르게 더해져 차려지는 편이다. 개인적으론 아침에 아무리 진수성찬을 차려준대도 마다하고 싶을 만큼, 내게는 이런 식단 말고는 더 이상 생각나는 것이 없을 정도로 좋은 아침밥이다.

새벽에 자서 오전 10~11시에 일어나는 나름의 규칙적인 생활에서 보통은 12시쯤 아침을 먹게 된다. 그래서 커피와 빵이 있는 식탁은 매일 먹는 대로 차린 것인데도 정오라는 시간 때문에 브런치 느낌이 날 때가 있다.

카페에서의 브런치가 갖는 의미는 내 손에 물 한 방울 묻히지 않고 차려진 한 끼 식사가 전부는 아닐 것이다. 거기엔 오전 10시~오후 2시라는 시간대가 주는 여유로움과 따스한 햇살, 그리고 시간을 다투어 해결해야 하는 일이 없을 때의 안도감이 내재되어 있는 것이 아닌가 하는 생각을 했다. 그래서 브런치란 다른 게 아니라 '넉넉한 시간과 가득한 햇살'이라고 혼자 정의해보기도 했다.

같은 메뉴인데도 서둘러 나가야 하는 아침에 먹으면 간단한 아침 식사가 되고 주말 오전 느긋하게 먹으면 홈브런치 아닐까.

당근 머스터드 샐러드

장바구니에 당근을 집어넣을 때마다 볶아도 먹고 생으로도 먹고 주스도 해먹어야지 생각하지만, 막상 집에 두면 의외로 손이 가질 않아 조금 먹다가 결국 마지막에는 버리지 않으려고 급히 사과와 함께 갈아 먹는 일이 잦았다. 당근을 싫어하는 것도 아닌데 왜 이상하게 꼭 그리 되고 마는지.

그러다 어느 날 『나유타카페의 채식 레시피』라는 책을 선물받았는데 거기에 당근 머스터드 샐러드 레시피가 나왔다. 마침 집에 얼른 소진해야 하는 당근이 있길래 만들어보았다. 10분 정도면 충분했는데 만드는 수고로움에 비해 맛은 굉장히 훌륭해서 그 후로도 자주 해먹게 되었다. 몇 개의 당근이라도 전부 다 맛있게 소진할 수 있는 샐러드인데 우선 그 책의 레시피를 그대로 옮겨본다.

당근 1개

간 양파 1큰술

소금, 설탕 조금

씨겨자 1큰술

레몬즙 조금

올리브오일 2큰술

감자 필러로 껍질을 벗기듯 당근을 썰어내라고 적혀 있는데 실제로 그렇게 저며내면 당근에 양념이 잘 어우러질 뿐만 아니라 식감도 좋아서 고급스러운 느낌이 난다. 칼질을 잘하지 못해도 감자 필러가 알아서 해주니 누구나 쉽게 할 수 있지 않을까 싶기도 하다. 처음 만들어봤을 때는 집에 있던 당근이 작기도 하고 내가 칼질에 서툰 편은 아니라 그냥 얇게 썰어 만들어보았는데 나쁘진 않았다. 하지만 다음 번엔 감자 필러로 저며내고 만들어 먹어보았더니 역시나 후자가 훨씬 맛있었다. 필러로 썰어내는 것이 당근샐러드의 중요한 포인트였다는 걸 알게 되었다.

하라는 대로 해야 맛이 제대로 사는 경우가 많다는 건 인정하지만 어쨌거나 나는 늘 그렇듯이! 꼭 레시피를 따르기보다는 그때그때 집에 있는 것들을 추가하거나 생략하거나 하는 식인데, 간 양파를 넣기엔 믹서를 쓰고 닦는 일이 영 귀찮아서 그냥 잘게 다진 양파를 넣는

다. 그리고 식초를 직접 넣는 대신 피클 만들어 먹고 남은 국물을 이용하기도 하고, 통들깨를 넣어 톡톡 터지는 식감을 더한다든지, 파프리카나 건포도를 추가하기도 하는데 당근샐러드 자체가 맛있으니 무얼 넣어도 언제나 맛은 보장된다. 후추의 맛과 향을 좋아하는 탓에 통후추도 조금 갈아 넣는다.

당근 머스터드 샐러드는 아침에 빵과 함께 그냥 먹어도 맛있고, 샌드위치 속재료로 후다닥 채우기에도 더없이 좋은데 치즈 한 장 함께 넣으면 근사한 브런치 메뉴나 피크닉 메뉴가 된다. 파스타라든가 기름진 음식을 먹을 때 샐러드처럼 야채 반찬으로 곁들여도 좋고, 가벼운 맥주 안주나 와인 안주로도 그만인데 크래커 위에 올려 먹어도 당연히 맛있어서 나는 정말 좋아한다.

친구가 다이어트 식단으로 먹는다며 훈제 닭가슴살 한 박스 주문한 것을 내게 몇 개 나누어준 적이 있다. 닭가슴살을 결대로 찢어 당근샐러드에 같이 버무렸더니 맛은 물론 포만감까지 갖추어 한 끼 식사로 손색이 없었다. 그리고 남은 것은 냉장고에 넣어두었다 밤에 맥주랑 먹기도 했다.

당근 머스터드 샐러드는 맛도 좋지만 내가 무엇보다 으뜸으로 여기는 이유는 넉넉히 만들어서 냉장고에 넣어두고 이틀 정도 먹을 수 있다는 점과 또 한 가지, 당근을 듬뿍 먹기에 더없이 좋은 메뉴라는 것이다. 당근에 달큰함이 가득한 제철엔 더 자주 만든다.

가벼운 양배추 샐러드

양배추 채칼은 감자 깎는 칼과 흡사하게 생겼는데 칼날이 두 배 정도 길다. 몇천 원이면 살 수 있는데 그 값에 비해 우리 집 부엌에서의 존재감은 믹서 못지않게 크다. 칼질이 매우 능숙하거나 손이 빠른 사람이라면 필요하지 않을 수도 있지만 그래도 많은 양의 양배추를 가늘게 채 썰 땐 매우 유용할 거라 생각한다. 치킨집이나 돈까스집에 가면 수북이 담아주는 양배추처럼 가늘게 썰어서 가벼운 소스에 버무

린 뒤 냉장고에 넣어두고 먹는 가벼운 양배추 샐러드를 나는 자주 만든다. 마요네즈 같은 무거운 드레싱 없이 새콤달콤한 맛이 시원하고 상큼한 샐러드이자 야채 반찬(?)이기도 한 손쉬운 양배추 샐러드. 바로 먹기보다는 소스에 약간 절이다시피 해서 숨이 좀 죽었을 때 먹는 편이 더 맛있다.

개인적으로 양배추를 원 없이 먹을 수 있는 이 메뉴를 너무나 좋아하는데, 어디에도 곁들이기 좋은 점, 두둑이 한 통 만들어둘 수 있는 점, 양껏 팍팍 배불리 먹어도 속이 부담스럽지 않은 점, 혼자 살면서 큰 양배추 한 통을 사는 대범함을 부릴 수 있는 것까지! 아쉬운 점은 없고 좋은 점만 잔뜩인 것 같다.

양배추 샐러드는 파스타와 곁들여도 좋고, 아침에 간단히 빵과 함께 먹기에도 좋다. '샐러드'라는 게 만들기 어려울 건 없지만 분주하고 서둘러야 하는 아침이라면 언제 야채 씻어서 물기 빼고 썰어 담나 싶은데 양배추 샐러드는 전날 미리 만들어둘 수 있으니 좋다. 더구나 소스 맛이 폭 배인 샐러드는 아침엔 더욱 맛있어지니 쉽게 야채를 먹을 수 있는 방법도 될 것 같다.

양배추가 제철이라 맛이 잘 들어 있을 때라면 더욱이 부담 없이 양배추를 한 통 사들고 들어와 손쉽게 만들어서 하루이틀 먹곤 하는데, 냉장고를 열고 샐러드 통을 볼 때마다 밑반찬 채워둔 듯 뿌듯하다.

빵으로 대신하는 아침이나 브런치에 함께 내면 마치 밥상에 김치 같은 역할을 하는 양배추 샐러드는 냉동 크로켓이나 군만두 옆에 수북하게 쌓아두기만 해도 근사한 한 접시 메뉴가 된다. 특히 기름진 음식에 곁들여 먹을 때 멋지게 어울린다는 생각이 든다.

양배추(나는 당근이나 피망이 있으면 함께 넣기도 하는데, 되도록 물기 없

는 야채를 넣는 것이 좋다)

설탕(마스코바도원당 사용)

소금

식초(피클 만들고 남은 국물을 섞기도 한다)

레몬즙(없으면 생략 가능/ 생레몬이면 더 좋겠지만, 나는 마트에서 손쉽게

구할 수 있는 레몬즙 원액을 구비해놓고 사용한다)

혼자. 집. 밥.

올리브오일

통후추 드르륵 간 것(통후추가 들어가야 맛이 난다)

뒤적뒤적 소스에 버무린 뒤 냉장고에 넣어둔다.

페스토

지금은 '바질페스토'라는 말이 낯설지 않은 것 같다. 외식할 때면 이런저런 식사메뉴에 그 이름이 꽤나 자주 등장하는 만큼 구입하기도 쉬워졌다. 만들기가 어렵지 않아서 이제는 직접 조리하는 사람들도 많아졌지만 6~7년 전까지만 하더라도 바질페스토는 외국식료품을 파는 대형마트에서 말고 흔히 보이지는 않았던 것으로 기억한다.

바질을 키우기 쉽다는 말에 창가에 화분 하나씩 키우기는 하지만 페스토 만들 정도로 많이 심어본 적은 없다. 하지만 페스토를 만들 기회는 종종 생긴다. 만들어 먹다 보니 페스토라는 저장 방식은 활용하기도 좋고 또 혼자 사는 사람들에게도 적합한 저장식품이라는 생각이 든다.

몇 해 전 시골 사는 지인이 앞마당에 키운 바질로 페스토를 잔뜩 만들어 나누어주었다. 냉동실에 넣어두고서 한동안 파스타를 해먹기도 하고 찐감자에 버무려 먹기도 하고 야채와 볶아내 크래커에 얹어 먹기도 했다. 또 언젠가는 서울에서 옥상텃밭을 가꾸는 모임에 저녁

초대를 받아 간 적이 있었는데 바질이 군락을 이루고 있을 정도로 잘 자라 있는 게 신기하고 부러워 한참을 들여다보다가, 어떻게 그렇게 바질을 잘 기를 수 있는지, 씨앗은 어떻게 받는 건지 물었던 기억이 난다.

바질은 씨가 떨어지면 그대로 나기 때문에 키우기가 아주 쉽다 하시더니 지금 바질이 너무 많아서 처치가 곤란하다며 왕창 따가도 좋다고 하셨다. 그래서 큰 봉지에 한가득 따와서는 그때 내 손으로 처음 페스토를 시도해보았는데 정말 쉽게 휘리릭 만들어 한동안 두고두고 잘 먹었다. 또 한번은 제주도에 사는 친구네 집 앞마당에 가득 자란 바질을 뜯어와서 다시 페스토를 만들었다. 그러고서 또 한동안 잘 먹었으니 몇 년 동안 그렇게 우리 집엔 냉장고 또는 냉동실에 바질페스토가 있었던 것 같다.

혼자. 집. 밥.

보통 '바질페스토'라고 검색하면 올리브오일과 소금, 다진마늘과 같은 잣, 그리고 취향에 따라 파르메산 치즈가루를 넣어 만든다고 나오는데 나는 맨 처음 만들 때 집에 잣도 없고 치즈가루도 없어 넣지 않았다. 그런데 다 만들어놓고 보니 오히려 깔끔한 매력이 있었다. 그래서 그 뒤로도 이것저것 구비해야 한다는 생각 없이 바질잎, 올리브오일, 다진마늘과 소금 정도만 넣어 만들게 된다. 호두를 다져 넣은 적도 있지만 혼자인데 얼마나 먹는다고…… 소진이 더디고 보관 기간이 길어지는 우리 집 같은 1인 가구에는 견과류를 넣지 않고 심플하게 만드는 편이 더 괜찮을 것 같다.

작년에 짝꿍이 지리산에 갔다가 700고지에서 쑥을 뜯어 한 봉지 가득 꾹꾹 눌러 담아왔던 적이 있다. 귀한 쑥이 반갑지만 우리 둘이 소진하기에는 양이 어마어마했다. 친구들에게 나눠줘봤자 그다지 먹을 것 같지도 않고, 그렇다고 그대로 뒀다간 다 시들어버릴 텐데 그 꼴은 또 차마 못 보겠어서 쑥국 끓여 먹을 두세 주먹만큼만 빼곤 전부 페스토로 만들었다.

페스토를 꼭 바질로만 하란 법 있나, 쑥으로 만들어도 어련히 맛있겠거니, 시들어서 버리는 것보다는 훨씬 낫겠거니 하고 만들었는데 쑥페스토는 생각보다 훨씬 맛있었다. 쑥 향이 잘 느껴졌으면 해서 일부러 마늘도 빼고 올리브오일과 쑥, 소금 약간, 이렇게 딱 세 가지만 넣고 믹서에 갈았다. 생각만큼 쑥 향이 그리 물씬 풍겨나지는 않았지만 바질페스토와는 다른 쑥페스토만의 고급진 맛과 향이 있었다. 냉장고 뒤쪽에 잠들어 있는 쑥페스토 병을 볼 때면 꿀단지 숨겨놓은 것처럼 그렇게 든든할 수가 없었다.

나중에 알게 된 사실인데 부추페스토, 깻잎페스토 등등 향이 짙은 풀들을 가지고 페스토 만드는 일이 한동안 이슈가 되기도 한 모양이었다. 깻잎을 7~8묶음으로 팔 때면 너무 많다 하고 내려놓고, 부추 한 단을 사면 아무리 열심히 먹어도 남아 흐물흐물해시니 사기 써려졌는데 앞으로는 부담 없이 사와서 페스토로 만들면 되겠구나 싶다. 바질잎은 구입하기 쉬워졌지만 저렴한 편은 아니니 오히려 손쉽게 구할 수 있는 초록야채들로 만들어보는 것도 괜찮을 듯하다. 봄이면 지천에 나는 쑥은 마트나 시장에서 사도 좋지만 산에 가면 많으니 산책과 봄놀이 삼아 뜯어보길 권하고 싶기도 하다.

작년에는 차가 다니지 않는 산 초입에서 짝꿍하고 동생하고 같이 돈나물과 쑥을 잔뜩 캤는데 볕 쬐며 나물 뜯는 일은 놀이가 되었고, 그 수확물은 저녁 메뉴로 식탁에 올라 우리에게 봄 맛을 느끼게 해주었다. 맛이야 당연히 좋았고. 다음엔 쑥을 부지런히 캐서 또 페스토 만들어야지 싶었다.

페스토는 빵에 얹어 먹거나, 샌드위치 만들 때 소스로 바른다거나, 감자와 함께 먹거나, 파스타에 넣는 등 여러 형태로 먹을 수 있는데 듬뿍듬뿍 아끼지 않고 픽픽 발라 먹고 얹어 먹을 때면 그 어디의

혼자.집.밥.

유명 브런치 카페 메뉴도 부럽지 않다. 아무리 인심 좋은 음식점이라도 바질페스토를 이렇게나 팍팍 내어줄 리 만무하고, 쑥페스토가 나오는 데는 결코 없지! 하며 혼자집밥의 부유함을 만끽하곤 한다. 담백한 빵 위에 페스토 넉넉히 발라낸 뒤 달걀프라이 하나 얹어 먹을 때면 이만큼 빠르고 고급진 브런치 메뉴도 없다는 생각이 절로 든다.

찐감자, 크래커와 함께라면 더없이 간단하고 멋진 안주가 되어주는 페스토. 남아서 버리는 야채도 살리고 혼자 먹는 밥상의 메뉴도 한결 풍요롭게 해주는 페스토는 만드는 방법이 워낙 간단할뿐더러 자세한 설명들은 인터넷에도 많이 나와 있으니 굳이 여기서 언급하지 않아도 될 것 같지만, 그래도 내가 쉽게 만들곤 하는 페스토 조리법에 대해 짤막히 적어둔다.

믹서에 바질이나 쑥, 혹은 부추나 깻잎(취향대로)을 넣고 소금, 다진 마늘을 첨가해 올리브오일을 부어가며 갈아준 뒤 뜨거운 물로 열탕 소독한 유리병에 담아 냉장고에 저장한다(양이 많다면 냉동실에 저장한다). 그리고 어디에든 아끼지 말고 팍팍 먹는다. 끝!

간편과 건강 사이, 야채찜

　냉동실에 소분해서 얼려둔 냉동밥을 나는 냄비에 쪄서 먹는 방식
을 이용한다. 그때 작게 자른 감자나 고구마, 당근을 함께 넣어 찌기
도 하고 어떤 날은 만두나 명란젓을 같이 쪄서 반찬으로 삼곤 한다.
보통은 냄비에 밥을 찌는 동안 그 옆 가스레인지에 프라이팬을 올려
놓고 간단하게 야채를 볶아 식사를 준비하곤 했다. 그러다 어느 날인
가 냄비에 밥을 찌면서 삼발이 위에 이것저것 야채들도 함께 넣어본
것이 시작이었다. 귀찮아서 그런 것도 있었지만 기름이 들어간 음식
이 당기지 않아서 시도해본 건데 이게 의외로 확실한 조리법이자 반

찬으로 자리잡았다. 그 뒤로 볶음야채와 국물에 익힌 야채, 생야채가 있던 나의 식단에 찐 야채가 포함된 것이다.

찐 당근은 달콤함을 절정으로 맛볼 수 있게 해주는 데다 꽃향기, 흙향기가 느껴져 황홀했고, 찐 마늘쫑은 식감은 물론 간장이나 고추장 양념에 버무려진 것이 아닌 마늘쫑 본연의 맛을 느낄 수 있어 좋았다. 또 얼마 전에는 가지를 쪄봤는데 왜 진작 쪄먹지 않았을까 할 만큼 멋진 맛을 선사해서 놀랐다. 양배추, 호박잎, 머위 등은 쪄낸 다음 된장, 고추장, 또는 두 가지를 섞어 쌈장을 만들어서 쌈 싸먹으면 입을 오물거릴 때마다 감탄사가 새어나올 만큼 맛이 끝내준다. 개인적으로 나는 '쌈'을 먹을 때면 늘 속으로 '한국 음식 정말 멋이 있다니까.' 하곤 한다.

끓이고 삶고 볶고 또 썰고, 주방이 좁다고 느껴지던 것이 찌는 방식 하나로 일순간에 해결됐다. 찔 수 있는 재료들을 한데 모아 찌고, 그사이 쌈장 하나만 설렁설렁 만들어두면 세상 간편한 요리가 '찜'이라는 걸 이제야 알아채다니. 너무나도 매력적인 조리법이라 아무래도 앞으로 더욱 많은 찜들이 우리 집 부엌에 등장할 것 같다.

블로그에서 이런 집밥 리스트를 보고 사람들이 내게 다이어트 식단이냐고 묻곤 하는데 '찐다'라는 조리법은 물론 다이어트에 적합하다고 생각하지만 그 전에 볶고 삶고 하는 것과 마찬가지로 고전적인 방식일 뿐일 것이다. 나로서는 굉장히 멋진 조리법이라 생각하고 있

고, 다 또 하나같이 맛있는 음식인데 누군가에게는 그 모습이 다이어 트하느라 애쓰며 겨우 먹는 듯 보일 수도 있구나 생각하면 좀 씁쓸하 기도 하다. 최고의 한 끼가 갑자기 억지로 먹는 음식으로 전락하는 느 낌이라 눈앞에 있는 음식에게 괜히 미안한 맘이 든달까.

어느 날 갑자기 체중이 불어나기라도 한다면 나는 지체 없이 야채 를 쪄먹고 쌈 싸먹는 식단을 꼭 주식으로 삼아야겠다고 생각해본다. 예전에 해본 다이어트를 떠올리면 극단적으로 식단을 조절하는 탓에 짜증이 많아지고 체중계의 숫자에 집착하게 되었었다. 몸과 마음을 혹사시키는 듯한 원푸드 다이어트나 과격히 축소된 식단을 피하고 야채찜을 반찬 삼아 밥을 먹는다면 분명 다이어트에도 도움이 될 것 같다. 미각의 즐거움, 식사의 기쁨을 놓치지 않는 것이야말로 다이어 트를 오래 지속할 수 있는 비결 아닐까.

혼자. 집. 밥.

각종 야채찜을 한가득 반찬 삼으면 큰 수고를 들이지 않고도 충분한 한 끼 식사를 해결할 수 있는 데다, 빛깔 곱고 선명한 제철 야채들은 눈으로 먹는 즐거움도 놓치지 않아 좋다. 위에서 말한 대로 호박잎이나 양배추, 머위, 또는 잎이 커다란 시금치도 쪄서 두세 겹 포갠 뒤 잡곡밥 조금 올리고 심심한 야채 반찬 넣고, 쌈장 조금 얹어 쌈밥을 먹을 때면 얼마나 맛있는지. 입안에서 펼쳐지는 야채들 각각의 맛과 향, 그리고 밥과 함께 어우러져 섞이는 그 맛까지! 야채와 현미밥으로 이루어진 식사는 다이어트와는 상관없이 그저 맛있다.

내가 자주 만들어 먹곤 하는 초간단 쌈장으로 말하자면, 야채를 찌는 동안 재료들을 슬슬 섞는 것이 전부이다. '고추장 + 된장 + 물 조금 + 참깨 혹은 통들깨는 많이 + 참기름 혹은 들기름 약간.' 두세 번 먹을 정도의 양을 만들어두면 며칠은 반찬 걱정 없이 야채들을 담뿍 먹을 수 있어 좋다.

크게 애쓰지 않고 계절을 먹는 집밥은 평소보다 더 맛있다.

카레와 커리

냉장고 문을 열고 '뭐 먹지?' 하다가 자잘하게 남은 야채들을 보면 만만하게 생각나는 것은 카레고, 또 언제 먹어도 맛있는 것도 카레고, 다음 날 먹으면 더 맛있는 것이 카레다. 몇 해 전 어느 날인가도 냉장고를 둘러보다 특별히 아이디어가 떠오르지 않아 '그렇다면, 카레지!' 하면서 흔쾌히 카레를 만들고 있었는데 갑자기 이런 생각이 들었다. '카레는 뭘로 만들지? 만약 카레 회사가 없었다면 카레를 못 먹는 걸까?'

입맛에 익숙하게 길든 카레는 엄마가 해주시던 오뚜기 카레가루였고, 그다음엔 일본 회사의 고형카레였으니 이런 생각이 드는 것도 무리는 아닐 터. 인도 음식점의 인도 커리와 난, 짜파티는 다른 경우이고 내 기억속의, 밥에다가 김치를 곁들여 먹는 보통의 카레를 생각하며 정말 그 사실이 궁금해졌다.

내가 김치찌개를 좋아한다고 할 때 어떤 회사에서 만들어 내놓은 김치찌개를 말하는 것이 아닌데 카레라면 이야기가 좀 다르다. 그동안 모르고 먹었던 것은 아니지만, 혹시나 하면서 카레 봉지 뒷면을 보다가 머쓱하게도 지나칠 정도로 무수한 첨가물들이 들어간 성분 목록을 읽었다. 그 뒤로 카레가루나 고형카레를 넣지 않고 카레를 만드는 부엌의 실험이 시작되었다.

처음엔 시판 카레의 양을 절반으로 줄이고 늘 넣던 통후추 갈아 넣는 것 이외에 다진마늘, 간장, 소금, 설탕, 강황가루 등등을 추가해보았다. 평소에도 자주 먹는, 가장 기본인 양념들을 넣었을 뿐인데 카레 양을 절반이나 줄였음에도 불구하고 맛이 나는 걸 보고 자신감이 붙었다. 그 뒤로 무수한 첨가물을 대신할 것들을 하나둘씩 모두 넣어

보기 시작했다.

　어느 주말에 벼룩시장을 구경하다가 외국 여행 갔다가 사왔으나 어떻게 먹어야 할지 몰라서 팔게 되었다는 향신료 키트(각종 향신료가 소량씩 포장되어 줄줄이 소시지처럼 붙어 있었다)를 샀다. 그 이후로 그것은 카레와 커리 중간 맛을 내는 우리 집 고유의 카레를 만드는 열쇠가 되었다. 코리엔더, 터머릭, 샤프란, 오레가노…… 이름은 들어본 적 있지만 정확히 무슨 맛인지 모를 향신료들을 조금씩 넣어보았는데 갈수록 점점 더 성공적인 카레 맛에 가까워졌다.

　카레의 양을 절반에서 그 이상까지 줄여도 괜찮길래 한번은 시판 카레를 아예 빼보았다. 하지만 역시나 그건 무리수였다. 도무지 맛이 나질 않았으니. 육수를 낸 것도 아니고, 고기를 넣은 것도 아닌데 당연하지 싶어서 조미료가 될 치킨스톡 블록 하나를 넣었더니 그제야 맛이 났다. 그래도 여전히 답이 나오지 않는 한 가지는 점도였다.

어쨌거나 약간 걸쭉하고 되직한 소스여야 카레다운 느낌이 드는데 집에서 이것저것 추가해 만드니 점도가 생기질 않았다. 이유는 너무나 간단했다. 카레가루에 밀가루, 전분가루 같은 것이 많이 들어가 있기 때문인데 그렇다고 따로 밀가루나 전분가루를 첨가하고 싶지는 않아서 감자(또는 고구마)를 잘게 썰어 넣고 오래오래 끓이는 징도로 스스로와 타협했다.

나는 우리 집 카레를 '국물카레'라고 부르기 시작했는데 걸쭉한 맛은 없더라도 먹고 난 뒤 속이 부대끼거나 더부룩하지 않고, 특별히 갈증이 나거나 하지 않아서 좋았다. 어찌 보면 야채가 많이 들어간 스튜처럼 느껴지기도 하고. 묵직하지 않으니 한 그릇 가득 먹어도 전혀 부담 없이 거뜬하다. 카레가 꼭 되직하고 걸쭉해야 한다는 생각은 익숙할 뿐 원래 있었던 것도 아니고, 맛에 있어서나 영양 면에서 밀가루혹은 전분가루를 넣지 않는 쪽이 훨씬 낫기 때문에 나는 점도에 크게 상관하지 않게 되었다.

카레는 조리 과정이 그리 복잡하거나 특별한 것도 아니고 연륜 있는 손맛이 꼭 필요한 것도 아닌 데다 섞어찌개 같은 러프함과 살뜰함까지 느껴져 언제나 매력적이라고 생각한다. 특히 1인 가구에서 언제나 환대받는 메뉴가 아닐까. 뭘 해먹을까 궁리하다 별 아이디어가 없으면 나 역시 지금도 어김없이 카레를 끓인다. 끓여두고 다음 날 먹으면 더 맛있어지는 카레. 내일의 식탁도 책임져주고, 빨리 소진해야 하는 야채들이 있을 때에도 이만한 메뉴가 또 없다.

카레에 넣으려고 일부러 사는 건 아니고, 냉장고에 있다면 간혹 우유나 요거트를 넣어 부드럽게 끓이기도 한다(점도를 생성하는 데도 도움이 된다). 코코넛오일이 들어간 약간의 이국적인 맛 역시 좋다. 그러고 보면 무엇과도 다 융화되는 카레는 참 품 넓은 음식이 아닌가 싶다.

우리 집에 자주 놀러오는 짝꿍과 동생도 내가 만들어주는 국물카레를 매우 좋아하는데 시중에서 파는 카레가루를 넣지 않고도 카레가 된다는 사실에 놀라워하며 도대체 뭘 넣고 만들었냐고 묻곤 한다. 점도가 별로 없는 '국물카레'에 완전히 익숙해진 어느 날 늘 그렇듯이 양념칸에 비치된 양념들을 이것저것 쓸어 넣으며 카레를 끓이고 있다가 문득 부엌 한편에 있는 콩가루를 보았다. '엇? 콩가루? 넣으면 국물이 좀 되직해지지 않을까?' 하는 동시에 냉동실의 들깨가루도 떠올랐다. 이거다 싶었고, 마침내 유레카를 외쳤다. 미숫가루 해먹는다고 얻어다놓고는 그대로 방치해두었던 콩가루도 소진하고, 들깨가루로 고소함도 더하고, 거기에 약간의 점도도 얻게 되었으니 멋진 콜라보레이션이었다.

나는 카레를 만들 때 모든 재료를 그야말로 대충대충 넣는다. 야채도 그때그때 냉장고 안 사정에 따라 다를 뿐 아니라 집에 있는 양념들

을 종류별로 전부 다 조금씩 넣는다. 카레에 기본이 되는 커리파우더
는 요즘 인터넷으로도 쉬이 살 수 있다. 나는 주로 해외쇼핑몰을 이용
하는데 국내 쇼핑몰에도 얼마든지 있다. 또 얼마 전 필리핀 여행을 다
녀오면서는 현지 동네 마트에서 파는 커리파우더를 사오기도 했다.
내가 이제껏 카레에 넣어본 양념 재료들만 해도 몇 가지인지 헤아릴
수가 없는데, 그때그때 집에 있는 재료들을 가지고 만들다 보니 그날
그날 늘어가는 양념도 매번 조금씩 바뀌게 된다. 다진마늘이 있다면
넣지만 없다면 마늘가루를 넣는 등등 정해진 레시피가 없다.

올리브오일, 현미유, 코코넛오일

소금, 간장, 마스코바도원당(설탕)

페페론치노, 청양고추, 다진마늘, 칠리소스, 핫소스

마늘가루, 생강가루, 고춧가루, 강황가루, 통후추 간 것

샤프란, 오레가노, 커민, 코리엔더, 터머릭

콩가루, 들깨가루, 통들깨

커리파우더, 시판 고형카레, 치킨스톡

우유, 요거트, 치즈

위에 나열된 재료들은 이제껏 내가 카레 만들 때 넣어보았던 것들
이다. 이걸 하나하나 언제 다 구비할까 싶은 생각이 들지도 모르겠지

혼자. 집. 밥.

만 나도 모두 마련해놓고 썼던 것이 아니라서 굳이 처음부터 그럴 필요는 없다고 얘기하고 싶다. '집에 있는 각종 양념들을 십분 활용하는 것'만으로도 맛있고 영양 만점인 카레를 맛볼 수 있다는 점이 더 중요할 것이다.

내가 처음에 그랬듯이 카레가루(고체 카레 포함)를 절반 정도 줄이는 것으로 시작해보면 어떨까. 집집마다 비슷하게 비치되어 있는 기본적인 양념들을 조금씩 첨가해보면서, 카레가루 양을 줄여 집집마다 '우리 집 카레'가 만들어지는 경험을 같이 해봤으면 좋겠다.

야채볶음

한 그릇 메뉴도 좋지만 왠지 반찬에 밥을 먹고 싶을 때. 결심하고 밑반찬 한 가지 만들려 했더니 딱히 재료가 없을 때. 며칠 동안은 집에서 밥 먹을 일이 없을 듯한데 반찬을 만들어놓으면 냉장고로 들어가서 다시 나오지 않을 게 뻔하단 생각이 들 때. 반찬 만들면 같은 음식 계속 먹기 싫어져 분명히 상해서 버리게 되기 쉬울 텐데 하는 생각이 들 때. 안주로 뭘 해먹을지에 대한 아이디어가 없을 때. 그럴 때 나는 야채볶음을 만들어 먹는다.

감자를 채 썰어서 볶기만 하면 감자채볶음이 되고, 버섯을 볶으면 버섯볶음이 되는 것처럼 사실 모든 야채들이 볶기만 해도 뚝딱 한 가

지 반찬이 된다. 심심하게 간을 해서 양껏 먹으면 밥 없이 한 끼가 되기도 하고 빵과 곁들이면 아침식사가 되기도 한다. 커다란 접시에 소복하게 담아내면 근사한 야채 안주가 되어주기도 한다.

무한한 조합이 가능한 '야채볶음'. 약간의 기름에 야채를 볶아 먹는 이 방식이 맘에 쏙 들어 자주 즐겨 먹는다. 양파, 당근, 브로콜리, 피망, 버섯, 양배추, 콩나물, 시금치, 감자, 고구마, 연근 등등 무엇이든 함께 볶으면 야채볶음이 된다.

평소 손이 가지 않던 야채를 어쩌다가 호기롭게 샀을 때도 볶아 먹으면 그만이다. 두부랑 함께 볶기도 하고, 어묵, 소시지, 먹다 남은 치킨 살을 뜯어서 함께 볶거나 식당에서 먹고 남아 싸온 고기를 같이 볶기도 한다. 그렇게 보면 '볶음'이라는 방식에는 도무지 경계가 없는 것 같다.

혼자. 집. 밥.

센 불에 재빨리 볶아내면 식감도 뛰어날 뿐 아니라 맛 또한 그럴싸하다. 또는 약한 불에 볶다가 물을 약간 첨가해 뚜껑 덮고 촉촉하게 익힌 뒤 밥 위에 얹어내면 야채덮밥이 된다. 야채볶음의 세계는 그야말로 무궁무진한 것 같다. 나는 그저 썰어 넣고, 몇 번 뒤섞어주며 볶기만 했을 뿐인데 늘 폼나는 비주얼과 만족스런 맛을 선사해주니 그런 야채가 고마울 따름이다.

오늘은 소금과 후추로 간을 할까, 간장 맛으로 할까, 고춧가루로 빨간 양념을 할까. 아니면 데리야끼소스를 넣어 센 불에 볶을까, 그날그날의 야채와 내 입맛에게 물어본다. 먹다 남은 양념장을 소진하기에도 적합하고, 쌈을 싸먹거나 야채 찍어 먹고 콩알만큼 남긴 된장을 넣어도 무방하니 양념마저 정해진 것이 없어 우리 집 야채볶음의 범주는 무한하다.

메뉴를 정해놓고 음식을 만드는 것도 좋지만, 현재 마련된 상황을 따르는 것도 메뉴 선정에 대한 고민이나 요리에 대한 부담을 덜어주는 방식이 아닌가 생각해본다. 냉장고에서 먼저 먹어야 하는 식재료를 살피는 순서, 야채칸에 잠들어 있는 재료들을 시들기 전에 구해내는 실천만으로도 내가 먹는 야채의 종류가 늘어나게 되었고 갖가지 야채를 듬뿍 먹을 수 있게 되었다.

양배추가 달고 저렴한 철이라면 혼자 사는 데 겁도 없이 한 통 덥석 사다가 센 불에 후다닥 볶아내는 야채볶음을 몇 번이나 만들어 먹

는다. 다진마늘에 간장 살짝 넣고 통후추를 드르륵 한번 갈아 넣는 것
만으로도 정말 맛있다. 이따금씩 밤엔 간단한 술안주 겸 부담스럽지
않은 야참도 되어주는 데다, 예고 없이 집에 친구가 놀러오더라도 야
채볶음이라면 빠르게 내올 수 있다.

청양고추나 페페론치노로 기름을 내면 매콤하니 또 야채볶음 맛
이 확연히 달라진다. 마늘이나 생강으로 기름을 낸 뒤 볶아도 또 다른
풍미가 있으니 즉흥적이고 살뜰한 야채볶음은 언제나 참 좋다. 또한
버리게 되는 야채가 하나도 없다는 것은 더할 나위 없이 좋은 점이다.

야채파스타, 오일파스타

파스타는 토마토소스로 시작해 크림소스로 넘어갔다가, 결국은
오일파스타로 돌아온다는 말을 들은 적이 있다. 마치 세계 방방곳곳
을 돌다가 마지막엔 집으로 돌아온다는 얘기처럼, 그러니까 입맛도
음식도 가장 기본으로 돌아가게 된다는 의미가 아닐까 생각해본다.
파스타 종류는 대부분 다 좋아하지만 특히 오일파스타를 즐겨 먹는
내게 정말 공감이 가는 말이었다. 나 역시 쇠고기와 치즈가루가 잔뜩
들어간 토마토소스 스파게티를 시작으로 파스타 맛에 입문했기 때문
이다. 이후에 까르보나라 같은 크림소스 파스타를 먹어보고는 오잉?
하고 눈이 휘둥그레졌던 기억이 난다.

혼자. 집. 밥.

'스파게티'라고 하면 지금도 토마토소스에 버무려진 면이 담긴 접시를 가장 먼저 떠올리게 되지만 내가 좋아하고 집에서도 가장 빈번하게 만들어 먹는 파스타는 올리브오일과 마늘, 그리고 소금 간을 기본으로 한, 야채가 듬뿍 들어간 오일파스타이다.

'파스타는 왜 백반보다 비쌀까?' 속으로 정말 자주 하는 질문인데, 나로서는 도무지 이해할 수 없는 가격이기 때문이다. 한식 백반 한상 차려내려면 파스타 만드는 것의 열 배쯤 되는 시간과 품이 들 것이라 생각해보면 파스타 값이 애석하다.

그래서 가끔씩 밖에서 파스타를 먹게 될 때면(어지간해서는 내 발로 찾아가 사먹는 일은 없지만) 외식에 대한 만족감은 자연히 적어질 수밖에 없다. 분위기를 한껏 낸 인테리어와 서비스 비용 등을 합산한 금액이 음식값으로 청구된 것이라는 사실을 잘 알면서도 계산서를 받아들면 내심 기분이 상하니 말이다. 집에서 자주 파스타를 만들어 먹는 사람들은 나와 생각이 별반 다르지 않을 것 같다. 이 간단한 메뉴를 1~2만 원씩 턱턱 내고 사먹자니 잔치국수를 만 원 주고 먹는 듯해서 억울한 기분이 든달까.

선택에 후회도 없고, 돈도 아깝지 않은 파스타를 먹어본 기억은 손가락으로 꼽을 정도인데 내 입맛이 엄청 까다롭다거나 그간 먹은 파스타들이 수준 이하의 맛이었다는 얘기는 아니다. 다만 2만 원짜리 파스타가 맛이 없으면 안 되기 때문에 열 손가락에서 제외되었을 뿐이다.

밖에서 사먹을 때는 육개장이라든가 동태탕, 모듬전, 화덕피자, 회, 제육볶음, 생선구이, 짬뽕, 직접 빚은 만두, 녹두를 갈아 만든 녹두전 등등 내가 집에서 만들지 않는, 해먹기 어려운 음식들을 찾게 된다. 그러니 간장달걀밥이나 햄 부쳐 먹는 정도로 만만한 파스타, 특히 오일파스타는 외식보다는 집밥 메뉴에 더 알맞지 않나 생각한다.

포크로 돌돌 말아 먹는 스파게티나 링귀니 면도 좋고, 콕콕 찍어 먹는 숏파스타도 좋다. 집에 몇 가지의 파스타 면이 구비되어 있으면 재료와 입맛에 맞추어 선택하는 재미도 있고, '오늘 밀가루 음식을 너무 많이 먹는 건 아닌가.' 하는 죄책감(?)이 들 때엔 통밀이라든가 현미로 만들어진 파스타 면으로 그런 염려를 슬쩍 내려놓아본다.

우리 집 파스타는 대부분 야채만 들어갈 때가 많은데 카레만큼이나 모든 야채들을 안아주는, 포용력 큰 메뉴가 바로 오일파스타라는

혼자. 집. 밥.

걸 먹을 때마다 느낀다. 파스타에 넣을 야채라고 하면 보통 무엇을 먼저 떠올리는지 모르겠지만 나는 '냉장고에 지금 있는 것'과 '마늘'만 떠오른다. 어떨 땐 마늘쫑을 넣기도 하고 때에 따라 버섯, 봄동, 시금치, 청양고추, 토마토, 오이고추, 당근, 양배추, 깻잎, 배추, 애호박, 봄이면 냉이까지, 그때그때 재료가 허락하는 대로 넣어 후다닥 볶아 어울리는 접시에 담는다. 이제껏 맛이 없거나 어울리지 않는 야채는 없었던 것 같다. 모든 야채가 파스타에 어울린다.

어느 날은 친구가 집에 오기로 했는데 야채라곤 당근하고 브로콜리, 양파가 전부여서 그것만 넣고 파스타를 만들었다. 친구는 당근이 들어간 파스타는 상상도 안 해봤는데 식감도 좋고 달큰한 게 무척 맛있다며 새삼 놀라워했다. 가만히 생각해보면 달큰하고 적당히 살캉한 식감에, 올리브오일이 배인 윤기 나는 당근은 맛이 안 좋을 수가 없을 것이다.

파스타라고 하면 보통 올리브오일에 마늘을 편으로 썰어 노릇하게 익히며 향을 내는 장면부터 시작되는 레시피가 많은데 통마늘 사다 쓰는 1인 가구가 얼마나 될까 모르겠다. 있으면 넣겠지만 없는 경우가 더 많기 때문에 가뿐히 무시하고 나는 상황에 맞게, 형편껏 다진 마늘을 자주 이용한다. 개인적으로 우리 집 파스타 맛의 여부는 마늘이 결정한다고 해도 과언이 아니다 싶을 정도로 나는 마늘을 듬뿍 넣는다. 가장 작은 단위로 구입해도 늘 많다고 생각하던 다진마늘이 파스타를 자주 먹을 때면 아주 빠르게 소진된다. 그래서 다진마늘을 상하기 전에 소진해야겠다 싶을 때도 파스타를 만들어 먹곤 한다.

그리고 오일파스타의 양념이라면 소금과 후추가 기본이지만 나는 거기에 간장을 살짝 넣거나 장아찌 국물 남은 걸 추가하는데 그게 듬뿍 넣는 마늘과 더불어 우리 집 오일파스타만의 비법이라면 비법이다. 소금, 후추만 넣는 심플한 오일파스타에 간장을 살큼 넣으면 간장 맛은 크게 나지 않으면서 감칠맛이 나고 느끼함을 삽아주기도 해서 약간은 의외 같지만 간장은 파스타 만들 때 중요한 소스가 되었다.

친구들과 여행갔을 때 함께 식사를 준비하며 내가 오일파스타를 만든 적이 있다. 그때 친구들은 내가 통마늘을 써는 걸 보고 마늘이 이렇게나 많이 들어가느냐며 놀라고, 또 간장을 넣는 것을 보고는 파스타에 간장을 넣느냐며 놀라더니 막상 먹을 때는 마늘 맛이 강하지도 않고 간장 맛도 안 난다며 놀라는 것이었다. 대여섯 명 되는 친구들이 하나같이 맛있다고 하니 이쯤 되면 객관적인 평가가 되는 셈 아닐까 싶어 살그머니 권유해보고 싶다. 간장이야 어느 집에나 있는 소스이니 새로 구비해야 한다는 부담도 없고 말이다.

정해진 재료도 레시피도 없는 파스타가 좋은 점은 그날 입맛이 원하는 대로, 냉장고가 허락하는 대로 만들 수 있다는 점에서 그 종류가 무한하다는 것이다.

누군가 말하길, 반찬이 많으면 집어 먹을 게 많아서 좋기도 하지만 또 한편으론 음식을 씹고 있으면서도 이다음에는 어디로 젓가락을 보내야 하나 둘러보며 이것저것 고르느라 참 피곤하기도 하다고 했다. 그러면서 국밥 같은 메뉴에 김치 한 가지만 곁들여 먹는 간단한 식사가 때론 편하다고 했는데, 이 말은 어쩌면 결혼식 피로연 같은 데서 어설프고 번잡한 메뉴가 가득한 뷔페 음식보다 말끔한 갈비탕 한 그릇 나오는 것이 훨씬 만족스러울 때가 있다는 얘기와 비슷한 맥락이 아닐까 한다.

한 접시의 파스타 역시 천천히 편안하게 즐길 수 있는 호젓한 메뉴이기도 하다. 고단하고 허기진 상태에서 귀가한 저녁이라든지 무언가 간단하게 만들어 먹고 싶을 때 나는 야채오일파스타 한 접시 뚝딱 마련해 와인이나 맥주 한잔 곁들여 느긋하게 먹는다. 그러면 그 저녁 한때가 얼마나 한갓지고 편안해 좋은지 세상에 부러울 것이 없어진다.

들깨떡국

때때로 '아, 기력 없어. 영양가 있는 거 먹고 싶다.' 하는 생각이 들 때면 나가서 고기나 생선을 사먹는다든지 오밀조밀 골고루 차려지는 한식 한상차림을 찾는다. 한 끼 잘 먹었지만 외식은 외식인지라 계속 찾게 되지는 않으니 이제 집밥에서 영양을 챙겨야 한다. 그럴 때 나는 음식에 참깨나 통들깨를 듬뿍 넣는다든지 참기름, 들기름을 평소보다 넉넉히 두르기도 하고, 견과류를 함께 먹는다든지 들깨가루가 들어간 국이나 찌개를 끓이기도 한다.

몸보신을 한다는 생각에 참깨나 통들깨를 단지 데코레이션으로 살짝 뿌리는 것이 아니라 중요한 재료 중 하나로서 존재감이 확연히 드러날 정도로 팍팍 넣고, 참기름이나 들기름 듬뿍 넣어 미역을 볶은 뒤 미역국 한 냄비를 뭉근히 끓여두고 몇 차례 먹기도 한다. 특히 들깨떡국은 내가 즐기는 대표 메뉴 중 하나인데 끓이기가 쉽기도 하거니와 든든하고 포만감 있는 한 끼 식사로도 손색이 없어 자주 해먹는다. 고소하고 걸쭉한 들깨국물을 먹다 보면 배 속은 물론 뼛속까지 따끈해지는 느낌이다.

들깨의 효능을 찾아보니 "깨를 여러 번 찌고 볕에 말려서 볶아 찧어 먹으면 곡식을 끊어도 굶주리지 않고 오래 살고, 백대두와 대추를 섞어 쪄서 말려 단자를 만들어 먹어도 굶주림에 견딜 수 있다."라고 나와 있다. 또 동의보감에 따르면 들깨는 "몸을 덥게 하고 독이 없고 기氣를 내리게 하며 기침과 갈증을 그치게 하고 간을 윤택하게 하여 속을 보하고 정수精髓 즉, 골수를 메워준다."고 한다. 들깨떡국을 먹고 난 뒤의 그런 느낌은 기분 탓이 아니었다. 실제로 이 음식들은 내가 기운을 내는 데 도움을 주었던 것이다. 입맛에 맞기도 하지만 내가 몸이 차가운 편이라 더더욱 내겐 들깨가루가 잘 맞았구나 싶다.

고기는 주로 외식할 때만 먹으려 하고 달걀도 항시 구비해놓는 편

은 아니라 대신 들깨가루를 자주 넣는다. 고기도 달걀도 없는 약간 심심한 국물에 감칠맛을 살리고 든든함까지 더해준다. 들깨가루가 들어가면 맛이 텁텁하고 국물이 뭉글뭉글해져서 싫다는 사람도 있지만 나는 개인적으로 들깨가루가 들어간 국물을 먹을 때면 배 속에 이불을 덮어주는 듯해서 기분마저 따스해지는 느낌이다. 들깨떡국 국물을 호호 불어 호로록 먹고 있자면 한겨울의 따끈한 수프 같다.

떡국을 좋아하지만 떡국에 떡만 그득 있으면 찬거리 없이 밥만 떠먹는 느낌이 들어서 나는 언제나 떡은 절반 정도 넣고 감자와 버섯 그리고 그때그때 동원할 수 있는 야채와 함께 들깨가루 한두 스푼 듬뿍넣어 뭉근하게 끓여 먹는다. 설날 할머니댁에서 소고기 듬뿍 들어간 떡국에 깡통 포장 후춧가루를 솔솔 뿌려 먹는 맛은 무척 반갑고, 평소우리 집에서 야채랑 들깨가루 넣어 끓여 먹는 떡국 맛은 살갑다.

들깨떡국을 먹을 때마다 드는 생각인데 이거야말로 외국친구들이 꼭 먹어봐야 하는 한국의 음식이 아닌가 한다. 들깨떡국을 맛보고서 '아니, 이 고소함은 도대체 뭐지!' 하는 외국인의 표정을 상상해보기도 한다. 한번은 프랑스인 친구와 함께 들깨떡국을 먹은 적이 있었는데 그날의 떡국에는 감자와 애호박을 푸짐하게 넣고 들깨가루를 넣었다. 그 친구는 떡의 식감을 별로 좋아하지 않아서 감자와 양파, 애호박이 두둑하게 담긴 들깨국으로 한 그릇 담아주었는데 국물 한 방울 남기지 않고 싹싹 비웠던 기억이 난다. 그가 먹은 것은 떡국이었을까 야채스튜였을까?

우리 집 라면

두부라면 언제나 반기는 나이지만 1인 가구로 살면서 두부 한 모를 매번 확실히 소진하는 일은 꽤 궁리를 하게 만들기도 한다. 두부 넣은 김치찌개나 된장국, 두부부침, 두부김치 같은 메뉴를 번갈아 먹는다면 쉽게 한 모가 없어지기도 하지만 애매하게 남을 때나, 왠지 평소 먹던 방식의 두부가 물릴 때면 '이때다!' 하고 두부라면을 끓인다. 라면에 두부를 넣으면 '라면이나 끓여 한 끼 때우자'의 차원이 아니라 전골 같은 느낌의 요리로 변해서 무척 잘 먹은 느낌이 든다. 개인적으로는 순두부 넣은 라면을 조금 더 좋아한다.

　'혼자집밥' 블로그에 두부라면, 순두부라면을 포스팅하자 "엥? 햄이나 만두도 아니고 두부를 넣으면 맛이 있나요?"라고 묻는 사람들이 많았다. 그러면 나는 "네. 맛있어요. 두부가 잘 어울려서 저는 엄청 좋아해요!"라고 답하곤 했는데 이후 실제로 두부라면을 먹어본 사람들이 "이거 대박이네요." 하고 얘기하면 역시 그렇지! 하고 묘하게 뿌듯해지곤 한다.

　처음엔 어정쩡하게 남은 두부도 해결하고, 달걀이 없었던 터라 포만감과 영양을 채우려는 속셈에서 끓인 두부라면이었는데 이제 두부는 일부러 넣는 재료이자 라면 한 그릇을 기대하게 하는 핵심 포인트가 되었다.

　또 하나, 된장라면도 있다. 어느 날 짝꿍하고 라면을 먹기로 하고 물을 끓이려는데 옆 냄비에 된장국이 한 그릇 채 안 되게 조금 남아 있는 것이 보였다. 아무래도 먹을 것 같지는 않고, 버리려니 너무 아깝다고 생각하던 차에 아하! 하고 떠오른 것이 된장라면의 시작이었다. 조금 남은 된장국에 라면 끓일 만큼의 물을 더해 붓고 스프를 덜 넣어 끓였는데 눈이 휘둥그레지게 맛있었다.

지금은 '아아, 된장라면 먹고 싶다……!' 하고는 일부러 된장 반 스푼을 풀어 끓여 먹는 우리 집 베스트 라면 메뉴인데 먹어본 주변 사람들 반응이 다들 무척 좋다. 라면 맛이 담백해지고 속 부대끼는 것도 훨씬 덜하니(msg를 절반이나 줄여서 그런 건지, 된장의 힘인지?!) 무척 애정 가는 메뉴라 여러 사람들과 공유하고 싶어서 만나는 사람마다 강력 추천하는 된장라면이다. 나는 파와 청양고추 등을 넣어 먹는 걸 좋아한다.

아, 또 있다. 시금치 짬뽕라면은 또 어떤지! 아무리 시금치를 좋아하고 즐겨 먹는다지만 1인 가구로 살면서 겁도 없이 시금치 두 단을 사왔던 적이 있다. 저녁 시장에 들렀는데 상태 좋은 싱싱한 시금치가 떨이로 두 단에 1,500원이라길래 덥석 집어 들고 와서는 끓여도 먹고 볶아도 먹고 생으로도 먹고, 아무튼 부지런히 시금치를 먹던 주간이 있었다. 그러던 어느 날 점심으로 짬뽕라면을 끓이던 중 냉장고에서 김치를 꺼내다가 시금치를 봤다.

'오! 시금치 넣을까? 잘 어울릴 것 같은데!' 하는 생각이 들어 후딱 씻어 넣어봤더니 아니나 다를까 맛은 물론이고 갑자기 라면 한 그릇

혼자. 집. 밥.

이 '요리틱'하게 변신했다. 보드라운 시금치의 식감하며 빨갛고 얼큰한 국물에 시금치의 초록빛깔이 대비되는 비주얼도 좋았다. 게다가 시금치는 금세 숨이 죽으니 라면 끓일 때 마지막에 넣으면 되어서 간편하기까지 하다. 앞으로 시금치를 보면 나는 시금치무침보다 짬뽕라면 생각이 더 날 것 같다.

저녁 한 끼, 혼술과 집술

'오늘 저녁 뭐 먹지?' 하는 것처럼 매일 반복해서 하는 생각도 아마 없지 않을까. 저녁을 먹는다는 것에는 식사와 함께 '쉼'의 의미가 내포되어 있다고 생각한다. 나는 평소 오래 시간을 들여 요리하는 걸 즐기지 않기 때문에 우리 집에는 화려한 비주얼과 내공 깊은 요리는 없지만, 먹기도 전에 기진맥진하거나 음식을 만드는 동안 이미 냄새에 질려 입맛을 버리는 일도 없다. 그래서 가장 오래 걸리는 음식이라봤자 뭉근히 끓여야 맛있는 카레나 미역국 정도가 보통인 듯하다.

아침밥도 그렇지만, 저녁밥은 허기를 방치하는 선을 넘기지 않으려 빠르고 쉽게 만들어서 되도록 한갓지게 즐기며 먹는 것을 지향한다. 아무래도 저녁의 가장 중요한 부분은 '쉼'이라고 생각하기 때문이다. 저녁은 야채로 만든 메뉴가 많은 편이고 달걀프라이나 어묵, 군만두, 그리고 가끔씩 사다 먹는 치킨을 곁들이기도 한다. 여기에

더불어 술 한잔 곁들이는 것이 보통의 우리 집 저녁 식탁 모습이다.

혼자 식사 겸 반주를 하는 저녁 시간은 내 생활에 지긋이 자리잡은 즐거움이자 꽤 큰 비중을 차지하고 있다. 술을 마시고 대화 나누는 것이 목적인 술자리도 아니고, 혼자 먹는 집밥이자 저녁식사인 만큼 맥주 한 캔, 와인 한 잔, 고량주, 막걸리, 럼, 칵테일, 위스키 등등 그날 식탁에 오르는 음식과 계절, 그날의 입맛에 따라 바꿔가며 '오늘 저녁엔 무얼 함께 마실까?' 살짝 고민해보는 것이 내겐 하나의 즐거움이다. 집에서 술 한잔하자고 친구들을 불렀을 때라든가 가끔씩 '오늘은 실컷 마시고 놀다 자야지!' 할 때라면 부담 없이 신나게 마시겠지만, 보통은 저녁식사가 끝나고 다시 작업방으로 돌아가는 게 수순이니 그저 반찬 중 하나처럼 술 한 잔이 식탁 위에 놓인다.

바깥 일정이 있어 나갔다 오는 날이면 어서 집으로 돌아가 밥도 먹고 한잔해야지 하며 달가운 걸음으로 종종거리며 집으로 향한다. 머릿속으로는 냉장고에 뭐가 있나 생각하며 뭘 만들어 어떤 술과 먹을까 하는 상상 속에서 밥상을 이렇게도 그려봤다 저렇게도 그려봤다 하는 가운데 집에 도착한다. 너무 피곤한 날은 약간의 음식을 사들고 들어가기도 하는데 동네 만두집에서 김치만두 한 판이라든가 김밥 한 줄을 살 때면 집에 있는 국이나 야채볶음을 더해 먹자 계획하곤 한다.

특별히 술 약속을 만드는 만남이나 1차, 2차로 이어지는 술자리가 어떤 면에선 즐겁고 재미있기도 하지만 집에서 가볍게 한 잔씩 할 때마다 이만큼 몸과 마음이, 또 지갑까지 편안하고 안정적이고 고급스런 술집은 그 어디에도 없다는 생각이 절로 든다. 나는 책 읽으며 한잔하는 것도 좋고, 작업하다가 중간에 쉴 겸 마시는 한잔도 좋다. 또 샤워하고 나서 마시는 차가운 맥주 맛은 어떤 청량감에 비할 수 있을까! 겨울이면 뜨거운 물에 몸을 녹여낸 뒤 마시는 와인 한잔이나 독주 한잔! 이때의 노곤함과 훈훈함은 무엇과 비교할 수 있을지 모르겠다.

이렇게 집에서 마시는 술 한잔에 대한 예찬을 늘어놓다 보면 끝도한도 없을 것 같다. 체질상 술이 몸에 받지 않아 아예 마시지 않는다거나, 술보다는 여럿이 함께하는 술자리의 분위기를 좋아한다면 혼자 집에서 밥과 술을 먹는 우리 집 저녁 식탁의 이야기가 조금은 멀게느껴질 수도 있을 거라 생각한다. 하지만 술을 그저 음식의 일부로 여겨 식탁에 올리는 나로서는 오히려 술이 없는 저녁식사가 멀게만 느껴진다.

요즘은 혼자 갈 만한 술집들도 많아지고 공유도 많이 되는데 나 역시 예전엔 그런 술집을 애타게 원하고 찾았다. 그러나 썩 잘 찾지도 못했을뿐더러 있다고 해도 매일 갈 수는 없는 노릇에, 지출도 만만치않아질 터였다. 그런데 그보다도 그런 날이 잦다 보면 내 일상이 바깥을 떠도는 것처럼 느껴질 듯했다. 그래서 결국 집만큼 만족도가 높은 술집은 세상에 없다는 결론으로 어느새 귀결되었다.

그럼에 오늘도 나는 '집 술집'의 사장과 단골손님이라는 두 역할을 모두 충실히 이행하고 있다. 오늘 저녁 집밥은 와인 한잔과 더불어, 저장해두었던 바질페스토로 파스타를 만들고 오랜만에 통통한 소시지 하나를 구워 식탁을 차린다.

6

윤택한 식탁을 위한 선택

습관적인 장보기

몸에 익은 습관은 빠르고 무의식적으로 행해지기 때문에 내가 정말 고치고 싶은 습관을 불쑥불쑥 마주할 때면 '아, 습관 참 끈질기다!' 하는 말이 절로 새어나온다. 세 살 버릇 여든까지 간다는 말이 그냥 하는 소리가 아님을 실감할 때면 여간 속상한 게 아니다. 이 습관은 일상의 도처에 배어 있는데 장보기에도 여지없이 나타난다. 마트의 야채 코너는 대부분 사시사철 야채들이 자리를 차지하고 있어 제철을 알기 쉽지 않다. 그러다 보니 매번 비슷한 재료를 사서 단출한 장보기를 끝내고 집으로 돌아오기 십상이다.

혼자. 집. 밥.

제철을 잘 몰라서이기도 하지만 손쉽게 먹기 쉬운 야채들, 익숙한 야채들을 습관적으로 집어 들게 되는 것도 큰 이유 같다. 새로운 것을 시도하고 싶지 않은, 실패하고 싶지 않은 마음은 장보기에서도 크게 발동한다. 버섯이야 여기저기 넣으면 되니까, 파프리카는 맛도 있는데 건강에도 좋고 샐러드 해먹으면 쉽게 먹을 수 있으니까, 오이는 딱히 뭘 해먹지 않더라도 샐러드에 넣거나 고추장 찍어 먹으면 되고, 감자는 된장찌개에도 넣고 카레도 해먹고 삶아 먹어도 되고, 양배추는 쪄서 쌈 싸먹고 남는 건 피클 만들자, 양파는 기본이지…… 이런 식으로 담다 보면 내 장바구니의 야채들은 늘 비슷했다.

문득 생각해본다. 방풍나물이나 도라지를 장바구니에 담은 적이 있던가? 우엉은? 고사리는? 참나물은? 쑥갓은? 깻순은? 당근마저도 자주 담지 않았다. 이 글을 읽는 1인 가구 형태의 다른 사람들 상황도 크게 다르지 않을 거라고 생각한다. 늘상 비슷한 야채로 장을 보고 있다는 자각을 하고부터 내가 좋아하면서도 장바구니에 담지 않던 야채들을 하나씩 사보자고 다짐 아닌 다짐을 했다. 그렇게 무, 연근, 아욱, 근대, 꽈리고추, 봄동, 마늘쫑, 호박잎, 우엉, 세발나물, 곤드레나물 등등을 샀다.

한 번 장볼 때 하나씩, 제철 따라 하나씩 천천히 말이다. 무리해서 바꾸려다가는 탈날지 모르니(먹지 못해 버리게 되면 앞으론 절대 사지 말아야지 하고 생각해서 더 멀어질까봐) 그동안 익숙하게 집어 들던 야채들에다 하나씩만 더해 기존의 내 장바구니가 놀라지 않도록 하는 선에서 시도해보았다.

다양한 야채들을 집에서 만날 수 있게 되니 식탁은 더욱 풍성해졌을 뿐만 아니라 계절감이 그대로 전해져왔으며 음식의 균형도 제법 맞아가는 것 같았다. '사놓고 못 먹으면 어쩌지? 이거 다듬을 줄 모르는데……' 하고 미리부터 걱정하던 마음은 점차 사라지고 새로운 장보기에 대한 부담이 줄었다. 하긴 검색창에 '우엉'이라고 적기만 해도 정보가 넘치는 세상인데 나는 귀찮았던 거구나, 실패가 싫었던 거구나 하는 자각이 들었다. 새로운 식재료들을 하나씩 사먹어보자는 다짐으로 이어진 장보기는 '진짜 좋다'는 감탄을 자아내게 했고 '왜 진작 안 먹었을까!' 하는 아쉬움을 스치게 했다.

내가 이런 기회를 가지면서 좋다고 느꼈던 것 중 또 하나는 연근하나를 사더라도 그저 간장 양념의 달큰하고 쫀득한 맛의 연근조림이라는 익숙한 반찬을 떠올리지 않았다는 점이다. 또 마늘쫑으로 말하자면 마늘쫑새우볶음이나 빨간 고추장 양념에 버무려진, 그간 늘먹어왔던 마늘쫑 반찬만 상상하지 않았고, 배추는 김치 담글 때나 필요한 것이라고 단정하지 않았다는 점이다.

배추: 배추크림소스파스타, 배추버섯볶음, 배추짬뽕라면,

배추된장국, 배추샐러드……

혼자. 집. 밥.

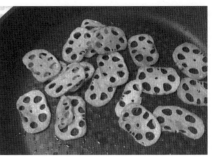

마늘쫑: 마늘쫑파스타, 마늘쫑볶음밥,

　　　　마늘쫑찜과 마늘쫑구이……

봄동: 봄동부침개, 봄동라면, 봄동떡볶이……

꽈리고추: 꽈리고추어묵볶음, 꽈리고추버섯볶음,

　　　　　꽈리고추마늘파스타……

연근: 연근부침, 연근카레, 연근어묵볶음……

무: 무피클, 버섯무조림, 무된장국, 무생채……

양배추: 양배추코울슬로, 닭가슴살양배추볶음,

　　　　　양배추떡볶이, 양배추쌈……

시금치: 오리고기시금치볶음, 시금치오일파스타,

　　　　　시금치라면, 시금치샐러드……

콩나물: 콩나물잡채, 콩나물부침개, 콩나물된장국……

이렇게 하나씩하나씩 해먹게 되면서부터 장볼 때의 손길은 전보다 훨씬 유연해지고 범위가 넓어졌다. 1인 가구가 아니더라도 자녀를 둔 어머니들이나 직업으로서의 주부들, 요리를 업으로 하는 분들도 '혼자집밥' 블로그를 방문한다. 그분들이 보시기에 음식을 다양하게 먹으려는 나의 시도와 노력들이 새로우면서도 대견하게 비쳤는지 때때로 응원과 칭찬을 보내주신다.

콩나물무침 같은 익숙한 반찬도 맛있게 무친다는 것은 이려워서 개인적으론 굉장한 '요리'라고 생각한다. 그래서 콩나물잡채라든가 콩나물김치국 등 비교적 맛내기가 쉬운 간단한 음식들로 밥 지어 먹으며 살고 있다. 적당한 익힘으로 데쳐낸 콩나물에 손맛을 더한 콩나물무침이 더욱 요리 같기 때문에 내가 만든 음식을 '요리'라고 칭하기가 때로는 사뭇 부끄럽다는 생각이 든다. 겉만 번지르르해 보이는 것 같아서. 그러나 먹고사는 일 자체와 그 일이 일어나는 나의 부엌과 한 끼가 마련되는 식탁은 라면 한 그릇을 먹더라도 부끄러울 일이 없을 것이다.

때론 진부한 소리 같지만 '천리 길도 한걸음부터'라는 말은, 거듭 생각해보면 그것 외에는 달리 도리가 없음을 알게 해준다. 그래서 문득문득 겸허해질 때가 있다. 이 진리는 살아가면서, 부엌에서도 나를 돌아보게끔 한다. 이제껏 라면만 끓이고 전자레인지에 밥 데워 먹던 사람이 갑자기 버섯전골과 깻잎절임, 갈비찜과 홍합미역국을 만들어

내기는 어려운 것처럼 그 무엇도 '과정' 없이 저절로 쉽게 되는 일은 없으리라. 야채들을 하나씩하나씩 장바구니에 담는 일부터 누군가에게 위탁했던 '요리'라는 첫걸음은 누구도 피해갈 수 없는 과정이며, 또 피하는 것은 오히려 자신의 인생에 손해일지 모른다. 나의 식탁을 꾸린다는 것은 직업적인 부분에서의 발전뿐만 아니라 한 사람으로서 한 걸음 한 걸음 앞으로 나아가는 일이라 나는 믿는다. 그것이 아마 진짜 '발전'일 것이라고.

한두 해 전인가 내가 처음 연근에 손을 내밀고 난 이후 지금은 그 맛에 흠뻑 빠져 연근 철을 기다리게 된 것처럼, 올해는 우엉에 도전(?)해볼 계획이다. 요즘은 얼갈이배추가 나오는 철인지 얼마전부터 여기저기 그 모습이 보이길래 냉큼 사가지고 와서 된장국을 시원하게 끓여 먹기도 했다. 아직 얼갈이 겉절이까지는 손을 대지 못하고 된장국으로 만족하고 있지만 얼갈이배추를 몇 번 더 사다 보면 나의 식탁에도 방금 무쳐낸 겉절이가 오르지 않을까? 장바구니에 담기는 야채의 폭이 넓어지는 만큼 내 식탁은 확실히 윤택해져간다.

유연한 순서

닭이 먼저냐 달걀이 먼저냐, 아마도 이 문제는 살면서 끊임없이 생각해볼 만한 질문이 아닐까. 이따금씩 짝꿍과 크게 다투게 되는 일이 있는데 서로가 정말 대단히 큰 실수를 해서라기보다 단지 그와 나의 순서가 전혀 다르다는 것 때문에 격해지는 경우가 대부분이다. 작은 예로, 나는 먼저 대화를 나누고 이해할 수 있게 되면 그다음에 분위기가 풀린다는 생각이고 그는 분위기가 풀어져야 대화를 시작할 수 있다는 식이다. "각자의 생각이 뭔지, 어떤 오해를 했는지 서로 이야기를 해서 아는 게 순서지 어떻게 절로 분위기가 풀리길 바라?" 내가 이렇게 외치면 그가 또 맞받아친다. "분위기가 이런데 무슨 말을 어떻게 시작할 수 있겠어? 분위기라도 좀 가벼워야 대화를 하든가 하지." 결국은 서로 이해하고 분위기가 풀어졌으면 하는 마음은 둘이 다 같은데도 해결 방법에 있어서 그 '순서'가 다르다는 것 때문에 두 사람 사이의 차이가 얼마나 크게 벌어지곤 하는지 모르겠다.

서로가 자신이 생각하는 그 순서를 한번 바꿔본대도 뭐 그리 크게 달라지거나 큰일 날 일도 없을 텐데, 고집하는 줄도 모르고 고착화된 이 순서를 달리 생각해보거나 실행하기가 내게는 좀처럼 쉬운 일이 아니어서 지금도 나는 무던히 애를 쓰고 있다. 말로는 간단해도 실제로는 어려운 것이 바로 익숙함에 변화를 주는 일 아닐까. '순서'를 바꿔보는 노력은 인간 관계뿐 아니라 장보기에도 크나큰 영향을 준다.

하루 한 끼조차 집에서 밥 먹기가 쉽지 않은 주변의 1인 가구 친구들을 보면 보통 주말이나 되어야 '이번 주말에 뭐뭐 해먹자' 계획하고 장을 보는 일이 잦을 수밖에 없다. 또는 마트에 갔는데 우연히 눈에

떤 재료가 있어서 '이걸로 뭐뭐 해먹으면 되겠다' 하고 거기에 맞춰 나머지 장을 보기도 한다. 예를 들자면 '이번 주말엔 샤브샤브 해먹고 싶다.'라든가 '까르보나라 만들어 먹을까.' 하는 식으로 말이다. 이런 방식이 문제가 있는 것은 아니지만 메뉴를 먼저 정한 다음 그에 맞게 장을 보고 음식을 만드는 것과, 거꾸로 제철 야채나 유독 눈에 띄는 재료, 또는 그날 저렴하게 판매하는 재료를 먼저 구입한 다음 장본 것들을 가지고 '이걸로 뭘 해먹을까?' 궁리하는 것, 이 두 가지 경우는 상당히 다른 결과를 만든다고 생각한다.

단순히 순서만 바뀜으로 인해 저절로 많은 것이 달라지는 듯하다. 처음엔 별것 아닌 것 같아도, 또 앞뒤만 바뀌었을 뿐 다 같다고 생각할 수도 있지만, 이 작은 차이가 주는 생활의 변화와 밥상의 변화는 결코 만만치 않다고 체감한다.

가족을 위한 일주일치의 식탁을 꾸려야 한다면 미리 대강의 메뉴를 계획하고 두루두루 장을 보는 편이 나을 것이다. 하지만 1인 가구라면 먹고 싶은 메뉴를 정해서 장을 보기보다는 장을 먼저 보고 난 다음 그 재료들로 무얼 해먹을까 궁리하는 것도 나쁘지 않은 방법 같다. 이를테면 '그거 해먹어야지!' 하고 그 음식에 필요한 것들로 장을 본 경우, 다음 날 뭔가 다른 음식을 만들고자 할 때 '에이, 재료가 부족해서 안 되겠네.' 해버리기 쉬운 반면, 냉장고에 장봐놓은 것들을 둘러보며 메뉴를 선정하는 방식은 그때그때 집에 있는 재료들로 밥상을 차리게 되니 꽤 다양한 음식을 마련하는 것이 쉬워진다.

어느 날 냉장고를 열자 주말 아침 샐러드 해먹고 반절 남은 청경채가 눈에 띄고, 며칠 전 된장국 끓일 때 넣었던 팽이버섯과 양파 반 개가 있고, 빨리 소진해야 할 듯 보이는 다진마늘이 있다면, 나는 마늘 듬뿍 넣고 마늘기름 내서 야채들 전부랑 휘리릭 볶아 덮밥을 만들 것이다. 또 냉동실을 열었다가 얼마 전 떡볶이 해먹고 남아 넣어둔 어묵까지 발견한다면 청경채와 팽이버섯을 함께 넣어 뜨끈한 어묵탕을 끓일 수도 있다. 왠지 밥 먹기 싫은 날이라면 어묵탕 대신 국수 삶아서 어묵국수를 해먹을 수도 있고…….

1인 가구로 살면서 거의 매일 집밥을 먹는 내가 장보는 방식은 이런 식으로, 상황에 따라 그리고 철에 따라 설렁설렁 장을 먼저 보고 이후 그 재료들을 어떻게 조합해서 먹으면 좋을지 생각하는 순서로

굳어진 지 꽤 되었다. 여름에 상추 한 봉지는 양이 너무 많고, 오이는 꼭 서너 개 묶음으로 팔아 부담스러웠는데 이제는 '야채야 어떻게 먹어도 맛있지' 하고 큰 고민 없이 가뿐한 마음으로 산다.

이 두 가지를 메인으로 몇 번의 끼니를 꾸릴 수 있는데, 한 끼는 상추랑 오이를 고춧가루 넣어 무쳐먹고, 여기에 양념을 좀 더하면 비빔국수를 만들 수도 있을 것이다. 또 한 끼는 상추쌈을 먹고, 한 끼는 상추와 오이 그리고 치즈와 토마토 등 있는 재료들을 더해 샐러드를 해먹으면 그 많던 상추와 서너 개의 오이는 어느새 다 사라지고 냉장고 야채칸은 금세 또 텅텅 빈다.

남거나 물러서, 또는 말라서 버리게 될까봐 신중하게 조금씩 구입하는 것도 좋지만 여건이 여의치 않을 때가 많다. '상추를 왜 열 장씩은 안 팔까, 대파 한 단은 너무 많은데.' '세척 손질된 야채는 적게 팔아 좋긴 한데 어쩐지 찜찜하고 비싸다.' 이렇게 소량 판매가 안 되는 시스템만 탓하며 집밥에 손을 놓기보다는, 철에 따라 눈에 띄는 야채 한두 가지 사서 집에 있는 것들과 어떻게 함께 먹을지 생각해보고 맛보면 어떨까(앞으로 소량 판매가 늘어나는 것에 대해서는 대찬성이지만!).

이런 방식의 장보기는 옷장에 걸려 있는 옷들과 어울릴까, 자주 입게 될까 생각해보며 옷을 사는 것과도 비슷한 맥락이 있다. 그렇게 냉장고와 찬장을 열어보며 궁리하는 일은 그날그날의 코디처럼 재밌는 일이 된다.

간식도 되고 끼니도 되는 동그란 뿌리들

나는 식탁 위에 찐 고구마나 감자가 있는 것이 좋다. 출출할 때 간식으로 먹거나 집 안을 오가다 하나씩 까먹는 게 좋은데, 맛있고 간편해서 좋은 점도 있지만 식탁에 놓인 접시 위에 따뜻하고 동글동글한 것들이 쌓여 있는 그 풍경이 참 좋다. 이 느낌을 어떻게 말해야 할지 모르겠는데, 찐 감자나 고구마가 있는 집의 풍경을 보면 어쩐지 집다운 아늑한 느낌이 든다고 할까. 모락모락 김이 나는 동그란 접시를 볼 때면 괜스레 안도감과 따뜻함이 서려 '아, 집이다.' 하면서 왠지 눈물까지 날 것 같은 기분이 든다. 딱히 찐 감자나 고구마에 관련된 어린 시절의 추억이 있는 것도 아닌데 이런 걸 보면 내가 혼자 산 뒤로 싹튼 경험일 수도 있지 않을까 싶다.

둥근 접시에 담긴 이 동그란 음식은 마치 누구든 배가 고프면 언제든 먹으라고 말을 거는 것만 같다. 또 이 동그란 음식은 배려의 마음, 끼니를 챙기는 것 이외의 넉넉한 인심 같은 푸근한 정서로 둥글게 뭉쳐져 있는 느낌이다. 허기가 져서 기분이 더욱 가라앉은 것인지 혹은 그 반대인지 모를 몸과 마음의 상태로 터벅터벅 집에 돌아왔을 때 식탁 위에 놓여 있는 고구마나 감자를 마주하면 반가움과 동시에 위안이 되곤 한다.

겉옷과 양말을 훌훌 벗어던지고서 치즈와 올리브, 페스토 등등과 함께 와인을 한잔 마시기도 하고, 때로는 뜨거운 차를 한가득 우려낸

뒤 이어서 고구마 하나를 집어 들고 천천히 껍질을 벗겨 먹는 저녁이면 집에 돌아옴 자체가 바로 '쉼'이 되는 그 느낌이 참 좋다. 내게 집다운 것이란 어떤 그림인가 하면, 부엌의 도구들만이 낼 수 있는 소리들, 차오르는 수증기와 음식 익어가는 냄새, 아침이든 저녁이든 누구의 집이든 관계없이 이런 종류의 온기와 풍경이 자연스레 그려진다.

이런 나의 개인적인 느낌들을 차치하고라도 일단은 고구마, 감자, 단호박 등은 쪄놓으면 그 어느 인스턴트식품보다 간편하고 빠르게 먹을 수 있는 데다 영양기 있는 간식은 물론 끼니가 되기도 한다. 우리 집에선 삼발이가 들어가 앉아 있는 찜냄비가 가스레인지 위에서 언제라도 수증기를 내뿜을 자세로 자리잡고 있다. 냉동밥도 쪄서 해동해줘야 하고 만두도, 각종 야채도 쪄내고 감자와 고구마, 빵과 떡뿐만 아니라 단호박도 찌고 밤도 쪄줘야 하니 찜냄비는 항상 바쁘다.

특히 간단히 한 알씩 먹을 수 있는 감자와 고구마를 가장 자주 쪄놓는데, 이미 익은 감자와 고구마는 다음번 끼니를 준비하는 시간을 단축시켜주니 남겨서 버리는 일도 없어 좋다. 바로 쪄서 따끈할 때라면 누구라도 이 동그란 뿌리를 호호 불어 먹고 싶은 마음이 강렬해지지만, 이게 또 차갑게 식었거나 혹은 냉장고에 한번 들어갔다 나왔다면 영 손이 가지 않는 것이 사실이다. 그런데 이렇게 남은 찐 감자와 고구마는 의외로 밥상에 큰 역할을 하면서 마지막까지 제 매력을 발산한다.

기름(또는 버터) 살짝 두른 프라이팬에 노릇노릇 지져내서 아침에 빵 한쪽과 함께 먹어도 맛있고 샌드위치 속재료로도 그만이다. 밥 먹을 때 역시 구워서 상에 올려놓기만 해도 반찬 한 가지가 되고, 출출한 밤 뚜걱뚜걱 썰어서 다른 야채들과 함께 볶아 먹기에도 좋다. 소금, 후추 살짝 뿌려 노릇노릇 구우면 간단하고 맛있는 술안주가 되는데 여기에 약간의 다른 음식을 곁들이면 제법 훌륭한 안주 플레이트로도 손색이 없다.

감자튀김이나 웨지감자의 바삭한 튀김 맛과 비교할 바는 아니지만, 겉면을 노르스름 구운 감자와 고구마 지짐은 부침개의 바삭한 가장자리만큼이나 고소하고 맛있어서 노릇하게 약간 눌어붙은 바삭한 쪽은 어쩐지 아껴 먹게 된다. 집에서 만드는 음식이니 오래되고 나쁜 기름을 잔뜩 먹지 않아도 돼서 찜찜함으로부터도 자유롭다. 감자도 맛있지만 고구마는 찐 다음에 프라이팬에 노릇노릇 한 번 더 구워주는 과정을 더하면 확실히 당도가 더해지는 것 같은 느낌인데, 기분 탓인지 근거 있는 사실인지는 모르겠지만 맛있는 것만은 알겠다.

늘상 애매하게 한두 개씩 남아 식탁 위나 냉장고 안에 굴러다니는 감자, 고구마는 카레를 해먹을 때도 소진하기 딱 좋다. 나는 떡국 끓일 때 넣기도 한다. 딱딱해서 익히려면 시간이 좀 걸리는 뿌리야채들인데 이미 쪄둔 상태이니 따로 익힐 필요가 없어 조리 시간이 줄어든다는 장점이 있다.

남기지 않고 버리는 일 없이 먹는 것도 중요하지만 냉장고에 있던 차가운 감자 두 알을 끼니로 때워야 한다면 서글퍼질 것 같다. 음식이 식어 차가워지면 그 음식이 가진 온기가 사라지는 것뿐 아니라 음식이 주는 기쁨의 온기마저 사라지는 듯하다. 그러니 남기기 싫어서, 버리기 아까워서 억지로 먹는 것이 아니라, 맛있게 먹을 수 있는 방법을 찾아서 다양하게 즐길 수 있다면 더 좋지 않을까. '처리'하는 것이 아니라 어엿한 한 가지 메뉴로 거듭나게 하는 방식들은 분명 여기저기 있을 것이다.

그런 방식들을 염두에 두고 있다 보면 어쩌다 문득 아이디어가 떠오를 때가 있다. 그러고 보면 작업을 할 때도 마찬가지인 것 같다. 전혀 뜻도 관심도 없던 것에 대한 아이디어가 어느 순간 갑자기 툭 튀어나오지는 않는다. 관심과 주의를 기울이고 곰곰이 곱씹어보며 생활하다 보면 영감이 떠오르듯 은연중에 생각나는 것이 있으니 말이다.

오늘 저녁 냉장고에 있는 감자 두 알, 고구마 한 알을 어떻게 먹으면 좋을까 궁리하다 보면 어느새 식탁에는 한 가지 음식이 차려져 있다. 아이디어와 영감이 구현된 한 끼의 밥상은 보이기는 간소해도 역시 노련한 작업임에 틀림없다.

혼자. 집. 밥.

IV

'같이'의 가치

1
프로젝트 가치삶

'같이' 만드는 '가치'

'삶'이라는 글자를 보면 참 오밀조밀하게도 생겼다. 시옷, 아, 리을, 미음이 모여 구획을 적당히 나누고 있다. 약간의 간격을 가지고 독립된 듯, 또 살짝 떨어져 있으면서도 그 거리가 멀지는 않은 듯 보인다. 자연과 사회 속에 긴밀하게 연결되어 있으면서도 각자 하나의 객체로 살아가는 모습이 '삶'이라는 글자와 닮아 보여서 말도 뜻도 생김도 묘하게 느껴진다.

'삶이란 뭘까?' 알다가도 모르겠고, 생각할수록 미궁에 빠뜨리는 질문이기도 하다. 그것의 진중한 의미가 무언지, 아니 진중한지 아닌지 그 의미의 무게를 가늠하기조차 쉽지 않은, 오히려 내가 살고 있는 삶에서 멀리 떨어져 있는 묘연한 단어 같기도 하고, 때론 상징과 문자로만 존재하는 가상의 말처럼 여겨지기도 한다. 혹은 가볍게 쓰이다 보니 그 의미가 색 바랜 사진처럼 원형을 잘 알아볼 수 없게 된 건 아닌가 하는 생각도 든다.

'삶이란 뭘까?'에 뒤이어 '잘 산다라는 건 뭘까?', '삶의 가치란 뭘까?' 하는 생각이 자연스레 꼬리를 문다. '가치'의 정의나 개념은 사람마다, 시대마다, 문화마다 차이가 있겠지만 그 바탕에는 '같이'라는 의미가 깔려 있는 것 같다. 몇 번을 다시 생각해도 '가치'를 떠올리다 보면 '같이'가 동행한다. '삶'이라는 것도 그 글자처럼 혼자들이 모여 여럿이 같이 산다는 의미를 담고 있는 게 아닐까.

'가치 있는 삶이란 결국 같이 사는 삶이구나.' 하는 결론에 다다랐고, 이런 생각들은 '프로젝트 가치삶'이라는 이름으로 꾸려졌다. '프로젝트 가치삶'은 개인적인 그림 작업과 약간 다른(전혀 다르다고는 할 수 없지만) 색깔을 띠고 있지만 다양한 작업을 칭하는 프로젝트로, 그 밑바탕을 이루는 줄기는 언제나 '살아가는 이야기'다. 또 그것은 내가 살아가고자 하는 삶의 방향, 살아가며 알아가고 싶은 그 무엇들, 목적지는 없지만 목적은 있는 여정을 떠나는 배의 이름 같은 것이라고 해도 좋겠다.

'삶'이라든가 '가치', 그리고 '같이'라는 것에 대해 제대로 알지도

혼자. 집. 밥.

못하면서 이름만 거창한 건 아닌가 부끄러워질 때가 종종 있다. 하지만 다시 이름을 붙인다고 해도 나는 이 외에 다른 걸 떠올리기는 어려울 것 같다.

며칠 전 '프로젝트 가치삶'에서 판매하고 있는 니트슬리브와 도자기 그릇을 발송하러 우체국에 갔는데 택배 송장에 적혀 있는 이름을 보고 "이름이 정말 멋있네요. 하, 가치 있는 삶이라……." 하며 직원분이 자못 진지한 표정을 짓는 것이었다. 나는 쑥스러움에 머리카락을 쓸어대며 미소와 함께 고맙다고 했다. '아, 가치이기도 하지만, 같이 사는 삶이라는 뜻이기도 해요.'라고 덧붙이고 싶었으나 속으로 삼켰다. 그리고 집으로 돌아오는 길 내내 '으, 뭔가 부끄러워. 가치 있는 삶? 나도 아직 잘 모르는데…… 그렇지만 알고 싶지…….' 그러면서 걸었다.

'프로젝트 가치삶'이라는 이름이 알맹이와 맛이 여물지 않은 풋과일처럼 느껴질 때면 여지없이 쑥스러워진다. 이런 날은 기운이 쭉 빠지기도 하지만, 더 중요한 건 알아가고 싶다는 그 마음이 아닐까 하면서 스스로 위안을 삼고 툴툴 털어낸다. '알아가는 여정 그 자체가 가치 있다. 이 과정이 삶일지 모르는데 나는 너무 단번에 삶을 보고 싶어하는구나. 더디게 느껴져도 꾸준히 가자.'

혼자. 집. 밥.

작지만 결코 적지 않은 실천, 니트슬리브

나는 예전부터 종이상자나 종이백, 플라스틱박스, 틴케이스 같은 것들을 잘 버리지 못했다. 그렇다고 다 모을 수는 없으니 내가 세운 기준 안에 드는 것들은 남겨두고 나머지는 분리수거로 내놓았는데 가능하면 버려지기 전에 한 번의 쓸모라도 만들어주고 싶었다. 이런 와중에 어느새 일상에 자리잡은 테이크아웃 종이컵과 컵홀더가 계속해서 눈에 밟혔다.

종이컵은 음료를 마시면서 직접적으로 사용이 되니 그렇다 치더라도, 컵홀더는 잠시 잠깐 뜨거운 온도에서 손을 보호한 뒤 그대로 버려지고 마는 게 마음이 참 불편했다. 그래서 음료를 다 마시고 나서도 컵홀더를 버리지 못해(컵도 잘 버리지 못했다) 결국 하나둘 가방에 들려 집에 오게 되었고, 어딘가에 유용하게 쓸 수 있는 아이디어가 떠오르길 궁리하며 찬장에 차곡차곡 모아두었다.

어느 날 일로 미팅이 있어서 한 프랜차이즈 커피 전문점에 갔다. 매장에서 마시고 갈 건데도 무조건 테이크아웃 컵에 담아주는 곳이란 걸 진작부터 알고 있던 터라 그 커피 전문점에서 주문할 때면 늘 "머그잔에 주세요."라고 미리 요청하곤 했다. 그런데 그날은 여러 명이 함께 주문을 하다 보니 깜빡 까먹었다. 매장 내에서는 굳이 종이컵을 사용하지 않아도 될 텐데 왜 쓰는 걸까? "드시고 가시면 머그잔에 드릴까요?"라고 왜 물어보지 않는 걸까? 평소 줄곧 염두에 두고 있던

문제이기도 하고, 종이컵 하나라도 줄이자는 생각에 (종이컵에 담긴 커피
는 맛도 없다) 내 쪽에서 먼저 요청하곤 했는데 실수였다.

종이컵에 컵홀더까지 수반한 음료를 받아들고 보니 더욱이 달갑
지 않고 이해도 가지 않았다. 머그잔에 달라는 말을 빠뜨린 나 자신이
원망스러워지기까지 했다. 단지 종이컵 하나 때문이라기보다는 매
장 내에서 꼭 이래야만 할까 싶어 이래저래 머리가 복잡해졌다. 이미
이렇게 된 거 하는 수 없지, 하고선 늘 그래왔듯이 컵홀더는 돌려주자
생각했다. 종이컵이 뜨거우니 컵홀더를 10분 정도만 이용하곤 얼른
빼서 쟁반 아래 넣어 눌러놓았다. 접혀 있던 원상태로 돌려주려고.
그리고 나갈 때 직원에게 컵홀더를 돌려주었더니, 직원은 밝게 웃는
얼굴로 인사하며 내 눈앞에서 그것을 쓰레기통에 버렸다.

그 순간 정말 깜짝 놀랐다. 일말의 머뭇거림도 없이, 환하게 웃는
얼굴로 컵홀더를 버리던 직원을 보고 이건 회사의 시스템과 교육 차
원의 문제이지 직원 개인의 문제가 아니라는 느낌이 들었다. '지구와
환경을 생각합니다'라는 슬로건을 내세우고 녹색을 이야기하는 기업
이니 더욱이 어찌나 괘씸하던지 이참에 '고객의 소리'에 글을 남기기
로 했다. 덮어두고 방치하거나, 귀찮은 것을 피하려 못 본 척한다면
내가 사는 이곳이 조금도 나아질 수 없을 테니 때에 따라 '고객의 소
리'라든가 민원으로 목소리를 내는 것은 중요하다고 생각한다. 그리
고 이러한 실천은 '프로젝트 가치삶'의 작업 중 하나로 여기고 있다.

혼자. 집. 밥.

　하지만 세상일을 하나하나 일일이 다 따져 묻고 살기란 어렵다. 어두운 곳을 밝혀보자는 사명감도 좋지만 이 모든 게 내게 과중한 업무처럼만 느껴진다면 그 또한 좋은 일은 아닐 것이다. 과중한 업무에 고단해지고 까칠해져서 주위 사람들에게 날카롭게 대한다면 세상을 위한다는 일이 결국은 아무도 위하지 못하는 일이 되는 것 아닐까. 그래서 나는 시간이 한가롭고 마음도 여유로운 날에 '고객의 소리'를 남기기로 결정했다.

　그렇게 그다지 마음이 바쁠 일이 없는 어느 날 오후에 컵홀더 사건이 떠올라서 '고객의 소리'를 남겼다. 이제껏 내가 이용해본 '고객의 소리'에 대한 답변의 대부분은 "고객님, 저희는 회사 방침대로 할 뿐이라 문제라고 이야기하셔도 달리 어쩔 수가 없습니다. 매우 안타깝고 기분이 나쁘셨다면 죄송합니다. 아무튼 도와드릴 수는 없을 것 같

습니다. 그러나 이용해주셔서 감사합니다, 사랑합니다, 고객님." 하는 식의 묘한 뉘앙스를 띠고 있었던 터라 답변에 큰 기대는 하지 않았다. 그저 내 할 일을 할 뿐이라 생각하고 글을 남겼는데 돌아온 답변은 역시나 실망스러웠다. 그 내용인즉슨 일단 컵에 한번 끼워진 컵홀더는 위생상의 이유로 잠깐이든 아니든, 사용 흔적이 있든 없든 전부 폐기한다는 것이었고, 가장 실망스러웠던 부분은 어느 지점의 어느 직원인지를 말해주면 훈계 및 교육하겠다는 것이었다.

회사의 입장이 그렇다면 그 직원이 처벌받을 문제가 전혀 아닌데 그걸 왜 묻는지 나는 오히려 되물었고, 또 회사 방침이 그렇다면 당신들이 내건 지구와 환경을 생각한다는 슬로건은 전혀 맞지 않는 것 같다고, 자주 이용하는데 몹시 실망스럽다고 다시 전했다. 나의 이런 이야기들로 인해 당장 달라지는 것은 없을 것이다. 하지만 아무도 이야기하지 않으면 정말 아무것도 바뀌지 않을 테니 이 정도로도 괜찮다고 생각하며 일단락 지었다.

이 에피소드 때문에라도 차마 버리지 못하고 가방에 고이 넣어온 종이 컵홀더가 찬장에 갈수록 그득그득 쌓여가는데 아무리 머리를 굴려보아도 적당한 쓰임이 도통 생각나질 않았다. 앞으론 텀블러를 꼭 들고 다니자 해도 가방이 무거워서 책 한 권도 넣을까 말까 고민할 때가 많으니 자주 사용하게 되지는 않았다. 또 겨울에는 텀블러의 보온 기능이 필요하니 그래도 꽤나 열심히 들고 다니는데 여름이 되면 거의 사용하지 않게 된다. 과일이나 우유가 섞인 음료라도 마시고 나면 텀블러 세척이 영 번거롭고 찜찜해서, 또 여름이면 보기만 해도 시원한 투명한 컵에 달그락거리는 얼음을 눈으로 즐기고 싶기도 해서 텀블러에 선뜻 손이 가지 않는 게 나의 현실이었다.

살면서 일회용품을 전혀 쓰지 않겠다고까지는 못하겠지만 그래도 음료 한잔을 마시면서 투명 플라스틱 컵에 종이 컵홀더, 빨대, 등등을 쓰고 버릴 때엔 마음이 두 배로 찜찜해진다. 억만금을 들여도 나무 한 그루를 제 속도보다 빠르게 자라나게 할 수 없다는 사실을 생각하면 고개를 들 수 없을 것 같다. '재활용되니까 그나마 다행이야'라고 위안 삼아보기도 하지만 사용 흔적도 없는 멀쩡한 컵홀더까지 아무렇지 않게 버려질 때 그 찜찜함은 이루 말할 수가 없다.

'아, 내가 쓰는 컵홀더만 해도 한 달에 20개가 넘을 텐데…… 나무를 심지는 못할망정…… 그것만 아껴도 1년이면 작은 나무 한 그루 심는 것과 같을지 몰라!' 하는 생각이 들었다. 그리고 그런 생각에서 비롯되어 만들어진 것이 바로 종이 컵홀더를 대신할, 장기적인 사용이 가능한 〈프로젝트 가치삶; 니트슬리브〉 작업이다.

무게감이 없어야 가방에 넣고 다니기가 쉽고, 그래야 꾸준히 이용할 생각이 들 것이고, 뜨거운 음료든 차가운 음료든 어디에도 사용이 가능해야 1년 365일 가지고 다닐 수 있을 테니, 약간의 신축성도 있으면서 더러워졌을 때 빨래도 가능한 뜨개 작업이 알맞다고 생각했

혼자. 집. 밥.

다. 그래서 왕초보 수준의 뜨개질을 하던 내가 니트슬리브를 뜰 수 있을 만큼 연습하며 손에 익힌 뒤 '프로젝트 가치삶'의 제품으로 선보이게 되었다.

"그래도 어차피 종이컵 쓰잖아요? 그러느니 차라리 텀블러를 쓰죠?"라는 약간의 비난조가 섞인 말을 종종 듣기도 하는데, 매일 그럴 수만 있다면! 나도 당연히 텀블러가 가장 좋은 방식이라고 생각한다. 그러나 실천이라는 것이 한두 번으로 끝나기보다는 꾸준히 이어질 때 더 큰 힘이 발휘되는 것이라고 나는 믿는다. 그래서 텀블러를 이용하지 않는 날도 실천하고자 하는 노력, 실천의 끈을 놓치지 않기 위한 다짐, 이런 것들이 전부 포함되어 니트슬리브를 이룬다.

새해의 수많은 각오들, 학원 수강과 헬스장, 영단어 외우기, 다이어트 등등 '꾸준히'가 핵심인 일들이 작심삼일로 그치기 얼마나 쉬운지를 일상에서 경험해보지 않은 사람은 아마 거의 없을 것이다. 큰 목표를 세우고(이를테면 매일 텀블러 사용하기) 일주일에 한 번 지키는 것과, 작은 목표를 세우고(적어도 컵홀더는 사용하지 않기 같은) 1년을 지키는 것으로 볼 때, 두 경우 모두 같은 마음과 같은 방향이지만 후자의 경우는 꾸준한 실천이라는 데 있어서의 신뢰와 성과를 맛볼 수 있게 하는 역할도 함께한다고 생각한다. 단지 종이를 아낀다는 점 이외에도 결심한 바를 '꾸준히' 이행하고 목표를 '실천하는' 과정 속에서 소신을 지켜나가는 것을 놓치지 않을 수 있다면 좋겠다.

대한민국의 모든 직장인이 아침 출근길과 점심시간 식사 후 마시는 커피에 종이 컵홀더 대신 니트슬리브를 이용한다고 상상해보면 엄청나다. 개개인들의 작은 실천으로 커다란 변화가 만들어진다는 생각이 들 때면 나는 사뭇 비장해지고 마음이 설렌다.

니트슬리브를 온라인으로 구매하는 분들께는 제품과 함께 짧은 편지를 동봉하기도 하는데, 커피를 주문할 때 "홀더는 안 주셔도 괜찮아요." 하고 빙긋 웃으며 처음 니트슬리브에 컵을 끼울 때의 은근한 희열을 함께 느껴보자는, 같이 하게 되어 기쁘다는 진심을 꼭꼭 눌러 쓰곤 한다.

나는 사계절 내내 가방에 니트슬리브를 넣어두고 이용하는 터라 자주 가는 카페에서는 내가 종이 홀더 대신 개인 홀더를 이용한다는 걸 알고 있다. 그러니 "컵홀더는 안 드려도 되죠?"라고 먼저 묻곤 한다. 또한 처음 가는 카페라도 내가 니트슬리브를 컵에 끼우는 것을 보고는 웃는 얼굴로 "와, 예뻐요. 좋으네요."라고 한마디씩 건네는 경우가 잦다. 이럴 때 나는 카페에서 주는 커피 쿠폰이 아닌 스스로에게 실천 도장을 받는 듯한 느낌이 든다. 이런 만족스러움은 내일은 텀블러를 챙기자는 다음의 실천으로 이어지고 더불어 쓰레기, 분리수거 등에 대한 생각으로 자연히 이어진다. 그래서 니트슬리브의 슬로건은 '작지만, 결코 적지 않은 실천'이다.

혼자. 집. 밥.

땅을 담는다, 단단한 흙

어린 시절의 나는 놀이터에서 살았을 정도로 흙놀이를 많이 했다. 몇 해 전 처음으로 도자기 공방을 찾았던 건 손으로 흙의 감촉을 느끼고 싶은 이유가 가장 컸다. 더불어 내가 필요로 하는 그릇들을 몇 가지 만들면 좋겠다 싶었다. 시간이 지날수록 촉감이나 재미 그 외의 생각에 마음은 한껏 벅차올랐다. 접착제나 별도 기계의 도움 없이(전기 가마를 이용하긴 하지만) 최소한의 재료와 방식으로 만들 수 있는 물건이 과연 얼마나 될까. 흙과 물로 빚어 마침내 불의 힘으로 단단해지는 이 단순한 과정은 경이롭고도 감탄스러웠다. 또한 흥미롭게 여겨졌던 점은 음식을 조리하는 데 있어서도 최소한의 재료와 방식으로 할 때 맛내기가 좀처럼 쉽지 않다는 것이다. 나물 하나만 해도 그렇다. 양념은 간단하지만 맛을 내는 것은 좀처럼 어려운 일이라 나는 늘 나물 요리에 탄복하곤 한다.

플라스틱 그릇이라면 1초에 한 개씩도 찍혀 나오는 데다 깨지는 일도 별로 없지만 도무지 썩지도 않는 반면, 도자기 그릇은 하나를 만드는 데 시간은 오래 걸려도 깨지면 결국 땅으로 돌아간다. 도자기 그릇이 흙과 물과 불의 단계를 거쳐 일상의 도구로 탄생하는 과정은 마치 텃밭에 뿌려진 씨앗이 따스한 햇살 아래, 또 때로는 거친 비바람 속에 그 모든 시간을 보내고서 마침내 토마토나 가지로 결실을 맺는 과정괴도 닮아 있는 듯하다. 땅에서 작물이 자라 열매가 열리듯 도자기 그릇들도 땅으로부터 자라나 열매가 되는 것처럼 느껴진다.

조물조물 흙을 만지며 형태와 용도를 구상하는 그 시간 속에서 나 또한 열매를 맺는 데 있어 어떤 역할을 갖고 있음을 깨닫게 된다. 그러면 내가 자연의 일부구나 하는 생각에 미치곤 하니 흙으로 무언가를 만드는 작업은 중요한 사실을 까먹지 않게 해주는 고마운 일이기도 하다.

내가 도예를 전문적으로 배웠다거나 이에 대해 해박한 지식이 있다거나 두각을 나타내는 실력이 있지는 않다. 그러나 어느 한 가지에 전문적인 실력을 갖추는 일도 중요하겠지만, 실력이 깊지는 않을지언정 살아가면서 필요한 것들을 자기 손으로 만들 줄 아는 것도 무척 중요하다고 생각한다. 이러한 부분은 '프로젝트 가치삶'에서 이야기하고자 하는 것과도 맞닿아 있다.

혼자. 집. 밥.

앞으로 어떻게 될지 모르겠지만 현재까지는 물레 작업이나 틀을 만들어 복제하지 않고 하나씩 손으로만 조물조물 빚어 만드는 방식을 이용한다. 그릇 하나를 만드는 데 시간이 조금 더 걸리기는 하지만 일부러 이 방식을 유지하고자 하는 이유는 가능한 두 손의 힘으로, 열 손가락의 느낌으로, 좀 더 몸으로 마주해서 만들어내는 과정을 담고 싶기 때문이다.

유년시절의 흙 만지기가 놀이 중 하나였다면, 지금의 흙 만지기는 놀이와 더불어 살아가는 내게 질문을 던져주는 듯하다. 또 다른 점이 있다면 쓰임새 등을 꼼꼼하게 신경 쓰게 되었다는 사실이다. 나름 꽤 오랜 기간 집밥을 지어 먹고 살아오면서 '이런 접시가 있었으면, 이런 컵이 있었으면…….' 하고 생각하던 것이 자연스레 도자기 작업으로 이어지고 있다.

아침마다 매일 커피를 내려 마시다 보니 따뜻함을 좀 더 오래 지속시킬 수 있는 두께의 서버가 있으면 어떨까 하는 생각이 들었고, 동시에 그 자체로도 컵으로 사용할 수 있도록 손잡이가 좀 더 편안했으면 좋겠다는 생각으로 서버를 겸하는 넉넉한 머그잔을 만들었다. 차를 자주 마시니까 찻잔은 양손으로 감싸쥐고 온기를 느낄 수 있도록 크고 두껍게 만들었다. 찻잎을 거르는 망은 내가 그동안 사용하던 것이 스테인리스 소재가 대부분이어서 도자기로 된 것이 있으면 좋겠다 싶어 만들게 되었다.

수저, 젓가락 받침도 만들었는데, 이는 그간 사용해오며 내가 느꼈던 불편함을 개선하기 위한 목적도 있었다. 받침들이 대부분 새침한 사이즈라 젓가락을 내려놓을 때 신경이 쓰였고, 숟가락, 젓가락을 같이 놓고 사용하기도 묘하게 불편했던 데다, 둘레가 둥근 젓가락은 엎어놓으면 굴러가기 일쑤라 어느새 접시 위에 올려두는 일이 더 많아졌던 것이다.

그릇을 만들 때도 용도와 크기와 디자인은 각기 다르지만 한쪽 면이나 혹은 위 테두리에 홈을 둬서 젓가락 받쳐둘 곳을 마련하는 식으로 내가 식사 때 원했던 부분들을 하나하나 적용시켜본다. 그러면 그런 부분이 또 자연스럽게 디자인적인 요소가 되어주기도 한다. 소스를 담는 종지들은 크기가 작기 때문에 대체로 무게가 가벼운 편이라, 고추장이나 쌈장 같은 소스를 찍어 먹을 때면 종지가 따라 들리기도 해서 작은 사이즈에 비해 두툼하고 묵직하게 만들었다. 이처럼 실제로 내 집 부엌에서 밥상을 차려내며 지나보낸 시간들을 바탕으로 천천히 조금씩 작업해나가고 있다.

도자기에 페인팅을 겸하곤 하는데 이 부분은 나의 개인적인 그림 작업에 초점을 맞추기보다 흙 작업이라는 것에 대해 내가 갖고 있는 의미나 자연의 느낌들로부터 벗어나지 않으려는 선을 지키고자 한다. 호흡을 가다듬고 입을 다물고 촉각을 세우고 세심한 정성을 기울이며 고요를 즐기게 되는 도자 작업을 하다 보면 이렇게 만들어진 물건들은 그 고유의 성질이 아마도 순하지 않을까 하는 생각이 자주 들곤 한다. 그도 그럴 것이 이처럼 명상에 가까운 상태에서 만들어졌으니 당연히 순할 수밖에 없지 않을까.

흙과 물과 불과 손으로 빚어낸 순한 그릇에 음식을 담으면 인스턴트식품일지라도 눈에 보이지 않는 영향을 주고받으며 음식이 조금은 순해질 것만 같다. 어떤 사람과 가까이 지내다 보면 서로의 말투를 익히게 되고, 웃는 얼굴은 다시 웃는 얼굴로 전해지는 것처럼 그릇과 음식이 닮아가는 상상을 해본다.

어느 날 문득 차려놓은 밥상을 가만히 바라보다가 이 음식과 이 접시까지 모두 땅에서 왔다는 사실이 새삼 놀랍고 신기하게 느껴졌다. 땅에 사는 모든 것들에게 저마다의 속도가 있다고 생각하면 내가 물레를 이용하지 않는 지금의 방식과, 많지 않은 양의 작업물이 '단단한 흙'의 속도인 것 같다.

말과 그림, 패브릭 포스터

생각에 대해 말할 때도 그렇지만 특히나 글로 적을 때면 내가 잘 알지 못하는 것에 대해 이야기하고 있는 건 아닐까, 그래서 괜한 오해만 빚는 건 아닐까, 후회할 소리를 하는 건 아닐까 생각하며 머뭇거리게 되곤 한다. 이런 머뭇거림 속에서 그럼에도 불구하고 용기 내어 글

에 그림과 바느질을 더한 작업을 하고 있다.

> '소중하게 여기면서부터 소중해지네.'
> '원치 않는 곳에 스스로를 오래 방치하기 말 것.'
> '가득보다는 충분히.'
> '행복은 형태가 아니라 상태예요.'
> '문득 궁금해질 때 안부 묻기를 미루지 말 것.'

이런 글귀들을 나의 서체로 적고, 그림을 그리고, 자수를 놓고, 채색을 하는 등의 작업을 더해 만드는 것이 말그림으로 이루어진 패브릭 포스터이다. 말그림 작업에 담긴 문자들은 생각이 바뀌고 나면 미래의 내가 부끄러워지거나 후회할 말들일지도 모른다. 하지만 이런 과정 없는 삶이 있을까? 나는 이 역시 '프로젝트 가치삶'에 포함될 수 있다는 생각이 든다.

내가 어떤 글을 어떤 생각으로 작업했는가의 여부도 중요하지만, 작품을 본 사람들이 각자의 입장과 처지에서, 그리고 저마다의 가치관과 이상 속에서 각기 다른 관점으로 이해하고 있다는 것을 전시를 통해 알게 되었다는 점이 인상적이고 의미 있었다. 가령 '원치 않는 곳에 스스로를 오래 방치하지 말 것.' 관련 작업물을 보고 많은 사람들이 직장 퇴사 문제와 연인과의 이별, 지금 자신이 처한 상황에서의 헤어나옴을 이야기하곤 했다.

사람들이 내게 왜 이런 작업을 하게 되었는지, 소위 작품 의도를 물어올 때면 또 조금은 다른 입장에서 개인적인 이야기를 할 수밖에 없다. 다름 아니라, 내가 어떤 감정이나 기분에 휩싸일 때 특히나 그것이 화, 우울, 원망, 분노를 향하고 있다면 그 감정 안에 나를 오래 방치하는 일은 피하고 싶고, 피해야 하지 않을 이유가 없다는 것에 대해 진지하게 생각했다고 말이다. 피한다고 표현하긴 했지만, 다시 말하자면 휩싸이도록 자신을 그곳에 두지 말자는, 그런 생각들 속에 나를 방치하지 말자는 의미와 다짐에 가깝다고 할 수 있다.

나의 경우, 이미 지난 시간을 떠올리고 곱씹을수록 더욱 괴로워지기만 했고 그에 따라 나의 하루는 물론 전반적인 일상도 당연히 흐트러졌으며 또 그런 반복은 주변관계에도 타격을 미쳐 원치 않는 생각과 감정은 사그라들 줄 몰랐다. 하지만 오랜 시간 그런 상태로 지내는 것은 스스로를 방치하는 일이며 명확한 답을 가진 문제도 아니라는 결론에 이르렀을 때 나는 아주 조금이나마 전보다 나를 방치하는 시간을 줄일 수 있었다.

이런 말그림 작업들이 과연 사람들에게 어떻게 다가갈까? 서로 맞닿아지는 지점이 있을까? 하는 궁금증과 고민이 일었던 동시에 한편으론 설렘도 있었다. 몇 해 전 전시에서는 인도 쪽으로 난 통유리에 '소중하게 여기면서부터 소중해지네'라는 제목으로 시트지 작업을 해서 붙였다. 행인들은 가던 길을 멈추고 바라보거나 사진을 찍었고 전시장으로 들어와 관람객이 되었다.

이 말과 그림은 봄이면 서둘러 꽃을 피워내는, 무수히 많은 그래서 어디서나 흔히 볼 수 있는 목련나무들 중 짝꿍네 집 마당에 있는 목련나무에 대한 나의 각별함에서 출발했다. '맞다. 소중한 것이 애초에 따로 정해져 있는 것이 아니라 내가 소중하게 여길 때에만 그때부터 소중해지는 거구나.' 하는 생각이 여러 과정을 지나 쓰이게 된 글귀다.

〈프로젝트 가치삶; 말그림〉의 이러한 작업들은 단순히 개인적인 생각에 지나지 않을 수도 있다. 그러나 누군가 이를 통해 자신의 삶 어느 구석을 떠올려보고 잊었던 것을 발견하게 될 때, 이 작업은 단지 나 혼자만의 생각은 아니게 될 것이다.

눈 둘 곳, 모빌

광고가 넘치는 버스나 전철 안, 간판이 즐비한 거리, 네모나고 목적이 있는 물건들이 가득한 실내, 풍경이라 불릴 것이 없는 듯한 창밖의 모습들…… 정신없이 생활하다 보면 무감해지다가도 문득 '아, 도무지 눈을 둘 곳이 없다.' 하고 생각할 때가 있다. 먼 산의 능선이나 풀한 포기, 하늘에 떠다니는 구름, 새들의 율동을 바라볼 수 있는 시간과 여건이 도시의 건물생활 속에 있다는 것이 쉬운 일은 아닐 것이다.

눈 둘 곳이 필요하다는 생각이 들 때에 나는 모빌이 떠올랐다. 바람결에 살랑살랑, 때로는 파르르 흔들리는 나뭇잎과 나뭇가지 등 움직임에는 절로 시선이 따른다. 그런 흐름을 바탕으로, 미적 감각을 발휘해 만들어진 것이 '모빌'의 첫 시작이 아닐까 하고 슬쩍 추측해본다.

아기들의 눈이 하염없이 모빌을 좇는 모습을 볼 때면, 옛날엔 밭일하는 부모님이 근처 나무 밑에 뉘여놓은 아기가 나뭇잎사귀의 흔들거림이나 구름의 움직임, 새와 나비를 호기심 어린 눈으로 바라보지 않았을까 하는 상상을 하게 된다. 아마도 재미와 편안함이 더 가득했을 거라고 말이다. 고양이가 흔들리는 나뭇잎파리와 떨어지는 빗방울을 주시할 때, 또 무엇에든 길게 시선을 고정해두는 모습을 볼 때면, 나도 문득 어딘가를 가만히 보고 싶어진다. 하루 중 대부분의 시간을 네모난 프레임 속에서 빠른 무언가를 보고 지내고 있다는 자각이 들면 급속도로 피곤함을 느낀다.

혼자. 집. 밥.

거리의 전광판과 지면광고, 휴대전화와 노트북, 티비 등등 각종 영상매체와 책이며 잡지, 홍보 전단지까지…… 의식하지 못하는 사이에도 전달하려는 목적이 있는 '무언가'를 보고 있는 것 같다. 대부분의 시간은 네모난 실내에서 생활을 하며 그 안에서 또 네모난 엘리베이터가 어디까지 왔나를 나타내는 네모난 숫자판을 보고, 그리고 네모난 계산대 화면에 적힌 숫자를 본다…… 이런 생활이 일상일 때, 시선 닿는 곳에 하릴없이 눈을 둘 수 있는 모빌, 또는 창가 근처에 풍경이 하나 있었으면 한다. 눈길을 둘 만한, 오래 눈길을 두어도 부담스럽지 않은 네모나지도 빠르지도 않은 것.

처음 만들었던 모빌 시리즈는, 무심히 바라볼 때면 문득 살면서 당연하여 까먹기 쉬운 것을 떠올릴 수 있다면 좋겠다고 생각했다. 그렇게 '공짜라서 까먹기 쉬운 것들/ 햇볕, 물, 땅, 바람'이라는 주제로 모빌을 만들었다. 햇볕과 물과 땅과 바람의 느낌을 정형화되지 않은 모양으로 뜨개질하고 바느질하고, 또 금속과 구슬 등을 혼합해 표현하려고 했고, 그렇게 만든 모빌들은 전시를 통해 여러 사람의 눈에 가닿기도 했다. 그중 판매된 모빌들은 아마도 누군가가 긴 시간을 보내는 실내에 자리를 잡고서 이따금씩 그 사람의 눈 둘 곳이 되어주고 있지 않을까. 그럴 때면 그들에게도 그동안 잊고 지내던 것들을 문득 떠올리게 해주었으면 하고, 그렇게 모빌이 제몫을 다하고 있기를 진심으로 바란다.

혼자. 집. 밥.

창문을 닫고 지내게 되니 바깥 풍경을 보는 일이 쉽지 않은 겨울이면 눈이 가 닿을 곳은 더욱 한정적이라 느껴진다. 그래서 겨울엔 진득이 모빌 작업을 해보자고 계획한다. 처음에는 자연에서 보고 느끼는 편안함을 여러 질감의 재료와 나의 시선으로 표현해보자고 시작한 것이었다. 느낌을 포함하려니 단번에 표현이 매끄럽지 않아 작업은 꽤 더딘 편이다. 하지만 작업 속도가 느리다고, 들이는 시간에 비해 성과(작업물의 수량)가 적다고 해서 멈추지는 말자고 다짐한다. 효율과 성과에 익숙한 일들에서 벗어나 만들어진 모빌은 단지 공간을 꾸미는 오브제나 용도를 가진 물건만은 아니게 될 것이라고 믿는다.

콘크리트 건물 안에서 대부분의 시간을 보내는 우리에게 모빌 하나를 멍하니 바라보는 일을 마련하고 싶다. 그리고 조용히 그 시선에 노크할 수 있다면 좋겠다.

2

돈이 흐르는 몇 갈래의 길

경쾌한 소비

내가 주로 장을 보는 곳은 크게 네 군데로 나눌 수 있다. 야채와 과일 등은 노점과 동네 시장에서, 빵과 달걀, 쌀과 잡곡, 기름과 두유와 두부, 라면, 시리얼 같은 것은 생협에서, 술과 버터와 치즈, 휴지 같은 공산품은 대형마트에서 산다. 그리고 몇 달에 한 번씩은 인터넷 쇼핑몰이나 외국 쇼핑몰을 이용하는데, 주로 공정무역 비정제원당(표백 가공을 하지 않은 설탕), 여성용품, 식물성 오일, 비누, 샴푸, 치약, 잼과 향신료 같은 것을 구매한다.

이런 방식으로 나누어 장을 보며 느낀 것은, 굳이 거창한 의지나

혼자. 집. 밥.

굳은 신념을 내세우지 않더라도 혼자 사는 1인 가구에 적당하고 합당한 소비를 할 수 있다는 것이다. 그런데 이 네 곳 가운데 1인 가구 장보기에 가장 적합하지 않다고 여겨지는 곳은, 많은 사람들이 여러 면에서 장보기가 편리하다며 주로 이용하고 있는 대형마트였다.

나는 보통은 외출하고 돌아오는 길에 간단히 장을 봐서 들어오곤 한다. 지하철 역 근처에 즐비한 야채 노점을 지나다 '파프리카가 두 개에 천 원'인 날이면 '야호' 하며 천 원짜리 지폐가 있는지 얼른 지갑을 열어본다거나, 늦은 시간의 귀갓길에는 '브로콜리가 세 개에 2천 원'으로 낮과는 다른 가격이 쓰여진 것을 보고 가던 걸음을 멈춰 장을 보는 식이다.

노점마다 국내산 마늘쫑이나 연근 같은 것이 보이면 제철인가 물어보고 사오고, 과일이 먹고 싶을 땐 바구니에 담긴 포도 두 송이나 딸기 한 팩, 감 다섯 개를 사오기도 한다. 이렇게 사들고 오는 야채와 과일은 자연스레 한 주의 식재료가 되는 동시에 우리 집 식사 메뉴가 정해지게끔 해주기도 한다. 이런 우연한 장보기는 따로 쇼핑할 시간을 내지 않아도 되니 편리한 데다 이것저것 카트에 담게 되는 대형마트에서의 낭비 또한 줄일 수 있어 여러 모로 알찬 방법이라고 느낀다.

대형마트는 거대한 냉장 시스템이 있는 데다 겨울에도 따뜻한 난방 장치를 가동하므로 수많은 종류의 야채와 과일, 심지어 수입 열대 과일까지 구비해놓고 판매하지만, 한여름의 무더위와 한겨울의 혹한에 그대로 노출되어 있는 노점과 시장은 계절의 영향을 온전히 받을 수밖에 없다. 그렇기 때문에 시장이나 노점에서 야채, 과일을 사다 보면 제철 재료란 어떤 것인지를 절로 배우게끔 하는 부분이 있다.

가령 노점마다 전부 똑같은 내놓은 품목이 있다면 그 야채와 과일은 제철일 가능성이 높은 것이다. 물컹한 저장 양파를 먹던 시즌이 끝난 것을 알리는 '햇양파'라고 쓰여진 글자를 볼 때면 그렇게 반가울 수가 없다. 또 생강이 언제 제철인지는 노점 바구니에 '햇생강'이라고 쓰인 글씨를 보고 알아챈다. 그러면 어느새 '생강을 많이 파네, 생강철인가 본데 저렴할 때 사다가 생강청을 만들어볼까?' 하는 생각으로 이어져 이전까진 엄두도 내지 못했을 그 재료들을 부엌에 들여와 열심히 생강 껍질을 벗겨볼 일이 생긴다. 감기 기운이 돌면 생강차를 마시고 아침엔 생강라떼 해먹어야지 하는 상상을 하며 생강 껍질을 까는 일은 마냥 귀찮은 일이 되지만은 않는다.

여기서 잠깐, 퀴즈! 대형마트와 바코드에는 없고, 시장과 노점에만 있는 것이 있다면? 정답은 '융통성'이라 하고 싶다. 노점과 시장에서는 융통성을 만날 수 있다. 북 찢은 종이상자에 매직으로 2천 원이라고 쓴 가격표를 내건 여름 가지는 일곱 개씩이나 한 묶음으로 되어 있어 혼자 먹기엔 많다. 그럴 때 "아줌마, 천 원어치만 주실 수 있어요?" 하면 세 개를 담아준다. "그냥 2천 원어치 하시지 왜." 하고 묻는 말에는 "혼자 살아서 다 못 먹을 것 같아요."라고 하면 내 말이 채 끝

나기도 전에 천 원어치 담아줄 비닐봉지를 뜯고 있는 그 융통성! 마트에선 결코 체험 할 수 없어 새삼 감동적이기까지 하다(무게나 개수로 판매하는 마트의 장점도 있지만 노점에 비하면 대부분이 비싼 편이다).

식재료를 판매하는 곳들 대부분이 혼자 먹기엔 많은 양을 묶어서 내놓는다. 그래서 밥 한 끼 해먹자고 장을 보면 결국은 버려지는 것이 많고, 더구나 그걸 처리하는 일은 더욱 번잡스럽기 때문에 밥을 해 먹지 않게 된다고 주변에서 많이들 얘기한다. 그 돈이면 한 끼 사먹는 게 낫다고. 틀린 말도 아니고 나 역시 그런 경험을 해봤다. 하지만 시장과 노점에 해결책이 있었던 것이다. 그리고 내가 쓰는 돈이 내가 사는 동네에서도 순환되어야 한다는 점 또한 무척 중요하다고 생각한다. 다만 몇 푼일지라도 그게 내가 사는 동네의 경제 순환에 포함되는 일이기 때문이다. 우리 동네 말이다.

대부분의 직장인들이 시내로 출퇴근을 하는 경우가 많고, 나도 주말 같은 때 주로 시내에 나가서 돈을 쓰게 되는데, 그러면 내가 사는 곳과는 상관없는 시내에만 돈이 모일 것 아닌가 하는 생각이 든다. 실제 사는 곳 따로 돈 쓰는 곳 따로, 이렇게 둘 사이의 간격이 벌어질수록 시내와 우리 동네의 차이는 점점 더 커질 것이고, 동네의 작은 가게들 또한 점점 더 설 자리를 잃어가지 않을까. 그렇게 되면 결국 남는 것은 동네의 일상과는 상관없는 획일화된 프랜차이즈들이 즐비하게 늘어선 풍경일 텐데 동네의 정서와 맛이 사라지면 나의 생활 또한 그만큼 획일화되어갈 게 눈에 선하다.

요즘은 자고 일어나면 프랜차이즈 카페든 떡볶이집이든 세탁소든 뭐든 하나씩 생겨나면서 이 동네 저 동네가 획일화의 그림자로 뒤덮이고 있는 것 같다. 주인 개개인의 역량보다는 본사에서 내린 그대로의 맛과 지침들이 소비와 생활의 질을 하향평준화하고 있다는 생각도 든다. 그래서 동네에서 돈이 도는 일에 대한 생각은 나의 신념과 가치에 대치하는 문제로 자리잡게 되었다. 아침 일찍 시내로 나가 직장에서 돈을 벌고, 저녁이면 다시 시내에서 약간 떨어진 집으로 돌아와 인터넷 쇼핑을 즐기고, 주말엔 또다시 시내로 외출하여 지출을 하는 일이 일반적인 소비 패턴이 된다면 과연 내가 사는 동네가 '우리 동네'가 될 수 있을까 싶다.

이런 지출들이 모이면 결국 내가 필요로 하는 것, 이용하고 싶은 곳이 시내에 응집될 수밖에 없으니 결국 나는 불편해진다. 게다가 경제 흐름이 한쪽으로만 쏠리는 현상에 일조하는 셈이 된다고 생각한다. 소비가 시내로 몰리면 직장 또한 시내에 생겨날 텐데 그럼 우리는 여전히 피곤하게 시내로 일을 하러 가야 하고, 동네와 떨어진 번화가로 선약을 잡는 일이 반복될 것이다. 이런 패턴이 계속되는 사이 지역의 불균형이 더 견고해지는 것은 당연하다. 나는 과연 이런 현상을 바람직하다고 볼 수 있을지 모르겠다.

그런 면에서 볼 때 동네의 노점과 시장에서 주로 장을 보는 이 소비 구조는 확실하고 경쾌해서 좋다. 내가 건넨 3천 원은 우리 동네, 혹은 그 근처에 사시는 어느 상인 아주머니의 주머니 속에 바로 들어간다. 원가와 경비를 제외한 이윤은 다시 아주머니가 점심에 배달시키는 음식 값이 될 것이다. 이렇게 상상하면 소비가 한결 산뜻하게 느껴진다.

반면 대기업이 운영하는 대형마트의 구조는 몇 가지 편리함을 제공하지만 이만큼 경쾌하고 심플하지는 않아 보인다. 나는 판매자와 소비자 모두에게 좀 더 흡족한 소비가 길 위에, 또 우리 동네 작은 상점에 있다고 생각한다.

떡볶이부터 시작해 호떡이며 찐빵과 만두 등 주전부리할 것들이 많은 시장에 갈 때면 오늘은 뭘 먹을까 들떠서 일주일치 양식을 손에 든 장바구니는 가뿐하기만 한다. 무거울 만치 사지 않으니 그것도 과 소비를 절로 막아주는 장치가 되는 것 같다. 동네 곳곳에 참새방앗간을 여러 곳에 두고 있는 재미가 쏠쏠하다.

시장에서 먹는 따끈한 찹쌀도넛과 호떡의 맛이란! 그럴 땐 도넛을 튀겨낸 기름이 GMO인 것도, 빵의 재료가 수입산 흰 밀가루라는 것도, 표백한 백설탕을 온몸에 바르고 있다는 사실도 슬쩍 접어두고 신나게 먹는다. 그렇게 입 주변에 묻은 설탕을 털며 집으로 돌아온다.

대형마트에서 살아남기

평소 술집에 가는 것보다 밥집에서 술을 곁들여 식사하는 걸 몹시 좋아하는 나는 집에서 반주를 곧잘 즐긴다. 요즘은 '혼술'이라고도 불리지만 나에겐 그냥 밥 먹을 때 반주 한 잔씩 하는 것으로 아침의 커피처럼 일상적으로 지내왔던 한 부분이다. 그래서 두 달에 한 번 정도는 슈퍼나 편의점에서 팔지 않는 술을 사러 대형마트에 가게 되는데 버터와 치즈도 살 겸 겸사겸사 장을 보러 나선다.

이사 오기 전 집 근처엔 대형마트가 있었는데 이제는 버스 타고 다섯 정거장쯤 가야 해서 마트에 가는 횟수는 더더욱 줄었다. 술도 온라인 구입이 된다면 대형마트를 갈 일이 없을 텐데! 하고 아쉬워하지만, 그래도 가끔 가는 마트의 재미가 있다. 1+1이나 특가 행사 제품은 마트의 꽃 아닐까 싶지만 긴장을 놓는 건 금물이다. 대형마트에서

장을 보는 건 서바이벌 게임 같은 구석이 있어 딱 살 것만 사가지고 나오자고 마음을 단단히 먹고 들어서거나, 뭐가 있나 죽 한번 둘러보고 싶을 땐 마트 입장과 동시에 휴대전화로 한 시간 타이머를 맞춰두고 장을 보기도 한다.

창문으로 시간을 가늠해볼 수 있는 구조도 아닌 데다 머리가 아플 정도로 쨍하게 밝은 형광등과 넘치는 물건과 갖가지 소음 속에 있다 보면 정말 정신이 없다. 내가 지금 얼마나 피곤한지조차 감이 잘 오지 않는 각성 상태 같아서 나는 애초 휴대전화 알람의 도움을 받는 것이 편하다. 마트에 오래 있다 보면 그야말로 심신이 무척이나 고단해지는데도 이왕 온 김에 살 거 다 사서 가야지, 꼼꼼하게 둘러봐야지 하는 욕심으로 꾸역꾸역 계속 있게 되길래 고안한 방법이다.

마트에는 또 한 가지 애로사항이 있다. 근데 이건 나만 그런가? 시장에서는 그다지 그런 일이 없었던 것 같은데, 우리 커플은 같이 마트에 갈 때면 서로 기분이 상하는 경우가 잦다. 마트에서 큰 카트를 끌고 다니다 보면 카트 크기만큼 사게 되는 전략에 넘어가 이것저것 담게 되기 쉽다. 그렇게 쇼핑을 하다 보면 나는 여지없이 짝꿍에게 '그거 꼭 사야해? 이건 너무 비싼 거 같지 않아? 몸에 좋지도 않은 걸 또 사? 다른 거 사면 안 될까?' 하는 잔소리 아닌 잔소리를 하게 되어 서로 마음이 상하곤 하는 것 같다. 시장에 갈 때도 그렇지만 마트에 갈 때는 더더욱 구매 목록을 잘 적어 가는데, 그렇다고 딱 그것만 사면 또 너무 재미없고 서운하니까 서로에게 한두 가지 정도는 허락한다.

깨알같이 적혀 있는 성분 구성을 하나하나 따지지 않아도 되고, 가격을 비교하지 않아도 믿을 수 있다면 얼마나 좋을까. 과대포장 때문에 용량을 확인하는 일도 없는, 대강 집어 들어도 되는 쉬운 쇼핑이 가능하다면 속편하고 쓰레기도 줄고 얼마나 좋을까. 마트 장보기를 하다 보면 나도 모르게 한탄이 여러 번 새어나온다. 그러나 그렇게 되기까지는 지금의 이런 꼼꼼하다면 꼼꼼하고 귀찮다면 귀찮을 수 있는 살피고 비교하고 선택하는 과정이 필요할 것이다. 내가 바보 소비자인 걸 원치 않으니 귀찮아도 물건 뒷면을 볼 수밖에.

포인트 적립카드는 당연하고 통신사 할인이니 세일 쿠폰이니

혼자. 집. 밥.

1＋1이니 하는 것을 최대한 활용하려 하지만 이건 꽤 피곤한 일이다. 그래서 장을 보다 보면 마트라는 곳은 정신 차리고 지갑과 신념을 꼭 쥔 채 살아서 나가야 하는, 승패가 확실한 게임의 일부처럼 느껴지기도 하는데 이 게임에서 이길 때가 더 많아 다행일 뿐이다. 웬만하면 살뜰하게 지출하는 것이 마음에도 찜찜함이 남지 않아 쇼핑이 즐겁게 마무리된다.

이 글을 쓰고 있자니 5만 원권 마트 상품권을 선물받은 것이 생각난다. 알람을 켜고 조만간 마트로 출동해야겠다. 이번 게임에도 이겼으면!

3
밥의 기도

'돌아봄' 혹은 '떠올림'

밥에 대한 기도라니, 거창하게 느껴질 수도 있지만 내가 밥 먹기 전에 하는 기도는 쑥스러울 만치 단순하다. 그 기도라는 게 별다른 것이 아니다. 이 세상에 공짜라서, 당연해서 잊기 쉬운 것들, 그러니까 햇살, 바람, 물, 공기, 땅과 같은 자연을 떠올려보고 너무 당연해서 의식하지 않고 지내기 일쑤이던 그 소중함에 대한 고마움을 갖는 것만으로도 충분하지 않을까.

단지 돈을 지불했다고 해서 당연히 먹을 수 있는 것이 '밥'이 아니고, 또 때 되면 당연히 먹는 것이 '밥'이 아니라는 걸 다시 한 번 '상기'

혼자. 집. 밥.

2017, on canvas, 53×65

하려는 노력, 이게 나의 기도이다. 빵 한 조각을 먹더라도 익어가는 밀밭으로부터 시작해 설탕이 되는 사탕수수 밭과 일하는 사람들을 떠올려보며 그 과정을 인식해보는 것, 그 자체가 곧 나의 기도라고 할 수 있다.

촉촉한 땅, 신선한 공기, 맑은 물, 따스한 햇살, 서늘한 바람, 또 사람들의 수고로운 손길로 이루어진 빵이 지금 내 눈앞의 접시 위에 놓여 있는 거라고 상상하면 일순간 식탁의 모든 음식들은 경이로워진다. 냉동만두 같은 인스턴트식품일지라도 다를 바가 없다. 밀가루 만두피를 포함해서 만두를 꽉 채우고 있는 소의 재료들, 그리고 거기다 콩알 하나가 흙에서 자라나는 것부터 시작해 그 콩이 간장이 되는 긴 과정, 그 전부를 떠올려보자면 어느 하나 세심하지 않은 부분이 없다. 이러하니 음식 하나하나를 대할 때마다 나의 기도는 길어질 수밖에 없다. 이런 기도는 감상적이지 않다.

수많은 작용들, 노력들, 이치들, 눈에 보이지 않는 공기며 미생물까지도 각자 자기 자리에서 모두 힘씀이 있어야 우리는 한 그릇의 밥을 비로소 마주하게 된다는 사실! 그저 그 사실을 떠올린다는 자체만으로도 저절로 기도가 되는 셈이다. 내가 밥 먹기 전에 하는 기도는 '돌아봄'이나 '떠올림'이라고 불러도 될 것 같다.

나는 종교가 없지만 어떻게 보면 헤아릴 수 없이 많은 종교를 갖고 있다고 할 수도 있을 것이다. 또 종교는 없지만 기도에 관한 믿음은 있다. 어떤 특정한 신을 향해 원하는 바를 이루게 해달라고, 나를 어여삐 여겨 돌봐달라고 하는 구복의 믿음이라기보다 그냥 기도가 가진 힘에 대한 믿음.

세상에 태어나 밥을 먹지 않고 사는 사람은 없으니 그런 의미로 본다면 특히 밥을 먹을 때의 기도는 종교와 상관없이, 누구에게나 다분히 현실적인 부분이 아닐까. 지인들이나 '혼자집밥' 블로그를 방문하는 사람들이 나의 기도를 예쁜 시선으로 봐줄 때면, 내가 특별히 착실해서도 아니고 마음이 고와서 그런 것도 아닌데 싶어 조금은 민망하다.

혼자. 집. 밥.

'밥'에 대한 예의

단순히 내 힘으로 돈을 벌어 그 돈으로 내가 먹고사는 것이라고만 생각한다면 그건 어떤 면에서 굉장히 큰 오만일 수 있다는 생각을 한다. 이 같은 사실을 떠올리게 되는 것은 매일매일 마주하는 밥상 앞에서일 때가 가장 많다. 〈프로젝트 가치삶; 혼자집밥〉 블로그에 포스팅을 할 때 재료나 음식의 출처를 꼭 함께 적는다. 예를 들면, 된장은 OO에게 얻은 거, 훈제닭가슴살은 OO이 준 거, 와인은 전시 때 OO에게 선물받은 거, 국물용 멸치는 엄마가, 떡은 윗집 할머니가, 아몬드와 땅콩은 짝꿍이 줬다는 '사실'을 적다 보면 내가 살면서 얻어먹는 음식이 생각보다 훨씬 많다는 걸 알게 된다. '누구로부터 왔다, 누가 줬다.' 하고 몇 글자 타이핑하는 일은 또한 내가 기도를 하는 시간이 된다.

오늘도 나의 식탁은 얻은 재료와 음식들이 한몫을 하며 한 끼가 차려졌다. 그럴 때 '밥 먹기 전 기도'는 특별한 기도문 없이도 고마운 것을 고맙다고 인식하는 것만으로 절로 기도가 될 수 있구나 싶다.

가끔 언짢거나 화가 나 있거나, 우울하거나 길을 잃은 듯 막막한 심정으로 밥을 먹을 때엔 나도 모르게 기도가 바뀌어 있다. 꿋꿋하고 정직하게 자란 재료로 만들어진 이 음식들을 꼭꼭 잘 씹어 먹고, 이 재료들을 닮아가겠다고. 좋은 에너지를 받아서 나도 기운을 차리겠다고. 그 힘을 모아 다시 나를 세우는 데 쓰겠다고.

혼자, 집, 밥.

밥 앞에서 하는 기도의 바탕은 비슷하지만 이야기는 그때그때 달라지니 여기서 재미를 느끼기도 한다. "이렇게 되게 해주세요, 저렇게 되게 해주세요." 하는 요청이 아니라 사실적 근거를 읊어 내려가는 기도라면, 어떤 종교를 가졌느냐는 아무런 상관이 없을 것이다. 이런 기도는 어떤 말로, 어떤 방식으로 행해지든 나에게만 좋고, 누구에게는 해가 되는 그런 일은 없을 것 같아서 마음이 부담스럽지 않다. 그러고 보면 종교가 있든 없든 밥을 먹고 사는 일은 누구한테나 같으니 우리는 이미 '밥'이라는 하나의 공통된 '신'을 믿고 의지하고 있는지도 모르겠다.

'한 방울의 물에도 천지의 은혜가 스며 있다'는 말이 단순히 글로 존재하는 것이 아니라 '그래, 정말 그렇지.' 하고 고개를 끄덕이게 되는 순간, 이 세상이 어떻게 신비롭지 않고 이 밥이 어떻게 귀중하지 않을 수가 있을까. '한 알의 쌀에도 모든 정성이 깃들어 있다'는 것을 떠올릴 때에 밥 한 공기는 '공기밥'으로만 볼 수가 없다.

이 음식들 헛되지 않게 고맙게 먹겠습니다, 정말 고마워요, 하는 기도는 어떤 대상을 두고 올리는 신실한 믿음의 말이라기보다 어쩌면 '예의'에 더 가까운 것일지 모른다. 매순간 이렇게 살아지지는 못하더라도 하루 두세 번, 밥을 먹을 때 갖는 이런 마음가짐은 살면서 잊지 말아야 할 것을 잊지 않도록 연결해주는 끈 같아 나는 종종 안도감마저 든다. 당연하지 않은 것을 당연한 줄 착각하지 않게 해주는 끈!

'기도'라고 입 밖으로 소리 내어본다. 걸림도 부딪힘도 무거움도 애씀도 없이 발음되는 것에 왠지 뭉클하다.

식탁에서 듣는 씨앗의 노래

씨앗은 발아하고 자라난다. 씨앗에게는 인간이 먹을 수 있는 것으로 자라려는 목표가 있지 않더라도 그것은 제가 가진 온 힘을 다해 성장한다. 거기에는 누군가의 생명을 유지시키게끔 하는 큰 역할이 뒷받침되어 있기도 하다. 씨앗을 뿌릴 수 있는 사람과 없는 사람, 잡초라고 불리는 풀들 가운데서 식용을 가려내는 사람과 그렇지 못한 사람 중 어느 쪽이 자신과 남에게 도움을 줄 수 있을까, 또 어느 쪽이 학식과 교양을 가진 사람일까 하는 질문을 나는 자주 갖는다. 무엇이 '기본'인지에 관해 알고 모르는 것, 기본을 아는 사람과 모르는 사람의 삶은 전혀 다르게 펼쳐질 것이라는 의미에 가까운 질문이다.

일상적으로 당연하게 먹는 음식들과 부엌의 지혜라고 볼 수 있는 것들 모두가 바로 그 '기본'에서 시작되지 않았을까. 하지만 농업과 사육이라는 식량적 측면 이전에 어떤 동·식물도 애초부터 인간의 양식이 되기 위해 태어나지 않았을뿐더러 사람을 '위해' 태어나 자란 것이 아니라는 생각이 들면 지금 내 앞에 놓인 밥상 앞에서 절로 마음이 수그러든다. 그럴 때면 더더욱 긴 기도를 하고 싶다.

혼자. 집. 밥.

감사의 기도는 어떤 모습, 어떤 내용이든 여러 곳에 가 닿을 거라고 믿는다. 하지만 사실 가 닿는지 아닌지 확인할 길은 없으니 '나는 그냥 기도를 하고 먹는 편이 그렇지 않은 것보다 좋다'고 말할 수밖에 없는 정도다. 그래서 누구에게 선뜻 같이 해보자는 말은 하지 않지만 같이 하면 좋을 텐데 하는 바람은 가지고 있다.

매일 아침 커피를 내리면서 때때로 이 원두가 애초에 열매 맺었을 커피나무를 떠올려본다. 어느 하늘 아래에서 우기와 건기를 보내며 꿋꿋이 태양과 비를 마주했을 나무, 그리고 열매 속 싸여 있던 씨앗이 지금 내가 마시려는 커피 원두의 모습이 되기까지 거쳤을 숱한 과정과 손길들이 잇따라 그려진다.

열매를 따는 사람, 볶는 사람, 포장하는 사람, 그리고 운반하는 사람과 판매하는 사람까지, 내가 구입한 원두로 인해 그들 중 어느 누구도 아프게 하거나 못살게 구는 일은 결코 없었으면 좋겠다고, 내가 매일 아침 커피 마시는 행복을 누리듯 이 커피와 조금이라도 관련된 사람 또한 그런 아침을 맞을 수 있었으면 좋겠다고 생각한다. 이렇게 기도하면서 새로 구입한 원두에 대한 기대와 함께 얇은 물줄기로 쫄쫄쫄 내려 먹는 아침 커피는 맛있다.

음식으로 시작되는 기도가 참 재밌는 것은 갈수록 생각의 범위가 넓어진다는 점이다. 자연에 대한 감사뿐만 아니라 공정무역과 좀 더 나은 소비에 대한 생각을 하지 않을 수 없게 되었다. 밥상 앞에서 마음이 급해 기도를 짧게 끝내고 어서 젓가락을 들고 싶을 때도 종종 있지만, 어떤 때는 밥 먹기 전 두 손을 모으고 잠시 눈을 감는 것만으로도 차분해진다. 그렇게 기도를 마치고 눈을 뜨면 눈앞의 음식들이 기도 전과는 사뭇 달라 보인다.

선택의 여지가 없는 상황에서 서둘러 끼니를 때우기 위해 인스턴트식품이나 패스트푸드를 먹는다든가, 성분을 따져본다면 건강에 별로 좋을 것 없는 음식을 먹을 때일수록 기도가 좋은 작용으로 중화될 수 있다는 어떤 믿음도 있다. 음식이 단지 성분만으로 이루어져 있는 고정된 물체는 아니기에 이 음식들이 주린 배를 채워주는 고마운 존재라는 마음을 갖고 먹으면 음식의 성질마저 조금 바뀌지 않을까 하는 생각에서 오는 믿음이다. 여럿이 나누어 먹는 행위와 선한 말과 행복한 마음이 내는 분위기는 음식의 기운을 좋게 바꾼다는 것이 과학적으로도 일리가 있다고 하니 개인적인 생각으로만 여겨질 일은 또 아니지 않을까.

지켜지지 않을 때도 더러 있지만 '라면은 한 달에 두 번만 먹자'라는 스스로의 룰을 정해놓고 실천하는 편이다. 가끔 정말 생각날 때 맛깔나게 먹는 라면은 먹고 난 뒤 속이 부대낀다거나 갈증이 심하지도 않고, 기분 좋은 포만감만 남아서 한 끼 잘 먹었다 싶다.

'내가 먹는 음식이 나를 만든다'는 식의 말들이 자주 다뤄지는데 이 말은 나만 잘 먹으면 된다는 뜻도 아닐뿐더러, 직역에는 오역이 있

혼자 집. 밥.

으니 잘 생각해봐야 할 구석이 있을 것이라 본다. 넉넉지 않은 상황에서 여러 사람 배불리 먹을 수 있는 수입산 흰 밀가루로 부친 부추전이 마냥 나쁜 음식일 리만은 없을 터이고, 붕어빵 천 원어치를 나누어 먹는 한겨울의 즐거움과 온기가 나의 몸을 해칠 리 없다고 생각한다. 음식의 성분, 그리고 그 재료가 자란 환경과 질도 중요하지만 다른 중요한 것이 또 있다고 말이다.

10월의 어느 날인 오늘, 우리 집 아침 메뉴는 냉동실에 저장해놓은 통밀빵을 찜기에 넣어 말랑하게 해동한 것과 버터, 꿀, 그리고 조금 남아 있는 브로콜리와 피망에 약간의 소금만 톡톡 뿌려 볶은 뒤 치즈 한 장을 손으로 툭툭 찢어 올려 야채들의 잔열로 녹이고 통후추를 드르륵 갈아 얹은 간단한 야채볶음, 아몬드 몇 알, 거기다 넉넉한 커피 한 잔이었다.

이런 밥상 앞에서 손을 모은 밥 먹기 전 기도는 처음 통밀이 자란 밀밭의 풍경으로 향해 밀이 여물어가는 형상을 떠올리게 했다. 소신 있게 100% 통밀빵을 만드는 작은 빵집 사장님 내외의 손길도 떠올렸다. 이어 빵에 발라 먹으면 행복해지는 맛의 버터를 생각하자 젖소와 우유가 떠오르면서, 그러니까 그 우유가 사실 자기 새끼 주려고 비축해둔 젖으로 만들어진 것이라는 사실에 좀 겸연쩍고 고마웠다. 그리고 젖소가 먹는 풀과 그 풀이 자라고 마르고 하는 동안의 모든 계절의 순환이 실로 엄청나게 느껴졌다.

꿀이란 또 얼마나 많은 꽃즙 응축인데 이렇게 내가 퍽퍽 퍼먹을 수 있나 황홀해하면서 꿀벌과 꽃들을 떠올려본다. 꽃을 한 송이 피워내는 그 과정까지 훑으면 기도가 너무 길어질 것 같아 엄마가 선물받은 꿀을 다시 내게 건네준 엄마에 대한 고마움으로 돌렸다.

짝꿍과 내가 가꾸는 손바닥만 한 텃밭에서 마지막일 테지 하고 수확해온 피망이 프라이팬에 치즈를 얹은 채 뉘여 있는 모습을 보고는 모종 때부터 지금까지 자라는 전 과정을 내가 다 지켜보았다고, 잘 돌봐주지 못했는데 그래도 혼자 온몸으로 비, 바람, 볕 맞이하고선 이렇게 나의 한 끼가 되어주어 고맙고, 좀 질기지만 넌 멋진 맛이라고 마음속으로 말했다.

그리고 매일 아침 내가 이렇게 맛있는 커피를 마실 수 있는 것은 어딘가에서 힘들게 일하는 노동자들이 있기 때문이기도 할 것이다. 그런 사실을 외면할 수가 없기에 늘 머쓱하게나마 공정하고 정당한 대가를 치르는 원두를 구입하겠다는 다짐과 더불어 감사의 마음을 진하게 담는다. 아차, 또 있다. 원두 판매하는 곳에서 이번 달 무료배송 쿠폰을 준 것도 땡큐! 집에 앉아 편하게 택배를 받을 수 있는 것에도 땡큐땡큐!

기도의 마음을 글로 쓰자니 마치 내가 두 손 꼭 모으고 입술 사이로 웅얼거리며 국이 다 식도록 오랜 시간을 할애하는 것처럼 보일 수도 있겠다 싶어 민망하다. 사실 이미지화되는 생각과 마음을 읊는 말의 속도는 꽤 빨라서 나의 기도는 시간으로 따지자면 그리 길지 않은 데 말이다. 그리고 매번 이렇듯 구체적으로 기도하는 것도 아닌데, 이야기를 하다 보니 여기까지 오게 되었다.

내가 먹는 이 음식이 단지 돈과 맞바꿔진 무엇이 아닌 모든 것과 연결되어 있다는 사실을 한 번쯤 인지해보는 것, 그것을 나는 기도라고 부르는데 해보니 엄청 좋고 그래서 앞으로도 쭉 하게 될 거란 이야기를 전하고자 했던 것이 괜히 거창해지진 않았나 싶다. 하지만 상상이란 언제 어디서든 돈 한 푼, 기계장치 하나 없이 가장 화려한 그림과 영상을 보는 일이 될 수 있기에 밥 먹기 전 이런 기도는 매우 재밌고 흥미롭기도 하다고 덧붙이고 싶다.

'이 세상의 모든 것을 길러내는 땅을 떠올리고, 숨결을 틔워주는 바람의 느낌을 상상하고, 때 되면 목을 축여주는 단비가 내리는 풍경을 그려보고, 어느 곳이든 누구에게든 공평하게 매일 비추는 해와 그 쾌적한 따스함을 상상하고, 이 음식이 만들어지기까지 수많은 사람들의 손길과 수고들까지. 이렇게 이루어진 합작품을 맛있게 먹을게요. 고마워요. 잘 먹겠습니다!' 내가 자주 떠올리는 기도의 마음과 생각의 윤곽은 이 정도이다.

음, 간략히 다시 써본다고 했지만 막상 쓰고 보니 어쩜 이리 장황하게 느껴지는지…… 하지만 해보면 안다. 기도는 금방 끝나고 밥은 더 맛있어진다는 걸!

4

○

저마다의 길

나에게 고맙다

나는 4년 가까이 가게를 운영한 적이 있다. 가게를 시작할 때 스스로에게 한 가지 약속을 했다. '잘 되든 안 되든 3년만 하자. 설령 가게가 잘된다고 하더라도 딱 3년만 하고 접자. 그림 작업을 계속 해나갈 수 있는 최소한의 기반을 만들고, 내가 살아가고자 하는 삶의 방향으로 나아가기 위해 돈 욕심이 나더라도 홀리지 말고 딱 그 정도에서 멈추자. 또 잘 안 되더라도 금세 실망하지 말고 3년은 가게를 유지해보자.' 그러고서 가게를 운영한 지 몇 달이 지났다. 그때 나는 다시 한 번 마음을 가다듬었다. '벌이가 약간 늘었다고 내 소비의 패턴이나 방향이 달라질 이유가 없다. 앞으로 버는 만큼 씀씀이가 커지는 걸 가장 조심해야 한다. 그 굴레에 빠지면 내가 3년 뒤 가게를 마무리하려 해도 결코 빠져나가기 어려울 것이다.' 몇 번이나 나에게 말하고 또 말했다.

출퇴근 지옥철은 타지 않았지만 나 역시 출퇴근이 쉽지 않았다. 혼자 운영하기 때문에 자유로운 반면, 모든 걸 책임져야 했다. 매일 여러 사람을 만나고 다양한 상황을 맞닥뜨리는 것으로 치자면 웬만한 직장 못지않았다. 여기에 일일이 나열하기 어려울 만큼 여성으로서 가게를 혼자 운영하는 데는 힘들었던 점도 물론 많았다. 그러나 돌이켜보면 배운 점이 훨씬 많았던 것도 사실이다. 가게가 주인 혼자 잘나서 되는 게 아니라는 것, 크건 작건 사람들은 서로 많은 도움들을 주고받으며 산다는 것, 그러니 자만할 일이 없다는 것을 알아가는 시간이었다.

그렇게 1주년을 맞으며 돌잔치를 했고, 매년 무사히 지내오게 된 것을 다 함께 모여 축하하기 위해 잔칫날을 만들었다. 도움과 관심을 준 이들에게 조금이나마 보답하자는 뜻이었는데 그 잔치라는 게 또 여러 도움을 받아 이루어졌으니 참······.

끝내주는 대박집은 아니었어도 꽤 장사가 잘될 때, 소위 안정적으로 자리를 잡았던 3년 차 되는 해, 3주년 잔치를 즐겁고 왁자지껄하게 마치고 나는 아무에게도 말하지 않고 가게를 부동산에 매물로 내놓았다. 막상 가게를 접는다고 생각하니 가슴이 쿵쾅거리면서 미래에 대한 불안감과 함께 작가라고 하는 내적 소속감이 아닌, 사장이라고 하는 외적 소속감이 자꾸만 들러붙었다. 망설여졌다. 더욱이 개업을 하고 1년 안에 문을 닫는 가게가 90%가 넘는다는 사실을 감안하면 아깝다는 생각이 들었으니 확실히 쉬운 결정은 아니었다.

'딱 1년만 더 운영해볼까, 그러면 경제적으로 좀 더 안정되니 앞으로 그림 작업을 하는 데도 도움이 될 텐데…… 내가 이 시점에서 가게를 접는 이유가 멀리 보는 혜안에서가 아니라 단지 나와의 약속을 지키려는 고집 때문만은 아닐까?' 스스로에게 자꾸 되물었다. 이런저런 생각들이 나를 부추기는 것만 같았다. 조금 더 가게를 붙들고 있으면서 물질적 안정을 추구하고, 소속감이 없는 데서 오게 될 정신적 불안감에 대한 정당한 이유들을 찾으려 했다.

하지만 이런 상태로 더 있다가는 그만두는 시점이 1년 후가 될지 2년 후가 될지 알 수 없을 노릇이겠다 싶었다. 그렇게 되면 그림 작업에 필요한 시간은 점점 부족해지고, 결국 왜 가게를 시작했었는지, 나는 무엇을 하며 어떻게 살고 싶었는지 잊을 것만 같았다. 일터와 집을 오가는 속에서 가끔씩 돈으로 누리는 편의들이 내 생활에 들어와 인생을 송두리째 집어삼킬 것을 상상하면 끔찍했다. 때문에 다행히 나는 당장 부동산으로 갈 수 있었다. 나의 선택은 지금 돌아보아도 후회가 없을뿐더러, 천만다행이라고까지 여겨진다.

혼자. 집. 밥.

'시간은 끝이 있다. 아무리 많은 돈을 준대도 단 1분조차 살 수 없다.' 삶의 모토가 되는 가치 기준을 갖고 있지 않았다면, 돈과 시간을 맞바꾸었을지 모른다. 그렇게 되도록 내버려두지 않았던 그 시절의 나에게 고맙다.

삶의 결을 따라서

가게를 운영하던 몇 년 동안은 나와 비슷한 가치관이나 직업, 관심사를 가진 친구들이 아닌 다양한 사람들을 만나보는 경험이었다. 세상을 전과 다른 눈으로 보기도 하고, 세상을 알게 되기도 하고, 사람 심리에 대해 궁금해지기도 했던 그때는 또 사는 것에 대해 의문을 품게 했다. 이런 것들이 내가 그림 작업을 하는 데 바탕이 되었다고 느낀다. 더불어 그 기간은 나의 생각과 감각이 익어가는 데 큰 부분을 차지하는 중요한 시점이 되었다고도 말할 수 있을 것이다. 그러니 더더욱 사장으로 불리던 그때의 경험은 작가로서 행하고 있는 내 작업과 어느 지점이든 연결 고리가 있어서 별개의 것으로 떨어뜨리기란 무리인지도 모른다.

나이가 몇이든 지나온 인생을 뒤돌아본다고 생각하면 굵직한 몇 개의 에피소드와 큰 단락들로 이루어진 것 같지 않을까 싶다. 하지만 실상은 대수롭지 않은 일, 그다지 가치와 의미를 두지 않았던 일들까

○

2015, on fabric, 32×49

지도 하나하나 전부 관계를 맺고 있으며 그 모든 것들의 영향과 영감으로 현재의 내가 있는 것이 아닐까 하고 진지하게 생각해본다. 지난 시간들을 뭉뚱그려 과거라고 말하지만, 이 글을 쓰고 있는 지금 이 순간조차 삶에 연결되지 않는 지점은 없을 것이다. 그렇게 여기자면 나의 하루는 당연한지, 지금 나는 어떠한지 확인해봐야 할 것 같아진다.

어쩌면, 그림을 업으로 두지 않았다면 나는 과연 가게라는 공간을 유지할 수 있었을까? 멋지고 아니고를 떠나 고유의 색깔을 지닌 채 만들어질 수 있었을까? 그렇지 않다면, 가까스로 문을 열었지만 1년 안에 문을 닫은 90%의 가게 중 하나가 되지 않았을까 생각한다. 또한 장사가 잘되었다 하더라도 내가 그림을 인생의 업으로 삼고 있지 않았다면 원하는 삶의 모습이 단지 돈을 버는 일인가 싶어 나는 가슴 깊이 방황했을지 모른다. 그래서 일과 나 사이의 괴리감으로 돈의 부족함은 없을지언정 마음의 공허에 더 많이 힘들었을 거라고, 미루어 짐작해본다. 아마도 내가 경험한 만큼의 나를 보자면 무리는 아닌 생각일 터이다.

또 그 이전에 내가 부모님이 주신 돈으로 풍족해서 그 숱한 아르바이트를 거치지 않고 작업실에만 있었다면 어떨까? 그림의 기술적인 스킬은 늘었을지 모르겠지만 정작 그림을 그리는 데 바탕이 된다고 여기는 이해와 마음은 좁기만 해서 되레 그림의 본질과는 거리가 멀어졌을지 모른다는 생각이 든다. 또한 아르바이트를 하며 간단한 음식과 칵테일, 운영의 노하우 등을 자연스레 익히게 된 시간들이 없었다면 내 가게를 오픈할 엄두도 내지 못했을 것이다. 그러니 사장이라는 역할 또한 해낼 수 있었을지는 한없이 미지수이다.

그리고 내가 1인 가구로 살면서 집밥을 해먹는 대신 간단히 끼니를 때우거나 외식으로 연명했다면 새벽까지 일을 해야 하는 일상에서 지금 이 정도의 건강함을 유지하고 있을 수 있을까? 그런 모습을 그리는 것은 무리가 있어 보인다. 그 전에 내가 독립하지 않고 1인 가구로 살지 않았다면 〈프로젝트 가치삶; 혼자집밥〉 블로그를 하게 될 수 있었을까? 그렇다면 혼자와 집과 밥에 대한 이 책을 쓰자고 생각할 수 있었을까? 내가 그림, 작가, 소위 예술을 업으로 여기고 있지 않았다면 나는 넉넉한 시간을 포기하고 충분한 돈을 비축하자는 데 마음이 쏠려 가게를 계속 운영했을지도 모른다. 이 모든 일련의 일들이 없었다면 나는 지금 이곳이 아니라 어디에 있을지, 어떤 상태와 형태로 있을지…… 상상할 수조차 없어진다.

곰곰이 하나씩 거꾸로 따져가다 보면 나를 포함해 대부분의 사람들의 삶은 이렇게 크고 작은 사건이나 선택이 하나하나 전부 연결되어 전개가 되는 게 아닐까. 힘들다고 느꼈던 시절까지 전부 포함해야만 인생이라는 말이 성립되는 것 아닐까. 이런 결론 아닌 결론 같은 생각에 도달한다. 삶이라는 게 결국은 순간순간으로 이루어진 공부라 한다면 학창시절의 공부는 너무 쉬운 것이었던 듯하다.

'행복은 형태가 아니라 상태예요'

지금보다 철이 덜 들었던 20대에는 이렇게 사는 게 좋다, 저렇게 사는 건 싫다, 하면서 동전의 앞뒷면 같은 생각을 많이 했다. 그러나 그때보다 밥을 더 많이 먹은 지금은 과연 그 판단이 옳은 걸까, 그런 생각의 기준은 어디에서 온 것일까, 되묻는 일이 많아졌다. 많은 사람들이 가는 길이 꼭 맞는 길이라고 말할 수 있을까, 나를 신뢰하기보다 다른 사람들의 말과 정보를 신뢰하는 것은 맞는 걸까, 그편이 이편보다 낫다고 어떤 기준으로 잴 수 있을까, 묻고 또 묻는다.

나는 이다음에 어떻게 살고 싶은가, 하는 질문은 아주 어릴 때부터 미래를 상상해볼 수 있어 좋았다. 하지만 그때는 몇 살 즈음엔 어떤 직업을 가지고서 어떤 모습이 되어 있으면 좋겠고, 어떤 집에 살았으면 좋겠고 하는 식의 외형적인 데 집중되곤 했다.

'행복은 형태가 아니라 상태예요'라는 주제로 했던 작업이 있다. 행복이란 어떤 모습과 이미지를 가진 형태가 아니라 어떤 형태이든 간에 내가 만족을 느끼는 상태를 말하는 것이구나 하는 생각이 들었을 때. '행복'이란 말이 자주 쓰일수록 '인간은 행복해야 한다'는 생각의 틀에 갇혀 지내게 되는 것 아닌가 싶었다. 그래서 누구처럼 또는 누군가 느끼는 행복과 비슷하지 않다면 나도 모르게 나와 내 생활에 문제가 있는 것이 아닐까 하는 불안감에 휩싸이게 되고…….

따라서 나는 자극적인 행복의 감정보다는 특별할 것 없이 심심하게 지나가는 시간들 속에 버무려진 자연스러운 감정이 일상적으로 볼 때 더 좋았다는 것을 느끼게 되었다. 그럴 때면 크게 일렁이는 행복감은 덜해도 너울거리는 마음의 동요가 없어서 편안했으니 이런 상태가 행복에 더 가까운 상태인 것 같다.

종종 나를 보고 소박하고 예쁘게 산다거나, 돈 없이도 속편하고 자유로운 사람, 일상이 여유로운 작가라고 이야기한다. 또 오랜 기간 사귄 짝꿍이 있는 데다 우리 두 사람 모두 예술 분야의 직업을 가졌으니 연인이자 동료로서 얼마나 든든하고 행복하겠느냐는 부러움의 시선이 느껴질 때도 있다. 겉으로 보이는 이런 모습들이 현실의 나와 판이하게 다르다거나 사람들의 말이 전부 다 틀리다고 할 수는 없다. 그러나 누구나 그렇듯 외적인 상황이나 SNS 속 사진 한 장이 그 사람의 모든 것을 말해주진 못한다.

소박하고 예쁘게 산다고 보일지 모르겠으나 그 모습 속에는 낭비와 막연한 소비를 하지 않으려는 나름의 노력들이 감추어져 있고, 돈 없이도 속편한 사람으로 보일지 모르겠으나 거기에는 누구도 피해갈 수 없는 선택과 책임에 대한 부분을 충실히 이행하고자 하는 나름의 치열함이 숨겨져 있다. 여유로운 작가 생활의 이미지 속에는 승진이라든가 자격증, 연봉처럼 눈에 보이는 도달점 없이 나침판 하나만 가지고 길을 찾아 헤매는 것 같은 막연한 느낌과 정해진 퇴근 시간이 없는 빡빡한 하루 일과도 담겨 있다. 물론 다 내가 원해서 가는 길이기

○

2016, on canvas, 41×53

에 큰 고생만 있다고 생각하지는 않지만 말이다.

다정해 보이고 서로의 작업에 활력이 되는 듯 보이는 연인과의 모습 속에도 그 어떤 거리감이나 서로에 대한 몰이해로 벌어지는 거센 다툼이 있다. 하지만 그러한 다툼 역시 두 사람이 함께하는 데에 거치지 않을 수 없는 과정이라 인정하고, 그 불협화음의 시간들이 서로를 이해하는 데에 꼭 필요하다는 사실을 잊지 않으려 노력할 뿐이다. 마찬가지로 현재 내가 어떤 모습으로 어떤 상황에 있더라도 이 시간이 나를 예술과 삶의 의미에 가까이 다가가게 하고 있음을, 그리고 상황에 따라 나 자신이 여러 모습으로 표현될 수 있음을 까먹지 않고 싶다.

혼사. 집. 밥.

5
○
순환의 소비

자연은 '발전'하지 않는다

'한 사람이 한 끼 식사에 어떤 선택을 하느냐에 따라 많은 것이 달라질 수 있다.' 우리 집 부엌 싱크대에 써 붙여놓은 글이다. 나는 이 글을 말 그대로 '나라는 한 사람이, 한 끼의 식사에, 어떤 음식과 어떤 소비를, 결정하느냐에 따라, 이 세상에, 생각보다 훨씬 많은 것들이, 달라질 수, 있다' 라는 의미와 함께 가슴으로 적었다.

저녁을 준비하며 부엌에 서서 썰고 볶고 끓이다가 문득 이 글을 읽을 때면 지금 요리하고 있는 재료들을 다시 보게 된다. '이건 어디서 왔나' 하고 당근 밭을 떠올려보기도 하고, '여긴 뭐가 들어갔나' 하고 제품 포장지에 적힌 원산지와 성분을 찬찬히 읽어보기도 하고, '이건 또 누가 줬더라?' 하고 음식 준 사람을 떠올려보기도 한다. 그리고 '오늘 밀가루 음식을 두 끼나 먹었으니, 내일은 꼭 밥 먹어야지.' 하고 마음먹기도 한다.

나는 초 켜는 걸 굉장히 좋아하는데 실컷 즐기자니 시중에 파는 소이왁스 양초 가격이 부담되어서 만들어 쓰고 있다. 한번은 딸기잼을 다 먹고 그 병에 양초를 만든 적이 있었는데 양초가 다 떨어져서 새로 만들어야지 하고 보다가 병에 그려진 마크 하나가 눈에 들어왔다. 'NON-GMO' 마크가 찍혀 있고 병뚜껑에는 'fair trade cane sugar(공정무역을 통한 사탕수수에서 추출한 설탕)'라고 적혀 있었다. 내가 가끔씩 온라인 장보기를 하는 미국 쇼핑몰에서 샀다는 것이 떠올랐다.

요즘은 많은 국가들이 GMO에 대한 표기를 하는 것은 물론이고, 심지어 GMO 작물이 들어간 식품을 만들지 않고 만들면 엄격한 처벌을 하며, 수입제품에 대해서도 GMO 식품은 수입을 전면 금지하고 있는 국가가 늘어가는 실정이다. 자연재해로 큰 피해가 났을 때 한국에서 라면을 지원했는데 GMO 식품이라서 받아들이지 않은 국가도 있다는 얘길 들은 적이 있다. 국가 차원에서 아무리 형편이 어려워도 국민건강을 해치는 GMO 식품은 먹지 않겠다고 하는데, 나는 그런 라면을 신나게 먹으며 자라왔고 지금도 여전히 먹고 있기에 그 얘기는 적잖이 충격이었다.

적어도 선택은 할 수 있도록 식품의 재료, 성분과 원산지 등은 반드시 표기해주는 것이 상식이자 최소한의 도리라고 생각한다. 하지만 현재 한국에서는 GMO 표시제가 의무화되어 있지 않고, 또 요상한 법을 적용하고 있어 수입되는 제품 중 GMO-FREE 또는 NON-GMO 표기가 된 제품에는 일부러 스티커로 표기를 가려버리기도 한다. 품을 들이면서까지 스티커를 붙이는 것이 마치 '왜 너만 착한 척해! 그럼 내가 나쁜 짓하는 게 드러나잖아!' 하는 심리처럼 보인다.

당장의 이익에 눈이 멀어 더 많이 파는 데만 급급한 기업과 정부는 아무리 봐도 같은 이해관계의 핏줄로 연결된 것 같은 느낌을 지울 수 없다. GMO에 관련된 사항은 건강한 먹거리라는 범주를 넘어서 사람이 살아가는 일, 내가 사는 환경과 사회의 일인 만큼 결코 간과할 수 없는 문제라고 생각한다. GMO에 대한 찬성과 반대라는 입장을 논하기 이전에 먼저 GMO가 어떤 것인지에 대해 알아야 그다음 선택의 단계로 넘어갈 수 있는 게 아닐까? 하지만 현재는 알 권리, 선택의 자유가 제대로 발현되지 못하는 실정이기에 GMO 표기부터 먼저 의무화되어야 하는 게 순서가 아닐까.

딸기잼의 NON-GMO 마크는 물론 잼 뚜껑에 적힌 '페어 트레이드' 표시는 또 얼마나 중요한가. 직물공장에서 일하는 사람, 종일 커피 열매를 따는 사람, 바구니를 짜는 사람, 그 누구든 당연히 일한 만큼의 적정한 대가를 지불받는 것이 특별한 사안이 되고 캠페인이 되어야 할 만큼 우리들은 왜 이렇게까지 멀리 와버린 걸까. GMO를 생활 속에서 숱하게 마주하게 될 때면 참 씁쓸하다.

함께 걷는 길

가만히 떠올려보면 내가 어렸을 때만 해도 초등학교 한 학급에 아토피인 아이들은 고작 한두 명 정도에 불과했다. 그리고 그중 하나가 나였는데 지금까지도 쉽게 잊히지 않는 기억이 있다. 전학을 간 지 며칠 되지 않았을 때의 체육시간이었다. 둘씩 짝을 지으라는 선생님의 이야기에 반 아이들 전부가 어떤 한 친구와는 손잡기 싫다고 해서 보니 아토피가 몹시 심한 아이였다. 아마도 피부병이 옮는 건 아닌가 하고 모두가 꺼림칙하게 여겼던 것 같다. 나는 혼자 서 있는 그 친구에

혼사. 집. 밥.

게 다가가 "괜찮아. 나도 아토피야." 하고 손을 잡고 둘이 짝을 이루었다. 그때 반에서 아토피가 있는 학생은 그 친구와 나, 딱 둘뿐이었다.

어린 시절 가려움에 여기저기 벅벅 긁고 몸이 벌겋게 부어올라 따가움에 괴로워하는 나에게 부모님은 어느 순간부터 우유와 달걀이 아토피에 좋지 않다며 먹이지 않았고, 아토피에 좋다는 약을 수소문해 먹이거나 연고를 발라주었다. 그때는 지금처럼 피톤치드니 시멘트 독성이니 새집증후군이니 하는 정보도 전무했으니 그 정도가 최선이었다. 건강하지 않은 달걀과 건강하지 않은 우유를 거의 먹지 않은 것과 약이나 연고의 효과가 하모니를 이룬 것인지(지금 생각하면 근본적인 치유를 돕는 약은 아니었다고 보지만), 아니면 내가 모르는 무엇인가가 면역력을 높이는 데 작용했는지 나아진 이유를 꼭 집어 말할 수는 없지만 나는 자라면서 점점 아토피 증상이 옅어졌다. 성인이 되면서 점점 사라지는 듯했고 지금은 거의 나타나지 않는다.

그렇다고 하여 기계에서 부품을 떼어내듯 증상이 말끔히 사라지는 것은 아닐 터라 집중하진 않더라도 몸을 살피며 살아가고 있긴 하다. 현재까지는 다시 아토피로 괴로워하는 일은 없다. 그나저나 체육 시간에 나랑 손을 잡았던 그 친구는 지금 나아졌을지 문득 궁금하다.

지금은 아토피 전문 한의원이며 병원의 광고들도 쉽게 접할 수 있고 병원을 찾아 약 짓는 일도 어렵지 않은 시대가 되었다. 이들 병원의 주 고객이 되는 환자들 중 대다수가 아이들인데 한 학급에 절반 이상이나 되는 아이들이 정도만 다를 뿐 아토피 증세를 갖고 있다는, 학부모인 친구의 이야기는 충격이었다. 아토피로 고충을 겪는 아이들을 보면 남의 일 같지 않아 속상하고 무척이나 안쓰럽다. 몸이 예민하니 아이들이 신경질적이 되기 쉽고, 자신감이 떨어져 친구 관계도 원만하지 못한 걸 볼 때면 더욱이 그렇다.

실제로 가까운 주변만 봐도 알 수 있는 것이, 두 아이를 둔 엄마인 내 친구는 아이들의 아토피 때문에 안 다녀본 병원과 한의원이 없을 정도다. 지극정성도 세상에 이런 지극정성은 또 없을 듯이 보살피고 공부하고 노력한다. 좋다는 양약과 한약, 각종 연고며 로션까지 할 수 있는 데까지 모두 해보고, 집 안은 온통 아토피에 좋다는 나무로 둘렀다. 침대도 화학약품 처리가 전혀 안 된 나무로 따로 제작하고, 바닷물이 아토피 피부에 좋다고 한 번씩 물통에 바닷물을 담아오기도 했다. 이 집은 꽤 오래전부터 무농약, 국산, NON-GMO, 합성 첨가물이 들어가지 않은 생협 식품을 대부분 이용하고 있는데 아이는 걷는 것도 아파할 만큼 상태가 심각한 걸 보면, 엄마 아빠가 되는 우리 세대가 바로 GMO 식품을 가장 많이 먹고 자란 세대라는 생각을 하지 않을 수 없게 되는 것이다.

요즘의 아토피는 그러니까 한 반에 한두 명 있는 특이한 경우가 아니고, 너무나 많은 아이들이 가진 문제라서 더 이상 개인의 일이 아닌, 사회의 고질적인 문제라는 생각이 든다. 지나온 세월은 어쩔 수

혼자. 집. 밥.

없다 하더라도 지금 내가 먹는 음식들 역시 GMO 식품이 전반적이라는 것은 무시할 수 없는 사실이다. 매일 매순간 마주치는 음식들이 솔직히 거의 대부분 GMO 식품이니 지금 이 시대는 GMO 식품을 먹지 않고는 살기가 매우 어렵거나 불가능해 보인다. 요행히 나 한 사람쯤은 이를 피해갈 수 있다고 친다 해도 그것이 무슨 소용일까 싶다.

밖에서 곧잘 사먹는 호떡도, 찐 옥수수도, 붕어빵도, 떡볶이와 튀김도, 연어 초밥도, 또 가벼운 한 끼로 선택하곤 하는 샌드위치와 만만한 술안주인 두부김치 하나도 따지고 보면 거의가 GMO와 연관되지 않은 음식이 없다. 그렇다면 도대체 뭘 먹을 수 있을까. 내가 먹는 음식을 전부 끊어야 하는 걸까, 그렇다고 해결이 될까?

이런 극단적인 생각엔 답도 없을뿐더러 또 그렇게 골똘히 생각할수록 밥을 먹는다는 진중하고 고결한 일은 고난으로 전락할 뿐이다. 그러니 적당한 선에서 타협을 할 수밖에. 현실적으로 내게 가능한 만큼의 거리를 두도록 노력하자고, 집에서 먹는 것이라면 그나마 내가 운용하고 선택할 수 있는 부분이 많으니 신경을 좀 쓰자고, 그렇게 집에서는 가급적이면 GMO 식품을 적게 먹을 수 있는 방향을 모색해보자고 말이다.

하지만 중요한 건 또 있다. 어떤 음식이건 기분 좋게, 맛을 음미하며, 눈앞에 있는 음식들에 대한 고마움과, 매끼니 굶지 않고 먹을 수 있는 현실에 집중해서 그저 맛있게 먹는 것. 외식 자체가 몹쓸 일처럼 되어버린다면 사는 즐거움의 한 축이 무너지는 듯 엄청 서운해질 것 같다. 그러니 가끔 하는 외식에선 유쾌함을 가져야지 생각한다.

부엌과 식탁 위의 땅

별생각 없이 밥을 먹다가도 내가 이 쌀과 잡곡을 구입해 먹고 있는 것이 저기 어딘가 시골의 논 한 평과 한국 토종 씨앗을 지켜내는 일이라고 상상하면 그 연대감에 가슴이 한껏 부풀어 오른다. 계절에 따라 연둣빛으로 황금빛으로 일렁이는 논의 풍경을 볼 때면 내가 직접 일손을 보태지는 않았지만 쌀과 잡곡의 소비자인 나 역시 중요한 역할의 한 부분을 착실히 이행하고 있는 듯해 어깨를 조금 펴게 된다.

숨 쉴 수 있는 공기가 매순간 존재하고, 매일같이 태양이 뜨고, 비가 내리고, 바람이 불고, 모든 것을 길러내는 땅…… 당연해서 잊고 살기 쉬웠던 자연의 경이로움은 실제로 산에 오르거나 바다를 바라볼 때, 또는 나뭇잎을 가만히 바라볼 때 가슴으로 슬며시 스며들기도 하지만, 매일 마주하는 우리 집 부엌과 식탁에 오른 밥 한 그릇으로도 거대한 감동이 밀려들 때가 있다.

처음 독립을 하고 난 뒤 혼자 밥을 해먹을 때부터 잡곡을 넣어 밥을 지었다. 잡곡밥 맛을 좋아하기도 하거니와 나름 건강을 챙긴다는 생각으로 흑미와 콩 등 그리 비싸지 않은 값을 주고 살 수 있는 몇 가지를 섞어 밥을 지었다. 시간이 흐를수록 먹고사는 것에 대한 관심이 자연적으로 점점 더 깊어가던 어느 날, 잡곡 소비량이 현저히 낮아 쌀 농사보다 어려운 잡곡 농사를 이제는 농부들이 지으려고 하지 않아 우리 땅에 우리 잡곡이 사라져간다는 소식을 접했다. 청천벽력처럼 느껴져 나는 조바심이 났다. 그때부터 1인 가구인 우리 집에서 잡곡을 먹어봤자 얼마나 많은 양을 소비하겠냐마는 짝꿍과 진지하게 이야기를 나눈 뒤 "앞으로 잡곡을 많이 먹자!" 결정하곤 양쪽 집에서 먹는 잡곡의 양을 왕창 늘렸다. 어떨 땐 밥솥의 절반이 잡곡일 정도로 잔뜩 넣기도 하는데 매번 맛있게 먹고 있다.

말이 잡곡이지 실은 모두가 다 다른 곡식일 뿐이다. 밥 한 공기가 꼭 흰쌀을 주로 해서 이루어져야 하는 것도 아니고, 게다가 내 입맛에도 잘 맞는다. 몸이 찬 체질이라 따뜻한 성질을 가진 잡곡을 고르기도 하는데(가급적 생협에서 온라인으로 구입하는데 거기에 쓰여진 정보를 읽기도 하고 때론 검색해보기도 한다), 간혹 지인들에게 잡곡을 얻게 되면 의외의 큰 선물이 기쁘기만 하다.

흑미, 찰보리, 율무, 귀리, 메밀, 수수, 조, 쥐눈이콩, 메주콩, 선비콩, 완두콩 등등…… 보통 현미를 기본으로 계절에 따라 서너 가지 정도의 잡곡을 함께 먹고 있다. 어떨 때는 잡곡밥과 야채 반찬 있는 부엌과 식탁이 내 작업실과 물감들보다도 다채로운 빛깔을 띠고 있는 듯 보인다. 저기 논밭 한 평과 우리 집 식탁이 연결되어 있는 것처

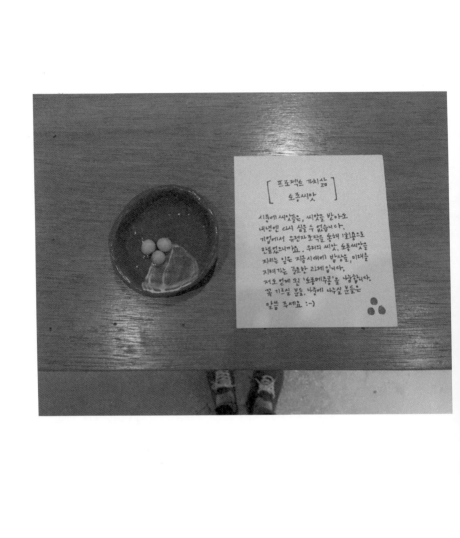

럼 나는 밥을 먹고 그 힘으로 다시 그림을 그리니 어느 농부의 논밭과
나의 작업실이 별개로 보이지 않는다.

예술의 힘, 순환하는 힘

언제나 화두가 되는 질문, '예술이란 뭘까'를 생각하거나 토론하
다 보면 나는 돈을 잘 사용하는 것 또한 예술의 범주에 들어간다는 생
각을 자주 한다. 순환의 소비는 내가 볼 때 확실히 '예술적'이다. 자신
과 세상에 꾸준히 질문을 갖는다는 것은 삶을 좀 더 윤택하게 하는 면
이 있으니, 그렇게 본다면 확실히 그것은 예술이고 예술의 범주에 속
할 것이다.

좋은 곳으로, 맑은 쪽으로 돈이 흐르도록 길을 내는 작업은 개인작
업이면서 또 여럿이 하는 공동작업이 되기도 한다. 친구나 애인을 만
나는 일상적인 일만 해도 그렇다. 밥을 먹을 식당을 고르고, 영화관
을 고르고 영화를 고르며, 커피를 마시기 위해 카페를 찾고 맥주를 마
시러 술집에 가고, 이런 소비를 하는 각각의 상황들 속에서 우리가 예
술적 행위를 할 수 있다고 생각하면 단순한 소비에서 한 가지 중요한
명분이 더해진다.

언제부턴가 작업실에 있지 않아도, 그림을 그리지 않아도 결국 하
루하루 살아가는 중에 벌어지는 일들이 작업의 일부라고 생각할 수

있게 되었다. 장을 볼 때면 브랜드 마트 보다는 그 앞에 작은 노점 할머니의 오이를 사고, 떡 한 팩 사면서도 자리목이 좋아 장사가 잘되지만 그다지 특별한 맛은 없는 떡집보다는 대로변에서 약간 떨어진 곳에 있지만 웃음으로 맞아주시는 떡집으로 가고, 약수터에서 물을 뜨고 돌아오는 길 산에 버려진 쓰레기를 몇 개 줍는 것으로도 나는 이전보다 삶과 예술에 가까워진다고 느낀다.

작아 보이는 것들, 혹은 쉽게 여겨지기 쉬운 것들이 실은 내 삶을 이루는 데 가장 많은 부분을 차지하고 있는 것을 볼 때면, 어쩌면 예술의 힘은 바깥으로 크게 두드러지는 것보다 은근하게 생활 속에 배어 있는 것이 본래의 성질인지도 모른다고 생각하게 된다. 그리고 그 힘은 생활 전체를 흔드는 강력한 힘이라, 예술적 삶과 그것이 아닌 삶은 그 모습이 다를 수밖에 없다고 때 이른 결론을 지어보기도 한다.

프로젝트 가치삶; 혼자 집 밥

초판 1쇄 발행 · 2018년 6월 5일

지은이 · 짜잔(장혜지)
펴낸이 · 김요안
편　집 · 강희진
디자인 · 박정민

펴낸곳 · 북레시피
주소 · 서울시 마포구 신수로 59-1, 2층
전화 · 02-716-1228
팩스 · 02-6442-9684
이메일 · bookrecipe2015@naver.com | esop98@hanmail.net
홈페이지 · www.bookrecipe.co.kr | https://bookrecipe.modoo.at
등록 · 2015년 4월 24일(제2015-000141호)
창립 · 2015년 9월 9일

종이 · 화인페이퍼 | 인쇄 · 삼신문화사 | 후가공 · 금성LSM | 제본 · 대흥제책

ISBN 979-11-88140-28-2　(03810)

• 이 도서의 국립중앙도서관 출판예정도서목록(CIP)은 서지정보유통지원시스템
홈페이지(http://seoji.nl.go.kr)와 국가자료공동목록시스템(http://www.nl.go.kr/kolisnet)에서
이용하실 수 있습니다. (CIP제어번호: CIP2018015598)